Der kleine Künstlerhof

LIEBESROMAN NORDSEE

JELLA KRAMER

SOPHIE KRAMER

Impressum:

Autoren: Jella & Sophie Kramer

Kreatives Schreiben

Beethovenstr. 22

70794 Filderstadt

Kontakt:

Tel. 07158 – 914 86 85

info@kreatives-schreiben.net

Covergestaltung: Rainer Wekwerth, Bildvorlage KI-generiert © 123rf.com

Lektorat: www.ebooks-perfekt.de

1. Auflage 2023

Kapitel Eins

Die Sonnenstrahlen des neuen Tages drangen zaghaft durch das geöffnete Fenster der kleinen Töpferei. Mitte April war es noch recht kühl und ungemütlich auf Föhr, doch an diesem Morgen schien die Sonne von einem fast wolkenlosen Himmel und löste ein angenehm warmes Gefühl auf Neles Rücken aus. Mit der linken Hand strich sie sich die Strähnen ihres fast schwarzen kinnlangen Haares aus dem Gesicht, was sie daran erinnerte, dass sie ihr Haarband in ihrem Zimmer vergessen hatte. Egal, jetzt würde es eben ohne gehen müssen.

Sie liebte es, mit ihrer Arbeit zu beginnen, während alle anderen noch schliefen. Bis auf das Zwitschern der Vögel und das Rauschen des Windes in den Blättern der Obstbäume vor ihrem Fenster war es vollkommen still.

Nele rutschte auf ihrem Schemel ein Stückchen nach vorn und legte die Unterarme auf den Oberschenkeln ab. Dann befeuchtete sie die Finger in einer Schale mit lauwarmem Wasser und schloss die Hände fest um den Klumpen Ton auf dem Drehteller vor ihr. Gleichzeitig betätigte sie mit dem rechten Fuß das Pedal, das die Scheibe zwischen ihren Knien antrieb. Mit geübten Griffen bearbeitete Nele den Ton, der seine Form bald darauf fließend veränderte.

Nach einer halben Stunde war aus der kugelartigen Masse eine elegante Vase mit einem langem, dünnem Hals geworden. Nele löste das Gefäß mithilfe eines dünnen Drahtseiles vom Drehteller und hob es vorsichtig zum Trocknen auf ein breites, auf Böcken gelagertes Holzbrett.

Neles Werkstatt war nicht groß und maß nur etwa dreißig Quadratmeter, aber der Platz reichte aus für alles, das man zum Töpfern benötigte: Holzregale, gefüllt mit Keramikstücken aller Art, die sich in unterschiedlichen Verarbeitungsprozessen befanden, dominierten den quadratischen Raum.

In der linken Ecke befand sich ein Elektrobrennofen, den sie zum Schrüh- und Glasurbrennen benutzte, an der gegenüberliegenden Seite ein Werktisch, an dem sie ohne Drehscheibe töpferte, die Glasur auftrug und Vasen, Krüge, Tassen und andere Gefäße kunstvoll mit Acrylfarbe bemalte.

Die Drehscheibe hatte sie mittig im Raum aufgestellt. Ein großes Fenster erhellte die liebevoll gestaltete Töpferei mit ausreichend Tageslicht.

Nele wischte sich die mit Ton verschmierten Finger an einem Tuch ab, ging in das kleine Bad nebenan, um sich die Hände zu waschen.

In paar Sekunden lang ruhte Neles Blick auf ihrem Spiegelbild. Nachdenkliche grünblaue Augen sahen ihr entgegen, ein winziges Lächeln umspielte die Mundwinkel. Heute auf den Tag war es genau zwei Jahre her, seit sie ihrer Heimat Hamburg den Rücken gekehrt hatte, um sich auf Föhr einer kleinen Künstlergemeinschaft anzuschließen. Den Schritt von der lebendigen, lauten Großstadt hin zu einem alten Bauernhof mitten auf dem Land hatte sie keinen einzigen Tag bereut.

Bereut hatte sie auch nicht, dass sie dafür ihr Studium in bildender Kunst mit dem Schwerpunkt Bildhauerei hatte aufgeben müssen, um ihren Lebensunterhalt künftig mit dem Töpfern zu verdienen.

Sie konnte sich keine großen Sprünge erlauben, aber sie durfte mit ihren Händen Kunst erschaffen. Das war alles, was sie sich wünschte. Wegzugehen von ihrer Familie, von dem, was sie früher in Hamburg gehalten hatte, und noch einmal neu anzufangen, hatte sich in den ersten Wochen wie eine Flucht angefühlt. Und im Grunde war es das auch gewesen.

Kaum zu glauben, dachte Nele. Manchmal kam es ihr so vor, als wären erst wenige Monate vergangen.

Sie sog tief die Luft ein und entließ sie langsam aus ihren Lungen, dann wandte sie den Blick ab und fand sich im Hier und Jetzt wieder.

Nachdem sie sich die Hände abgetrocknet hatte, nahm sie ihre Armbanduhr vom Schränkchen neben dem Waschbecken und legte sie an.

Fünfzehn Minuten vor neun. Bei der Aussicht auf eine Tasse frisch gekochten Kaffee und warme Brötchen begann ihr Magen zu knurren.

Sie verließ die Töpferei, eilte über den Hof und betrat das Wohnhaus. Schon in der Diele nahm sie leises Stimmengewirr wahr. Links davon befand sich das Esszimmer, dessen Mittelpunkt ein großer alter Holztisch war, mit einfachen Stühlen umstellt. Eine urige offene Küche grenzte an den Raum, der den Dreh- und Angelpunkt der Wohngemeinschaft darstellte.

„Moin!“, wünschte Nele in die Runde.

„Moin!“, kam von ihren Mitbewohnern, die um den großen Tisch saßen.

Nele ließ den Blick über den reich gedeckten Frühstückstisch gleiten. Ihr lief das Wasser im Mund zusammen. Es roch verführerisch nach warmen Brötchen, Brot und Kaffee. Frisches Obst war appetitlich angerichtet auf kleine Teller verteilt.

„Wir haben schon mal ohne dich angefangen“, klärte Nina sie unnötigerweise auf.

„Morgen bin ich pünktlich.“

„Wer's glaubt.“ Nina hob eine Augenbraue und grinste. Dann wandte sie sich wieder Viktoria zu.

Ninas langes honigblondes Haar war heute zu Korkenzieherlocken eingedreht, was ihrem schmalen Gesicht und der hellen, fast bleichen Haut etwas Elfenhaftes verlieh. Sie war hübsch und achtete akribisch darauf, dass es auch so blieb. Viktoria hingegen war nicht nur optisch das volle Gegenteil von Nina. Ihr Kleidungsstil, der größtenteils aus einfachen Shirts und Latzhose bestand, und das raspelkurz rasierte, wasserstoffblond gefärbte Haar waren Ausdruck ihrer unkonventionellen und starken Persönlichkeit.

Nele mochte sie. Sie mochte jeden einzelnen ihrer Mitbewohner. Sogar Aaron, der nie um einen Spruch verlegen war, besonders wenn er auf Kosten anderer ging. Sein rötlich brauner Ziegenbart, um den er mittlerweile drei dünne Gummis gebunden hatte, wackelte lustig, wenn er sprach oder kaute, so wie jetzt.

Nele schmunzelte und ging zu ihrem Sitzplatz direkt vor dem großen Fenster, von wo aus man den ganzen Hof überblicken konnte. Pascal, der auf dem Stuhl daneben saß, sah von seinem Smartphone auf. Seine klugen braunen Augen musterten sie, dann blickte er wieder auf das Display seines Handys.

„Gerade noch rechtzeitig, bevor nichts mehr übrig ist“,

kommentierte er ihr wiederholtes Zuspätkommen zum Frühstück. „Eines Tages wirst du das Essen ganz vergessen, wenn du dich so in deine Arbeit vertiefst."

„Das wird nicht passieren, solange Britta so fürsorglich für unser leibliches Wohl sorgt."

Britta erhob sich und reichte Nele die Thermoskanne mit Kaffee über den Tisch. „Danke für die Blumen, Liebes." Dabei schenkte sie Nele ihr typisches warmherziges Lächeln, das ihren ohnehin weichen Gesichtszügen etwas Mütterliches gab.

Nele angelte sich ein Brötchen aus dem Korb. Während sie es aufschnitt und mit Butter und Marmelade bestrich, beobachtete sie, wie Britta sich mit den Fingerspitzen eine wellige braune Strähne, die sich aus ihrem Dutt gelöst hatte, hinter das Ohr schob.

Mit vierzig Jahren war sie die Zweitälteste der Wohngemeinschaft, nach ihrem Mann Jannis, der mit vierundvierzig Jahren sechzehn Jahre älter als Nele war.

Britta wäre eine tolle Mutter geworden, davon war nicht nur Nele überzeugt. Doch nach drei Fehlgeburten hatten sie den Versuch aufgegeben, ein Baby zu bekommen. Ihren Traum, auf der wunderschönen Nordseeinsel Föhr als Selbstversorger auf einem alten Bauernhof zu leben, verwirklichten sie dennoch. Nur ohne die erhoffte Kinderschar. Stattdessen hatten sie eine Wohngemeinschaft aus Künstlern gegründet, die sich durch den Verkauf ihrer Arbeiten an den Unterhaltungskosten beteiligten.

„Aaron, müssest du nicht langsam mal in die Werkstatt zu deinen Schrottfiguren?", fragte Viktoria mit einem spitzbübischen Grinsen und riss Nele aus ihren Gedanken.

„Zu deiner Information: Das sind keine Schrottfiguren, sondern Kunstskulpturen aus Altmetall!"

„Schrott also."

Aarons Miene verfinsterte sich. „Dein Ernst, Vicky?

Habe ich deine Bilder jemals als Gekritzel bezeichnet oder dich in anderer Weise diskreditiert?“

„Nein, dafür gibt es auch keinen Grund. Meine Aquarelle geben die Schönheit der Insel in vollendeter Form wieder. Sie lösen im Auge des Betrachters ein Feuerwerk aus, während die einzigen Funken, die du versprühst, von deinem Schweißgerät stammen.“

„Autsch!“ Nina kicherte.

Jannis, der zwischenzeitlich in der angrenzenden offenen Küche herumhantiert hatte, kam mit einem Körbchen gefüllt mit Frühstückseiern ins Esszimmer zurück.

Er war ein groß gewachsener, breitschultriger Mann mit grau meliertem Haar und dichtem Bart. Seine griechischen Wurzeln waren unverkennbar, und obwohl sein martialisches Äußeres etwas anderes vermuten ließ, war sein Gemüt sanft und ruhig. Britta nannte ihn liebevoll „Bär“. Zudem war er ein begnadeter Handwerker und konnte wirklich alles reparieren, was in und um ein Haus so anfiel.

„Frisch gekocht. Bedient euch.“ Er setzte sich und sah irritiert in die Runde, als niemand reagierte. „Was ist los? Habe ich etwas verpasst?“

„Nicht wirklich. Die beiden duellieren sich mal wieder“, klärte Nele ihn auf und deutete mit dem Kinn auf Aaron und Viktoria.

Jannis stöhnte auf. „Ihr beiden Streithähne seid unverbesserlich.“

Pascal grunzte und stieß Aaron von der Seite an. „Merkst du nicht, dass Vicky dich bloß aufziehen will?“

Aaron schnaufte nur.

„Was ist eigentlich mit euren Instagram-Kanälen?“, erkundigte sich Nele, um das Thema zu wechseln. Ihr Blick wanderte von Aaron zu Pascal.

„Meiner läuft wirklich super“, sagte Pascal begeistert.

„Die Leute mögen meine Möbel und Dekorationsobjekte aus Treibholz."

„Ach, und meine Skulpturen nicht?", beschwerte sich Aaron.

„Doch, natürlich. Aber ich habe deutlich mehr Follower. Holz ist ein Naturprodukt, das kommt eben an. Ich treffe damit den Nerv der Zeit. Außerdem bin ich ein fescher Naturbursche."

„Die Themen Nachhaltigkeit und Upcycling werden bei Dingen, die man im Alltag benutzen kann, sichtbarer als bei Kunstobjekten allgemein", überlegte Nele laut. An Aaron gewandt sagte sie: „Was nicht bedeuten soll, dass deine Kunst weniger wert ist. Im Gegenteil. Ich denke nur, auf Instagram sind größtenteils junge Leute unterwegs, deren Interessen weitgefächert sind. Unsere Homepage hingegen spricht gezielt Kunstliebhaber und -kenner an. Eine völlig andere und anspruchsvollere Zielgruppe als bei Instagram. Nicht, dass ich mich auskenne." Sie hob beide Hände. „Bloß eine Vermutung. Trotzdem halte ich die Idee für wichtig, sich auch auf Social Media zu präsentieren. Gerade heutzutage."

Aaron nickte und lächelte Nele dankbar an. „Aber, wieso meidest du es dann so vehement? Deine Töpfereien sind außergewöhnlich und dein Talent ist herausragend."

„Da stimme ich Aaron ausnahmsweise mal zu", meinte Viktoria. „Deine Kunst könnte dir neue Türen öffnen, und ich bin nicht die Einzige, die davon überzeugt ist."

„Danke, das habt ihr schön gesagt, aber eigentlich bin ich ganz zufrieden, so wie es zurzeit läuft."

Nele schürzte nachdenklich die Lippen. Es stimmte. Sie war kein großer Fan von Social Media, und die Vorstellung, ständig mit dem Handy vor der Nase herumzulaufen, war für sie ein Graus. Noch konnte sie ihre Bestellungen mit größter Sorgfalt und Freude bearbeiten. Aber was wäre, wenn sie deutlich mehr Aufträge bekäme?

Klar, sie würde gleichzeitig auch mehr Geld verdienen, aber es bedeutete auch einen höheren Arbeitsaufwand innerhalb kürzerer Zeit. Würde darunter nicht die Qualität leiden? War ihre eigene Vorstellung von Perfektion und die individuelle Note, die sie jedem Kunstwerk verlieh, nicht ihr Aushängeschild? Oder sah sie die Dinge zu engstirnig?

Sie seufzte. Irgendwann würde sie sich mit dem Thema auseinandersetzen müssen. Die Ausstellungen für Besucher auf dem Hof, online Bestellungen und der Kreativmarkt hatten in der letzten Saison auf der Insel nicht mehr so viel eingebracht wie in den Jahren zuvor. Durch drastisch gestiegene Kosten waren die Menschen zum Sparen gezwungen. Das spürten alle Künstler und Kunsthandwerker, die vom Tourismus abhängig waren, schmerzlich.

„Ich werde darüber nachdenken", lautete deshalb Neles Antwort auf Aarons ursprüngliche Frage.

Als sie aus dem Augenwinkel eine Bewegung wahrnahm, sah sie aus dem Fenster. Das Postauto fuhr gerade auf den Hof. Ole, der Postbote, hupte wie immer zweimal kurz.

„Ich geh' schon", rief sie und stand auf. Seit Tagen wartete sie auf eine Sendung aus dem Töpferbedarf, die sich durch den Poststreik verzögert hatte.

In der Diele schnappte sie sich ihre Fleecejacke vom Garderobenhaken und eilte nach draußen.

Sie lief über den Hof, am Gehege vorbei, in dem die Hühner geschäftig scharrten und pickten und dabei unentwegt leise gackerten.

„Moin, Mädels. Moin, Ole! Wie geht es dir?"

Der leicht untersetzte Mann in den Fünfzigern mit ergrautem Haar, dessen Ansatz deutlich zurückgewichen war, ging zur Heckklappe seines gelben Elektroautos. Er öffnete die Türen zu beiden Seiten.

„Ich kann nicht klagen. Endlich ist es Frühling. In den Vorgärten blüht und duftet es. Ich mag diese Jahreszeit am liebsten. Und wie läuft es bei dir so?“

„Kommt darauf an, ob du was für mich hast.“ Sie sah Ole dabei zu, wie er mehrere Pakete und Päckchen von einer Seite auf die andere sortierte. „Ist der Streik denn nun vorbei?“

„Ja, man hat sich dank eines Schlichters geeinigt und für uns springt endlich mehr Geld heraus.“

„Das freut mich. Dann hat sich der Arbeitskampf gelohnt.“

„Danke“, sagte Ole, ohne seine Suche zu unterbrechen. „Nicht jeder reagiert so verständnisvoll wie du. Aber ich kann den Ärger der Leute nachvollziehen. Es ist frustrierend, tagelang auf seine Post zu warten. Ah, da ist es ja!“ Ole überreichte Nele ein Päckchen.

„Prima! Danke sehr.“ Nele freute sich. „Endlich ist es da.“

„Es?“ Ole trat einen Schritt zurück und schloss die Hecktüren.

„Spezielles Glasurpulver für den Raku-Brand.“

„Raku-Brand? Okay, keine Ahnung, was das ist, aber schön, dass ich dir damit den Tag versüßt habe.“

„Das hast du“, bestätigte Nele mit einem Lächeln.

Sie spürte, dass Ole entweder keine Zeit oder keine Lust auf einen Plausch über Töpferkunst hatte. Das nahm sie ihm nicht übel. Vor allem, da sie die vielen Pakete in seinem Wagen gesehen hatte, die alle heute noch ausgeliefert werden mussten. Gerade wollte sie ihm einen schönen Tag wünschen, als er den Finger hob, als wäre ihm soeben etwas eingefallen.

„Warte mal, ich habe noch einen Brief für euch. Der ist aber vorn. Moment.“

Ole schwang sich auf den Fahrersitz und fischte aus einer gelben Postkiste, die auf dem Beifahrersitz stand, einen weißen Briefumschlag hervor.

„Hier bitte. Das war dann alles für heute.“

„Danke, einen schönen Tag noch.“

„Dir auch. Grüß die anderen!“

Ole winkte kurz zum Abschied und lenkte das Postauto vom Hof.

Nele trug das Päckchen zu ihrer Werkstatt, die links an das Wohnhaus grenzte und eines von insgesamt drei Reihenhäuschen darstellte, die aus den ehemaligen Stallungen des alten Gehöfts entstanden waren. Neben Neles Töpferwerkstatt befand sich Viktorias Malatelier, an das wiederum Ninas kleiner Hofladen grenzte.

Nele öffnete die Tür zur Töpferei und stellte die Lieferung auf der niedrigen Kommode im Flur ab. Dann ging sie wieder ins Haus zu den anderen zurück. Dabei warf sie einen Blick auf das Adressfenster des Umschlages.

An Herrn und Frau Petrudis.

Nele runzelte die Stirn. Glücklicherweise kannte Ole alle Inselbewohner seines Einzugsbereiches so gut, dass ihm der falsch geschriebene Nachname wahrscheinlich nicht einmal aufgefallen war. Außerdem bezweifelte Nele, dass es auf der Insel noch mehr Bewohner mit einem griechischen Nachnamen gab.

Trotzdem: Jannis’ und seit fünf Jahren auch Brittas Nachname lautete *Petridis.* Das sollte derjenige wissen, der einen Brief an die beiden schrieb. Erst recht mit dem Adresszusatz *an das Pächterpaar.*

Sie las den Namen des Absenders und stutzte. Tim

Schäfer. Schäfer, Schäfer ... etwas klingelte bei ihr. Hieß ihr Verpächter nicht so?

Als sie die Küche betrat, unterbrachen die anderen ihr Gespräch und blickten zu Nele auf.

Sie reichte Britta den Umschlag. „Der ist für dich und Jannis."

„Na, dann wollen wir mal nachsehen."

Nele setzte sich auf ihren Platz und beobachtete Britta, wie sie den Brief vorsichtig öffnete, ein einzelnes Blatt Papier herauszog und auseinanderfaltete. Sie las konzentriert und mit ernster Miene. Ihrem Ausdruck nach zu urteilen, schien es sich um nichts Erfreuliches zu handeln.

„Was steht drin?", fragte Viktoria. Sie schob ihren Teller beiseite, um ihre Unterarme auf dem Tisch ablegen zu können.

Als sie keine Antwort bekam, sah sie nervös in die Runde. Alle Augen waren auf Britta gerichtet.

„Nun sag schon", drängelte Nina. „Schlechte Nachrichten?"

Mit einem tiefen Atemzug sah Britta auf und reichte das Schreiben an Jannis weiter.

„Unser Verpächter, Walter Schäfer, ist gestorben."

„Was?", entfuhr es Nina.

„Gestorben? Was heißt das?", fragte Aaron irritiert.

„Na was wohl?" Pascal rollte mit den Augen.

Viktoria fuhr sich mit einer Hand über die Haarstoppeln und warf Nina einen vielsagenden Blick zu.

„O nein, der Arme", flüsterte diese und schob die Unterlippe vor.

„Dann ist Tim Schäfer also sein Sohn?", fragte Nele an Britta gerichtet.

Mit einem Blick, den Nele nicht deuten konnte, sah Britta zu Jannis hinüber, der den Brief zusammenfaltete und vor sich auf den Tisch legte. Tiefe Falten bildeten sich auf seiner Stirn.

„Das ist richtig“, beantwortete er Neles Frage. „Aus dem Schreiben geht hervor, dass er den Hof geerbt hat und sich nun mit uns über den Pachtvertrag unterhalten möchte.“

„Ach du Scheiße“, stieß Pascal aus. „Das kann nichts Gutes bedeuten.“

„Das wissen wir doch gar nicht. Vielleicht will er sich nur als der neue Verpächter vorstellen“, widersprach Nina, schien aber selbst nicht überzeugt.

„Wer’s glaubt.“ Pascal ließ sich mit vor der Brust verschränkten Armen gegen die Lehne seines Stuhles fallen.

„Der erhöht jetzt erst mal kräftig die Pacht“, brummte Aaron. „Ist doch immer so, wenn die geldgierigen Erben ins Spiel kommen.“

„Das wäre schlecht für uns“, bemerkte Nina.

„Jetzt beruhigt euch mal wieder“, sagte Britta. „Zum einen ist es traurig, dass Walter Schäfer so plötzlich gestorben ist, daran sollten wir zunächst einmal denken. Zum anderen möchte sich sein Sohn lediglich mit uns unterhalten. Vielleicht geht es um Formalien, eine Neuaufsetzung des Vertrages mit seinem Namen, solche Sachen. Also kein Grund, gleich den Teufel an die Wand zu malen. Er hat sich für einen Besuch angekündigt.“

„Wann?“, wollte Pascal wissen.

„Für morgen, um fünfzehn Uhr“

„Morgen?“, fragten die anderen unisono.

„Das geht auf keinen Fall! Viel zu kurzfristig“, stellte Viktoria klar.

„Genau“, stimmte Nina ihr zu. „Da bleibt ja kaum Zeit, uns mental darauf vorzubereiten.“

„Pff!“, machte Pascal. „Tage später würden wir uns

genauso wenig darauf freuen. Vor allem dir sollte das klar sein, wo du dich doch viel zu sehr in so was hineinsteigern kannst."

„Was soll das denn bitte heißen?"

Pascal wollte gerade zu einem Kommentar ansetzen, doch Britta schnitt ihm das Wort ab, indem sie den Brief hochhielt und sagte: „Laut Datum wurde das Schreiben bereits am 27. März versendet. Heute haben wir den 11. April. Der Brief war also über zwei Wochen unterwegs. Es liegt nicht nur an den Feiertagen, dass er jetzt erst angekommen ist, sondern auch am Streik. Dafür kann er nichts. Er hat sich rechtzeitig angekündigt."

„Hat er eine Telefonnummer hinterlassen? Wir könnten anrufen und den Termin verschieben", schlug Nele vor.

Jannis kratzte sich den Hinterkopf. „Ich weiß nicht, das war zwar auch mein erster Gedanke, aber je eher wir erfahren, was er von uns möchte, um so besser."

Britta schenkte den anderen ein Lächeln, doch keiner von ihnen erwiderte es.

„Jetzt macht euch keine Gedanken. Morgen wissen wir mehr. Bestimmt ist er so nett wie sein Vater und möchte uns nichts Böses."

„Eine Erhöhung der Pacht ist in seinen Augen auch bestimmt *nichts Böses*", entgegnete Pascal in sarkastischem Tonfall.

„Ich habe ein ganz mieses Gefühl bei der Sache." Aaron ließ mehrmals seinen Bart durch die Finger gleiten.

„Ich auch", stimmte Nina zu.

„Wundert mich nicht."

„Lass deine Sticheleien, Pascal", schnauzte sie ihn an und sah in die Runde. „Die letzte Saison lief nicht gut und die neue beginnt gerade erst. Die Urlauber geben immer weniger Geld aus, und das betrifft nicht nur meinen

Hofladen oder euer Kunstgewerbe. Ich habe Ähnliches auch von anderen Händlern auf den Märkten gehört. Eine Erhöhung der Pacht wäre eine Katastrophe!“

„Da muss ich Nina recht geben“, meinte Pascal. „Die stark gestiegenen Preise machen nicht nur den Urlaubern zu schaffen, sondern uns ebenso. Ein Teufelskreis.“

„Und wenn sich nichts ändert, kommen wir nicht umhin, den Gürtel enger zu schnallen. Wir können uns höhere Ausgaben nicht leisten“, ergänzte Viktoria.

„Bitte, Leute, es besteht kein Grund zur Sorge. Es stimmt: Wir müssen an der einen oder anderen Stelle noch mehr sparen als ohnehin schon, aber wir bekommen das hin, wie so vieles, das wir in der Vergangenheit gemeinsam gemeistert haben.“ Jannis blickte sie nacheinander an, doch trotz seiner mutmachenden Worte war die fröhliche Stimmung dahin. Alle saßen mit geknickter Miene am Tisch.

Kapitel Zwei

Am Vormittag des darauffolgenden Tages war die Stimmung unter den Hofbewohnern bestenfalls als betrübt zu bezeichnen.

Streit und miese Laune waren Nele schon immer auf den Magen geschlagen, und weil sie nicht zu denen gehörte, die sich vorab völlig verrückt machten, hatte sie sich lieber in ihre Töpferei verkrümelt, statt sich in Diskussionen ziehen zu lassen, die zu keinem Ergebnis führten.

Es war nicht so, dass sie sich keine Gedanken über den anstehenden Besuch dieses Tim Schäfer machte, aber den Teufel an die Wand malen wollte sie auch nicht. Nicht so wie Nina, die einen Hang zur Überdramatik hatte und seit dem Eintreffen des Briefes die anderen mit ihrer Endzeitstimmung wuschig machte. Vor allem ihre Partnerin Viktoria litt unter Ninas Pessimismus.

Am Vorabend hatte es zwischen ihnen so heftig gekracht wie schon lange nicht mehr. Dementsprechend miserabel war die Gemütslage der beiden heute Morgen gewesen. Nach einem recht schweigsamen Frühstück hatte sich Aaron in die alte Scheune verzogen, die zu einer Werkstatt für Holz- und Metallarbeiten ausgebaut worden war.

Auch Pascal war beizeiten zum Strand aufgebrochen, um Treibholz zu sammeln. Britta hatte sich im Anschluss Nina geschnappt, um mit ihr an neuen saisonalen Kreationen für den Hofladen zu arbeiten, Viktoria hatte sich in ihrem Maleratelier eingeschlossen und Jannis war in den Baumarkt gefahren und würde vermutlich vor dem Mittagessen nicht zurück sein.

Nele betrachtete ihre getöpferten Werke, die sie aus dem Brennofen genommen hatte. Morgen würde sie einige der Krüge und Schalen mit der neuen Glasur bestreichen und anschließend in der Rakutechnik brennen.

Einen speziellen Ofen hatte sie sich letztes Jahr von ihrem Ersparten gekauft und die kostspielige Investition keine Sekunde bereut, da sie festgestellt hatte, welch wunderschöne Kunstwerke sie mit diesem Brennverfahren hervorbringen konnte.

Plötzlich vernahm sie ein zaghaftes Klopfen, gerade laut genug, dass Nele es hörte.

Ohne den Blick von den Töpfereien abzuwenden, rief sie in Richtung Flur: „Herein!“

Gleich darauf schob Viktoria schüchtern ihren Kopf durch einen Spalt, bevor sie ganz eintrat.

„Ich hoffe, ich störe nicht.“ Etwas betreten stand sie da, sah sich um, als wäre sie längere Zeit nicht in Neles Werkstatt gewesen, und knetete ihre Finger.

„Tust du nicht“, versicherte Nele und lächelte sie an.

Als Viktoria ein paar Schritte näherkam, fielen Nele die geröteten Augen und der glasige Blick auf. Vicky musste geweint haben, was selten vorkam.

„Alles in Ordnung?“

Viktoria schob die Hände tief in die Taschen ihrer Latzhose. „Du, hör’ mal“, begann sie und überging Neles Frage. „Ich weiß, dass ich heute mit den Einkäufen in der Stadt an der Reihe bin, aber ich wollte dich fragen, ob du das ausnahmsweise übernehmen könntest? Ich fühle mich nicht so gut."

Nele sah ihre Mitbewohnerin einen Augenblick lang an, bevor sie antwortete: „Ist es wegen Nina? Tut mir leid, es geht mich eigentlich nichts an, aber ...

Viktoria schüttelte den Kopf und hob eine Hand. „Schon gut. Unser Streit war ja kaum zu überhören." Sie senkte kurz den Kopf, bevor sie Nele ratlos ansah. „Was soll ich denn tun? Nina ... Ich liebe sie, aber sie kann aus einer Mücke eine ganze Herde Elefanten machen, und das treibt mich in den Wahnsinn. Sie hört mir einfach nicht zu. Manchmal habe ich das Gefühl, Nina übersieht vollkommen, wie sehr sie mich mit ihrem Verhalten verletzt, nur weil ich nicht sofort in Tränen ausbreche wie sie. Ständig will sie in Watte gepackt werden, erwartet Rücksichtnahme auf ihr ach so sensibles Gemüt, rollt aber gleichzeitig über mich hinweg wie ein Bulldozer. Das ist doch nicht fair."

Nele schüttelte den Kopf. Sie konnte sich nicht erinnern, wann sie Viktoria das letzte Mal so niedergeschlagen erlebt hatte. Vicky war eine durchsetzungsfähige und selbstbewusste Frau, die nichts so schnell aus der Bahn warf. Doch hinter ihrer augenscheinlich harten Schale lag ein weicher und freundlicher Kern, und der war gerade ziemlich angekratzt. Sie tat ihr leid, und eigentlich hätte Nele sie liebend gern in den Arm genommen, ließ es aber bleiben. Sie wusste, dass Vicky nach außen gern die Toughe gab, vor allem, wenn sie sich verwundbar fühlte, so wie jetzt.

„Kein Problem", sagte Nele. „Ich erledige das für dich. Hast du eine Liste?"

„Ja." Viktoria zog einen zerknitterten Zettel aus ihrer Hosentasche und reichte ihn Nele. „Dieses Mal sind es größtenteils Dinge aus der Drogerie. Waschmittel, Bioreiniger und so. Steht alles hier. Jannis hat den Combo. Ich fürchte, für dich bleibt nur das Lastenrad. Ich weiß, du bist kein großer Fan davon."

Stimmt, dachte Nele. Sie mochte dieses Ungetüm nicht, obwohl es sich überraschend leichtgängig fuhr und seine Daseinsberechtigung schon mehrmals bewiesen hatte. Trotzdem konnte sie die abschätzigen Blicke mancher Menschen nicht leiden, wenn sie mit dem Ding in der Öffentlichkeit unterwegs war.

„Mach dir keinen Kopf." Nele winkte ab. „Da es sich um einen Notfall handelt, schiebe ich meine Eitelkeit ausnahmsweise beiseite." Sie sah, wie sich Viktorias Miene entspannte.

„Danke! Du bist die Beste."

„Dem möchte ich nicht widersprechen." Nele lächelte verschmitzt. „Und jetzt versuch, die Wogen zwischen euch zu glätten. Ich habe Nina vorhin im Hofladen gesehen. Ich glaube, ihr geht es ähnlich wie dir. Sprecht euch aus."

„Zuerst brauche ich etwas Ruhe. Dann gehe ich zu ihr", sagte Viktoria und verließ die Töpferstube.

Nachdem Nele aufgeräumt und sich die Hände gewaschen hatte, zog sie sich ihre Allwetterjacke über und schloss den Reißverschluss bis ganz nach oben. Anschließend ging sie zum Schuppen, in dem neben anderen Gerätschaften auch die Fahrräder untergebracht waren. Sie warf einen sehnsüchtigen Blick auf ihr eigenes Rad, ein acht Jahre altes Mountainbike, das schon während ihrer Studienzeit in Hamburg ein treuer Begleiter gewesen war. Heute nicht, dachte sie und schob stattdessen das Lastenrad in den Hof.

Nele radelte in gemächlichem Tempo den Siedlerweg entlang Richtung Wrixum, ein kleiner Ort, der an die Stadt

Wyk grenzte. Der Elektromotor tat fast die ganze Arbeit, während sie nur leicht in die Pedale treten musste. Mittlerweile fand sie das schwerfällig anmutende Gefährt gar nicht mehr so schlimm.

Lächelnd reckte sie die Nase gen Himmel und atmete die salzige Luft der Nordsee ein. Es war ein schöner, sonniger Tag, kühl zwar und windig, aber der Wind gehörte zur Insel wie der Matjes aufs Brötchen, fand sie.

Nach ungefähr einem Kilometer bog sie links ab und fuhr weiter auf dem Achtern Diek am Deich entlang. Sie winkte den weidenden Deichschafen zu und genoss den Anblick des saftigen Grüns der Wiesen.

Wenige Minuten später hatte sie den Parkplatz des Supermarktes erreicht. Sie hielt an und fuhr sich mit gespreizten Fingern durchs Haar, nachdem der Wind es ganz schön durcheinandergewirbelt hatte.

Plötzlich kam ihr eine Idee: Wenn sie schon mal in Wyk war, konnte sie auch ihrer Freundin Anna einen Besuch abstatten. Sicher würde sie sich freuen und Zeit hatte Nele genug. Die Einkäufe würde sie später auf dem Rückweg besorgen. Kurzerhand wendete sie ihr Rad und fuhr in Richtung Süderstraße, in der Anna in einem zauberhaften kleinen Buchladen arbeitete.

Es war schon ein Weilchen her, seit sie sich das letzte Mal gesehen hatten. Eigentlich führte Annas Großvater den Laden, doch seit er vor ein paar Monaten in den wohlverdienten Ruhestand gegangen war, hatte seine Enkelin das Geschäft übernommen.

Nele schob das Rad die Süderstraße entlang und stellte es neben dem Laden an der Hauswand ab. Als sie den Eingangsbereich betrat, strömte der typische Duft nach Büchern in ihre Nase. Ein Glöckchen über der Eingangstür bimmelte und kündigte sie an.

„Was für eine Überraschung!“ Anna kam aus dem

hinteren Bereich des Ladens hervor und strahlte über das ganze Gesicht, als sie Nele entdeckte.

„Hallo, Anna. Ich war gerade in der Nähe und dachte mir, ich komme dich spontan besuchen. Ich hoffe, ich störe nicht?"

„Überhaupt nicht! Ich freue mich."

Anna hatte ihr langes dunkelblondes Haar zu einem hohen Pferdeschwanz gebunden und trug ein pinkfarbenes Shirt zu einer engen Jeans. Ihr Kleidungsstil unterschied sich vollkommen von Neles. Während Anna auf farbenfrohe und figurbetonte Kleidung setzte, bevorzugte Nele einfache Tanktops unter bequemen Hoodies und Boyfriendjeans zu ausgetretenen Chucks. Auch was das Make-up anging, legte Nele Wert auf Natürlichkeit. Eine leicht getönte Tagescreme und Mascara reichten ihr völlig.

Anna warf einen Blick auf die Wanduhr hinter sich. „Du kommst genau richtig. Ich habe gleich Mittagspause und meine Ablösung müsste jeden Moment eintreffen. Hast du Lust, zur Promenade hinunterzugehen und etwas zu essen? Ich habe einen Bärenhunger." Anna rieb sich demonstrativ den Bauch.

Nele lachte kurz auf. „Gern. Ich könnte auch eine Kleinigkeit vertragen."

Kurz darauf öffnete sich die Ladentür und Max Lehndorff, Annas Großvater, kam herein. Auch er freute sich sichtlich, als er Nele erblickte.

Max war ein groß gewachsener schlanker Mann mit vollem ergrautem Haar, der keineswegs aussah wie zweiundsiebzig. Nele wusste, wie sehr er seinen Buchladen liebte. Deswegen wunderte es sie nicht, dass er gelegentlich aushalf, auch um ein Schwätzchen mit den Kunden zu halten.

„Hallo Nele, wie schön, dich mal wieder zu sehen. Wie geht es dir und den anderen?"

„Gut, und dir? Wie ist das Rentnerdasein so?"

„Oh, nicht das böse R-Wort!", sagte Anna und konnte sich kaum ein Glucksen hinter vorgehaltener Hand verkneifen. „Opa mag es gar nicht, wenn man ihn so nennt."

„Rentner? Ach, wirklich?" Neles belustigter Blick wanderte zu Max. Der räusperte sich und straffte die Schultern.

„Sagen wir, ich ziehe eine andere Bezeichnung vor. Ich würde mich eher als jemanden betrachten, der einen neuen Lebensabschnitt begonnen hat, seine Rolle darin aber erst noch finden muss."

„Das hört sich in der Tat sehr viel besser an", bestätigte Nele und zwinkerte Anna zu.

Plötzlich unterbrach ein Klingeln die lockere Unterhaltung.

„Oh, das ist meins."

Nele zog ihr Smartphone aus der Hosentasche. Als sie den Namen des Anrufers auf dem Display las, presste sie ihre Kieferknochen zusammen.

„Ich geh' vor die Tür zum Telefonieren und warte dann auf dich", sagte sie zu Anna, und an Max gerichtet, fügte sie hinzu: „Hat mich gefreut, dich wiederzusehen."

Neles Magen zog sich zusammen wie jedes Mal, wenn ihre Mutter anrief. Meistens war das Gespräch durchzogen von unterschwelligen oder bewusst platzierten Vorwürfen über Neles Lebensstil in einer „Ökokommune", wie ihre Mutter die Wohngemeinschaft despektierlich bezeichnete. Es war dann an ihr, sich nicht provozieren zu lassen, was ihr mal mehr, mal weniger gut gelang. Deshalb atmete sie tief ein und aus, um sich zu wappnen, bevor sie das Gespräch annahm. Eine Eskalation in aller Öffentlichkeit wollte sie unbedingt vermeiden.

„Hallo Mama."

„Hallo Nele. Ich dachte, ich rufe dich an und erinnere dich an Onkel Roberts Geburtstag nächsten Samstag."

Kein „Wie geht es dir?" oder „Du fehlst uns." Aber Nele war klar, dass es sich hierbei nur um Wunschgedanken handelte. Zu derartigen Gefühlsduseleien waren ihre Eltern nicht in der Lage. Das waren sie noch nie gewesen.

„Die Mühe hättest du nicht aufwenden müssen", erwiderte Nele. „Du weißt, dass ich nicht kommen werde."

Es entstand eine kurze Pause, und Nele stellte sich vor, wie ihre Mutter die dünnen Lippen spitzte und die Luft einsog. Widerspruch oder gar eine eigene Meinung, die nicht ihrer eigenen entsprach, waren ein Fauxpas für die Endfünfzigerin.

„Darf ich dich daran erinnern, was Onkel Robert in der Vergangenheit für dich getan hat? Dein Verhalten ist absolut inakzeptabel. Das werde ich mit deinem Vater besprechen müssen."

Bleib ruhig, es hat keinen Zweck, redete sich Nele gut zu.

Ihre Mutter legte nach: „Findest du nicht, dass du ein wenig mehr Dankbarkeit zeigen könntest? Oder ist dir auf diesem Bauernhof jegliches gute Benehmen abhandengekommen? Ist denn gar nichts hängengeblieben, das wir dir beigebracht haben?"

Die Art und Weise, wie ihre Mutter das Wort Bauernhof betont hatte, hätte nicht abfälliger sein können.

„Wir möchten, dass du nächsten Samstag pünktlich zum Tee erscheinst. Ich bin bereit, dir ein Zugticket zu kaufen. Erster Klasse, versteht sich. Nach dem Abendessen kannst du dich wieder dem einfachen Landleben hingeben."

Nele hatte Mühe, ihre Selbstbeherrschung aufrechtzuerhalten, doch sie schwieg beharrlich. Ihre Hand hielt das Smartphone so fest umklammert, dass ihre Finger wehtaten. Da ihre Mutter auf eine Antwort zu warten schien, nahm Nele einen tiefen Atemzug.

„Darf ich dich wiederum daran erinnern“, gab sie betont ruhig zurück, „dass weder Onkel Robert noch Papa wirklich Wert auf meine Anwesenheit legen? Ich lasse mich von euch bestimmt nicht noch einmal vor versammelter Verwandtschaft als Versagerin vorführen.“

Sie bereitete sich innerlich auf den Gegenschlag vor. Doch zu ihrer Überraschung erwiderte ihre Mutter mit süßlicher Stimme: „Schätzchen, jetzt übertreibst du aber. Du hattest schon immer eine blühende Fantasie. Niemand beabsichtigt, dich vorzuführen. Für dein Versagen, wie du es selbst so trefflich nennst, bist du ganz allein verantwortlich.“

Bam! Hitze schoss in ihren Kopf.

„Nele Theodora Petersen, dein Vater und ich wollten stets dein Bestes. Leider hattest du schon immer einen eigenen Kopf. Wir machen uns Sorgen um dich. Das kann doch keine Art zu leben sein!“

„Du hast dir *meine Art zu leben* noch nie angesehen!“

Ihre Mutter stieß einen Zischlaut aus. „Was sollte mich auf einem Bauernhof mitten in der Pampa schon beeindrucken?“

„Es handelt sich um einen Künstlerhof! Und wir können sehr gut von unserer Arbeit leben.“

„Wer weiß, wie lange noch“, spottete ihre Mutter. „Kunst kann man das nun wirklich nicht nennen. Die Leute, die dafür Geld ausgeben, haben nicht die geringste Ahnung, was Kunst bedeutet.“ Sie lachte freudlos, dann gewann ihr Ton an Schärfe. „Wo wir gerade beim Thema sind …“

O nein, dachte Nele, nicht das schon wieder!

„Dein Vater hat Unsummen in dein unrentables Kunststudium in Hamburg investiert, und, obwohl wir dagegen waren, haben wir deinem Wunsch entsprochen. Denn eigentlich solltest du seine Nachfolge in der Kanzlei antreten, aber das hast du vermutlich vergessen. Genauso, wie du vergisst, dich regelmäßig zu melden. Statt Jura musste es unbedingt *Bildhauerei* sein. Welch brotlose Kunst! Und nun sieh dich doch an. Nicht einmal einen Abschluss kannst du vorweisen! Plötzlich, ohne Vorwarnung, beschließt du, Hamburg in einer Nacht-und-Nebel-Aktion zu verlassen, um auf einem Ökohof zu töpfern? Bis heute bist du uns eine Erklärung dafür schuldig geblieben. Es ist Schande, was du unserer Familie angetan hast."

Nele ließ ein paar Sekunden verstreichen, in denen sie sich auf ihren Atem konzentrierte und langsam bis zehn zählte. Dann sagte sie mit ruhiger Stimme: „Ich hatte meine Gründe, aber die würdest du ohnehin nicht verstehen. Jetzt habe keine Lust mehr, mir weiter von dir anzuhören, was für eine Enttäuschung ich für die gesamte Petersen-Dynastie bin. Also richte Onkel Robert meine Glückwünsche aus, aber rechne nicht mit meiner Anwesenheit. Es ist besser so."

Ohne eine Reaktion abzuwarten, beendete Nele das Telefonat. Mit pochendem Herzen ließ sie das Smartphone in ihre Hosentasche gleiten.

Beruhige dich, einatmen, ausatmen.

Plötzlich zuckte sie zusammen.

Anna kam gut gelaunt aus dem Buchladen. „Hey, bist du soweit?"

„Klar, gehen wir", sagte Nele und versuchte ein unbekümmertes Lächeln.

„Alles in Ordnung? Du wirkst aufgewühlt. Gab es schlechte Nachrichten?"

Nele zögerte. „Das war meine Mutter. Du weißt ja, dass

unser Verhältnis nicht das Beste ist. Seit ich das Studium abgebrochen habe und nach Föhr gezogen bin, ist es sehr abgekühlt."

Anna hob die Brauen. „Kommt mir nur allzu bekannt vor. Mir ging es ähnlich. Aber zum Glück ist bei meiner Mom und mir alles wieder gut."

„Ich fürchte, so einfach ist das in meinem Fall nicht, aber lassen wir das Thema. Erzähl mir lieber, wie es mit dir und Ben läuft."

Anna lächelte versonnen. „Ben ist toll und wir sind sehr glücklich miteinander. Ich weiß gar nicht, ob ich jemals so verliebt war. Wenn man bedenkt, wie unsere Ausgangssituation war, hätte ich nie daran geglaubt, auf der Insel meinem Traummann zu begegnen. Oje, das hört sich kitschig an, oder?"

„Nein, gar nicht", erwiderte Nele. „Ich freue mich für dich. Wolltest du nicht demnächst in seine Wohnung ziehen?"

„Na ja, die bietet gerade so ausreichend Platz für zwei und momentan habe ich nur ein paar meiner Sachen dort. Das meiste befindet sich in meinem Zimmer bei Opa." Sie zuckte mit den Schultern. „Für mich ist es okay, es erst einmal so zu belassen."

Anna und Nele hatten inzwischen den Sandwall erreicht. In ein paar Wochen würde es hier von Urlaubern wimmeln, die die Insel mit Leben füllten. Zurzeit aber begegneten sie nur vereinzelt Touristen, die dem kühlen Frühlingswetter trotzten.

Vor einem kleinen italienischen Bistro blieben sie stehen und studierten die aktuellen Tagesempfehlungen, die mit weißer Kreide auf einer großen schwarzen Tafel geschrieben standen.

„Was hältst du von dem Tortellini-Auflauf?", fragte Anna.

„Ich wäre mehr für Pizza. Mir läuft bei dem Gedanken an geschmolzenen Käse das Wasser im Mund zusammen", meinte Nele. „Lass uns reingehen."

Sie setzte einen Fuß nach vorn, als sie einen Schatten in ihrem Augenwinkel wahrnahm. Plötzlich wurde sie von der Seite angerempelt und geriet ins Taumeln.

„Hey! Hast du keine Augen im Kopf?", beschwerte sich Nele, als sie sich gefangen hatte. Entrüstet starrte sie den Übeltäter an, der hastig sein herunter gefallenes Smartphone vom Asphalt aufhob und auf Schäden untersuchte. Er war groß, hatte eine schlanke, sportliche Statur und blondes, leicht verstrubbeltes Haar.

„O nein! So ein Mist!", klagte er.

Dann blickte er Nele an, als wäre ihm erst jetzt aufgefallen, dass vor ihm jemand stand.

„Bitte entschuldigen Sie, ich habe Sie wohl übersehen, als ich mich aufs Display konzentriert habe. Alles in Ordnung?"

„Denke schon", maulte Nele und sah zu Anna.

„Nichts passiert", meinte diese.

„Dann habe ich noch mal Glück gehabt. Kaum auf der Insel und schon verursache ich ein Malheur." Er lächelte verlegen. „Tut mir wirklich leid, normalerweise laufe ich nicht so unaufmerksam durch die Welt. Aber ich habe soeben erfahren, dass meine Übernachtungsmöglichkeit gecancelt wurde, und nun muss ich mich um eine neue Unterkunft kümmern."

Nele betrachtete den Mann, den sie auf Anfang dreißig schätzte. Die wilde Frisur, die wasserblauen Augen und ein Lächeln wie aus einer Zahnpasta-Werbung.

Auf den ersten Blick sah er aus wie einer dieser Surferboys, die in Neoprenanzügen auf ihren Brettern waghalsig Wellen ritten. Doch sein perfekt sitzendes weißes Hemd und die Aktentasche, die er neben sich abgestellt hatte, passten so gar nicht dazu.

„Vielleicht kann ich dir weiterhelfen", bot Anna unvermittelt an. „Ich kenne jemanden, der eine hübsche kleine Ferienwohnung in Alkersum vermietet, und ich glaube sogar, dass sie gerade frei ist. Wenn du möchtest, rufe ich gleich mal an und erkundige mich für dich."

„Wirklich? Das wäre großartig! Vielen Dank, das Angebot nehme ich gern an."

„Moment", sagte Anna und zog ihr Smartphone hervor. Sie tippte ein paarmal darauf und entfernte sich ein paar Schritte von Nele und dem Mann. Kurz darauf hielt sie sich das Handy ans Ohr.

Nele versuchte sich in Small Talk, während Anna telefonierte. „Und? Bist du geschäftlich auf der Insel?"

„Geschäftlich würde ich es nicht nennen. Ich habe heute einen Termin und verbinde ihn mit ein paar Tagen freier Zeit. Ich war schon ewig nicht mehr auf Föhr."

„Dann kommst du ursprünglich von hier?"

„Das nicht, aber ich habe oft meine Ferien und Urlaube hier verbracht und jede Menge positive Erinnerungen daran."

„Entschuldigung", unterbrach Anna die Unterhaltung und trat zu den beiden. „Die Unterkunft ist frei. Wie lange möchtest du bleiben?"

„Das ist ja wunderbar", sagte der Mann. „Nur für ein paar Tage. Am Sonntagvormittag reise ich wieder ab."

Anna hielt sich das Smartphone wieder ans Ohr.

„Maria? Bis einschließlich Sonntag. ... Prima. ... Wie bitte? ... Na klar, Sekunde." Sie wandte sich erneut an den Mann. „Neunundachtzig Euro pro Nacht. Jetzt brauche nur noch deinen Namen."

„Schäfer", sagte der Mann. „Ich heiße Tim Schäfer."

Wie bitte? Neles Herz rutschte ein paar Etagen tiefer.

Sie glaubte, sich verhört zu haben. War der Typ, der sie umgerannt hatte und dem Anna so bereitwillig eine Unterkunft vermittelte, etwa *dieser* Tim Schäfer?

Mit Sicherheit gab es nicht nur einen Tim Schäfer auf der Welt. Aber der Termin heute, von dem er eben gesprochen hatte ... Das konnte kein Zufall sein, oder?

„Nele?“ Anna trat neben sie.

„Was?“ Neles Kopf ruckte herum.

„Alles in Ordnung?“

„Klar, wieso nicht?“

„Du siehst aus, als hättest du einen Geist gesehen. Wenn du willst, können wir jetzt reingehen. Tim und ich haben alles besprochen und Maria freut sich über einen netten Gast!“ Sie lächelte ihm freundlich zu.

Nele hätte kotzen können.

Ohne sich von Tim Schäfer zu verabschieden oder darauf zu achten, ob Anna ihr folgte, stapfte sie auf den Eingang des Bistros zu.

Bloß raus aus dieser skurrilen Situation!

„Was war das denn eben?“, wollte Anna wissen, als sie sich zu Nele an den Tisch setzte.

„Was meinst du?“, fragte Nele. Dabei wusste sie genau, worauf ihre Freundin anspielte.

„Na, das da. Deine Art, wie du ihn abgebügelt hast. Das sieht dir gar nicht ähnlich.“

Nele verzog das Gesicht. „Ich mochte ihn eben nicht. Er war mir irgendwie ... suspekt.“

„Du mochtest ihn nicht?“ Anna kräuselte die Stirn. „Aber du kennst ihn doch gar nicht. Außerdem hatte ich einen ganz anderen Eindruck, so wie du ihn angesehen hast.“

„Was? Nein! Wie kommst du denn darauf? Ich empfand ihn als ziemlich arrogant."

Nele wollte Anna nichts von dem anstehenden Termin und der Unruhe unter ihren Mitbewohner erzählen, für die Tim Schäfer jetzt schon sorgte. Ihre Freundin würde es zum Hauptgesprächsthema machen. Dabei hatte sie Anna spontan besucht, um sich von den Spekulationen und Gedankenspielen ihrer Freunde abzulenken.

Der Kellner kam an den Tisch, um die Bestellung aufzunehmen. Sie orderten jeweils eine Cola, den Tortellini-Auflauf für Anna und eine Pizza Hawaii für Nele.

Als er gegangen war, sagte Anna mit nachdenklichem Blick: „Arrogant war er nun wirklich nicht, finde ich." Sie lehnte sich ein wenig nach vorn. „Wenn ich es nicht besser wüsste, könnte man fast glauben, du kennst ihn."

Nele fühlte sich plötzlich ertappt. Sie räusperte sich. „Da irrst du dich. Der Typ erinnert mich entfernt an einen Ex-Freund. Das ist alles", log sie. „Aber bevor du fragst: Ich möchte nicht darüber reden." Sie hoffte, damit wäre das Thema vom Tisch. Nele wollte sich von Schäfer nicht auch noch ihr Mittagessen verderben lassen.

„Kein Problem, das verstehe ich", sagte Anna. „Aber in dem Zusammenhang fällt mir auf, dass ich rein gar nichts über dein Liebesleben weiß. Wir haben bisher nur über meines gesprochen."

„Das liegt daran, dass ich keines habe."

„Das kann ich mir kaum vorstellen. Du bist talentiert, klug, witzig und hübsch. Dir müssen die Männer doch zu Füßen liegen."

„Das tun sie zum Glück nicht", sagte Nele und grinste. „Ehrlich, ich bin nicht auf der Suche. Und nach meiner letzten Erfahrung kann das auch gern noch eine Weile so bleiben. Vorerst bin ich geheilt von Beziehungen und den Problemen, die mit ihnen einhergehen."

Anna hob die Brauen. „So schlimm? Das hört sich an, als hätte dir jemand sehr wehgetan."

„Kann man so sagen." Nele senkte den Blick, bevor sie Anna wieder ansah. „Mir geht es besser, wenn ich nicht daran zurückdenke, sondern ausschließlich nach vorn schaue. Und da sehe ich im Moment keinen Mann. Ich konzentriere mich auf meine Arbeit. Außerdem habe ich mit Aaron, Pascal und Jannis genug Testosteron um mich herum."

„Da gebe ich dir recht. Ich verstehe, wenn du Zeit brauchst und nicht darüber reden möchtest. Doch manchmal geht es mit der Liebe schneller, als man denkt, gerade, wenn man sie am wenigsten erwartet. Ich bin das beste Beispiel dafür."

„Mag sein. Aber meine große Liebe war und ist die Kunst. Ende der Geschichte."

„Okay, okay", sagte Anna und hob entwaffnend die Hände. „Schon kapiert. Aber falls du es dir anders überlegst …"

„… bist du die Erste, die es erfährt", beendete Nele den Satz und lächelte sie an.

Kapitel Drei

Nele hatte sich die verbliebene Zeit, bis dieser Schäfer auf dem Hof eintreffen würde, mit dem Glasieren vertrieben, anschließend den Brennofen bestückt und angeschaltet. Nach dem Aufheizen des Ofens sah sie auf die Uhr. Fünfzehn Minuten vor drei. Jetzt wurde es aber höchste Zeit, dass sie sich ins Haus zu den anderen begab. Fast glaubte sie, die Anspannung und Nervosität ihrer Mitbewohner durch die Wände hindurch spüren zu können. Bestimmt saßen sie schon um den großen Esstisch, diskutierten und spekulierten.

Das Esszimmer war nicht nur der Bereich des Hauses, wo man sich zu den Mahlzeiten traf. Es war gleichzeitig auch der Ort, an dem Ideen ausgetauscht, Spieleabende verbracht und tiefgründige Gespräche geführt wurden. Gelegentlich mussten aber auch Probleme bewältigt werden, die dann nicht selten in langen Debatten endeten. Da konnte es schon mal heiß hergehen. Doch niemals trennte sich die Gruppe im Streit. Alle waren bemüht, nach Lösungen zu suchen und Kompromisse zu finden. Das schätzte Nele an ihren Mitbewohnern am meisten, denn diese Zusammengehörigkeit und Loyalität, die sie miteinander lebten, kannte sie aus ihrer eigenen Familie nicht.

Sie wusch sich gründlich die Hände und fragte sich, weshalb sie Tim Schäfer gegenüber derart feindselig gestimmt war. Dabei hatte er ihr nichts getan. Eigentlich war er sogar ganz freundlich gewesen. Und ziemlich gut aussehend, überlegte sie, schob den Gedanken aber sofort beiseite. Wahrscheinlich lag es daran, dass die anderen in ihm eine unterschwellige Bedrohung witterten und das schwappte nun auch auf sie über.

Egal, dachte Nele. Sie zog die Tür ihrer Töpferei hinter sich ins Schloss und lief auf das Wohnhaus zu. *Er sollte sagen, was er zu sagen hatte, und anschließend den Hof und am besten gleich die Insel wieder verlassen.*

„Entschuldigung?"

Nele zuckte zusammen. *Diese Stimme* ... Sie drehte sich um und sah, wie der Mann, dem sie zwei Stunden zuvor auf dem Sandwall begegnet war, über den Hof, geradewegs auf sie zusteuerte. Als Tim Schäfer zwei Meter vor ihr stehenblieb, starrte er sie ungläubig an.

„Moment mal, bist du nicht ..."

„Ja, bin ich."

Sie musterte ihn von oben bis unten. Er trug immer noch das weiße Hemd und den Aktenkoffer, der schon bessere Zeiten erlebt hatte, wie ihr jetzt auffiel.

„Und du bist also unser neuer Verpächter", sagte sie emotionslos.

Tim nickte und ließ seinen Blick über den Hof schweifen. „Es ist eine Menge passiert, seit ich das letzte Mal hier war. Das war noch, bevor ihr den Hof übernommen habt. Da gab es keine bewirtschafteten Felder, keine Bienenstöcke und Obstbäume."

Nele staunte. Anscheinend hatte er sich bereits einen ersten Überblick verschafft.

„Oh!“ Er grinste, als er das Hühnergehege entdeckte. „Hühner gab es auch nicht.“ Jetzt geriet er regelrecht ins Schwärmen, während er sich weiter umsah. „Und die Stallungen sind nun kleine Wohnhäuser.“

„Werkstätten, keine Wohnhäuser“, berichtigte Nele.

„Werkstätten“, wiederholte Tim angetan und nickte. „Was wird darin gebaut?“

„Kunst.“

„Natürlich, ihr seid ein Künstlerhof, das liegt nahe.“ Er kratzte sich am Haaransatz. Einen Augenblick lang sahen sie sich stumm in die Augen. „Wie dem auch sei“, meinte Tim unvermittelt. „Ich möchte zu Britta und Jannis Petrudis. Wir haben einen Termin.“

„Petridis.“

„Bitte?“

„Sie heißen Petridis, nicht Pertrudis.“

„Entschuldigung.“

„Wahrscheinlich sind schon alle im Haus. Ich bringe dich hin.“

Nele ging voraus und steuerte die steinige Treppe an, die zum Hauseingang führte.

„Alle?“

„Wir sind sieben.“

Hinter ihr blieb es still, bis auf die Schritte, die zu vernehmen waren. Sie öffnete die Haustür und ging voran in die Diele.

War sie zu unfreundlich? Sollte sie nicht vielmehr gastfreundlich und zuvorkommend sein? Immerhin war er der neue Verpächter. Bevor sie sich über Antwort auf diese Frage klar werden konnte, hörte sie Stimmen, die aus dem Esszimmer drangen. Dann hatten sich die anderen wie vermutet bereits um den großen Holztisch versammelt. Es war also an ihr, den Besuch vorzustellen.

Als Nele mit Tim im Schlepptau das Esszimmer betrat,

verstummte die Unterhaltung abrupt und sechs Augenpaare sahen den Neuankömmling halb interessiert, halb skeptisch an.

„Leute, das ist Tim Schäfer. Er ist mir gerade im Hof begegnet."

Auf dem Tisch standen Tassen und Gläser, eine große Glaskaraffe mit Limonade und eine Thermoskanne Kaffee zur Selbstbedienung bereit. Gut, dass Britta das mit der Gastfreundlichkeit im Griff hat, dachte Nele erleichtert.

„Hallo zusammen. Ich weiß, ich bin ein wenig zu früh ... Ich hoffe, das macht nichts." Tim warf Nele einen flüchtigen Blick zu und nickte anschließend mit einem Lächeln in die Runde.

„Hallo", antworteten die anderen etwas verhalten.

Britta erhob sich und wies auf den Stuhl neben sich. „Schön, Sie kennenzulernen, Tim. Bitte nehmen Sie doch Platz."

Tim setzte sich und stellte den Aktenkoffer auf dem Boden ab, dann faltete er seine Hände auf dem Tisch und sah in die Runde.

„Danke. Wenn ihr nichts dagegen habt, würde ich gern zum Du übergehen. Ich hoffe, ich trete niemandem zu nahe, wenn ich schätze, dass wir alle ungefähr in einem Alter sind."

Alle nickten, bis auf Nina, die ihn anstarrte und jede seiner Bewegungen mit Argusaugen verfolgte.

Tim wollte gerade ansetzen, etwas zu sagen, aber Britta kam ihm zuvor.

„Möchten Sie ... Möchtest du etwas trinken? Wir haben selbst gemachte Limonade und Kaffee bereitgestellt."

„Ich nehme gern einen Kaffee. Danke."

Nachdem Britta ihm eine Tasse eingeschenkt und er Sahne und Zucker dankend abgelehnt hatte, räusperte sich Tim.

„Am besten, wir kommen gleich zur Sache. Sicher wollt ihr wissen, weshalb ich hier bin und mit euch reden möchte."

Wieder nickten alle, bis auf Nina.

„Wie ihr aus meinem Schreiben erfahren habt, ist mein Vater vor vier Wochen plötzlich verstorben. Er hatte einen Herzinfarkt."

„Das tut uns sehr leid", bemerkte Jannis, der Tim gegenübersaß. „Unser herzliches Beileid an dieser Stelle."

„Vielen Dank", sagte Tim leise und senkte kurz den Blick. „Als ich mir die Pachtunterlagen des Hofes angesehen habe, den mein Vater mir vererbt hat, bin ich auf einige Unstimmigkeiten gestoßen."

Aaron und Pascal wechselten verwunderte Blicke. Nina sog scharf die Luft ein. Neles Kopf ruckte von Tim zu Britta und dann zu Jannis. Die Art, wie die beiden sich ansahen, ließ vermuten, dass sie ahnten, was Tim mit *Unstimmigkeiten* meinte. Nele fühlte sich mit einem Mal unwohl.

Tim lächelte bedauernd. „Ich fürchte, ich komme nicht unbedingt mit erfreulichen Nachrichten zu euch."

„Ich habe es gewusst!", zischte Nina.

„Sch!" Viktoria stieß sie leicht mit dem Ellbogen an.

Tim beugte sich zu seinem Aktenkoffer hinunter und zog einen blauen Schnellhefter heraus, dann ließ er die Schlösser des Koffers wieder einschnappen und legte den Hefter vor sich auf den Tisch.

Pascal warf Nele einen besorgten Blick zu. Sie hob die Schultern und lächelte schmallippig, während sie gleichzeitig versuchte, ruhig zu bleiben und sich innerlich für das zu wappnen, was Tim ihnen zu sagen hatte.

„Es sieht leider folgendermaßen aus", begann Tim, „dass ich euch bitten muss, innerhalb der nächsten sechs Monate, bis spätestens zum 30. November, auszuziehen."

„Was?", riefen alle gleichzeitig aus.

Nele starrte Tim fassungslos an und hoffte inständig, sich verhört zu haben. Ausziehen? Das war so ungefähr das Schlimmste, das sie sich vorstellen konnte.

„Scheiße!", entfuhr es Aaron. „So eine riesige Scheiße!"

Nina schlug die Hände vors Gesicht und fing augenblicklich an zu weinen. Dabei presste sie zwischen den Schluchzern hervor: „Ich wusste es! Ich wusste es!"

Lediglich Britta und Jannis saßen mit versteinerten Mienen da und schauten einander schweigend an, als tauschten sie sich auf telepathischer Ebene aus.

Tim war anzusehen, wie unangenehm ihm die Situation war, doch das war Nele egal. Sie spürte, wie ihr Zorn anschwoll. Keine *Unstimmigkeit* konnte so schlimm sein, dass man sie aus ihrem Zuhause warf. Schon als sie ihm das erste Mal begegnet war, hatte sie beschlossen, ihn nicht zu mögen. Was bildete sich dieser schnöselige Städter eigentlich ein? Nele presste ihre Kiefer fest aufeinander. Ihr Blick wanderte zu Britta, deren Wangen rot zu glühen schienen.

„Sag doch auch endlich mal was! Das kann doch nur ein Missverständnis sein", zischte Nele ihr zu.

Britta nahm einen tiefen Atemzug und richtete sich im Sitz auf. „Das ist es auch. Wir werden diesen Hof *nicht* verlassen", sagte sie mit fester Stimme, während sie Tim Schäfer direkt in die Augen sah. „Und ganz bestimmt nicht zu diesen Bedingungen. Unser Pachtvertrag läuft bis Ende 2028. Dein Vater hat uns darüber hinaus zugesichert, diesen Vertrag anschließend um weitere fünfzehn Jahre verlängern zu können."

Stille.

Keiner hatte Britta jemals auf diese Weise sprechen hören. Auch Nele war von der Kraft und Entschlossenheit in ihrer Stimme beeindruckt. Gebannt beobachtete sie Tims Reaktion.

Dieser ließ einige Sekunden verstreichen, und beinahe

glaubte Nele, ihm würde jeden Moment sein Irrtum bewusstwerden. Dann würde er sich an die Stirn greifen und peinlich berührt lachen und erklären, dass er einen dummen Fehler gemacht habe. Stattdessen nickte er einmal und schlug mit einer solchen Selbstsicherheit den Hefter auf, dass Nele ein Schauer über den Rücken lief.

Was, wenn der Irrtum nicht bei ihm, sondern bei Britta und Jannis lag? Was, wenn sie im Vertrag eine Klausel übersehen hatten? Sie hielt die Luft an und wartete.

„Leider ist das nicht ganz richtig", sagte Tim in ruhigem Tonfall, als der die Seite gefunden hatte, nach der er gesucht hatte. „Laut den Unterlagen meines Vaters ist seit einem halben Jahr keine Zahlung mehr von euch eingegangen. Ich kann euch gern die Kontoauszüge zeigen, die habe ich dabei. Das allein gibt mir das Recht, euch fristlos zu kündigen. Aber ich bin kein Unmensch und verzichte auf diesen Schritt, wenn ihr bereit seid, freiwillig zu gehen."

„Das ist doch ein Scherz!" Nele schüttelte den Kopf. *Das kann nur ein mieser Scherz sein.*

„Ich wünschte, es wäre so", sagte Tim Schäfer und sah Nele an.

„Wie bitte?" Viktoria stand auf und stützte sich mit den Handflächen auf dem Tisch ab. Mit fassungslosem Blick fixierte sie Jannis und Britta. „Ihr habt ein halbes Jahr nicht bezahlt? Wo ist das ganze Geld denn geblieben? Das glaube ich jetzt nicht!"

„Bitte setz dich wieder", bat Britta in bemüht ruhigem Tonfall. „Ich ...", sie sah hilfesuchend zu Jannis hinüber, „wir würden es euch gern erklären." Und an Tim gerichtet sagte sie: „In den Unterlagen muss ein Fehler sein. Wir haben alles mit deinem Vater abgesprochen. Für ihn war es kein Problem, dass wir die Zahlungen bis Ende des Sommers aussetzen. Bitte schau noch einmal nach, es muss doch eine Notiz darüber zu finden sein."

„Das wird ja immer schöner!“, stieß Aaron hervor. „Ihr habt mit dem alten Schäfer Absprachen getroffen und uns nichts davon gesagt? Was habt ihr mit der Kohle gemacht?“

„Das würde ich auch gern wissen“, meinte Nele und beugte sich nach vorn, um Jannis besser in die Augen sehen zu können. „So wie es scheint, habt ihr uns einiges zu erklären.“

Tim Schäfer wandte sich abermals Britta zu. „Tut mir leid, aber ich habe alles dreimal gründlich geprüft. Zur angeblichen Absprache mit meinem Vater finde ich nichts. Doch das sieht ihm ähnlich. Er war ein großzügiger und hilfsbereiter Mensch. Ich schätze, er hat euch aufrichtig gemocht, denn die Pacht, die ihr bisher an ihn geleistet habt, ist viel zu gering, wenn man den Wert der Immobilie und das dazugehörige Gelände betrachtet.“

„Dein Vater hatte ein gutes Herz, du dagegen bist nur ein skrupelloses, geldgieriges ...“

„Nina!“, fuhr Nele sie an, bevor sie ihren Satz beenden konnte. Nele war auch wütend und fühlte sich genauso hilflos wie alle anderen. Trotzdem durften sie jetzt nicht die Nerven verlieren, sonst würde Tim sie sofort vom Hof werfen.

„Was denn? Ist doch wahr!“, empörte sich Nina. Erneut flossen Tränen.

Viktoria strich ihr beruhigend über den Rücken, während sie versuchte, Tim Schäfer mit Blicken zu töten.

Der wollte offensichtlich etwas sagen, doch Jannis kam ihm zuvor. „Leute, bitte bewahrt Ruhe.“ Er hob beide Hände. „Ich möchte gern etwas dazu sagen.“

„Da bin ich aber mal gespannt“, brummte Pascal.

„Ich auch.“, meinte Aaron. „Wir sind ganz Ohr.“

„Nein.“

Alle Blicke huschten zu Britta, die ihren Mann mit

warnendem Blick fixierte, bevor sie sagte: „Wir erklären es euch. Sobald Tim gegangen ist."

Tim nickte. „Das ist mir recht. Es geht mich im Grunde auch nichts an, was zu dem Zahlungsausfall geführt hat. Ich bin nur an einer friedlichen Abwicklung interessiert."

Pascal schnaubte. „Friedliche Abwicklung, ja klar!"

Nele beobachtete Jannis, der mit ausdrucksloser Miene vor sich hinstarrte. Nur die deutlich hervorgetretenen Kieferknochen ließen erahnen, was in ihm vorging.

Nun war es Viktoria, die sich an Tim wandte. „Gibt es denn nichts, das wir machen können, um die Kündigung abzuwenden?"

Tims blickte mitfühlend in die Runde. „Ich habe vor, den Hof zu verkaufen. Tut mir leid, aber ich sehe keine andere Möglichkeit."

„Verkaufen?", fragte Nele. Just in dem Augenblick kam ihr eine Idee. „Wenn du keinen Eigenbedarf ankündigst, wieso verkaufst du dann nicht an uns? Wir könnten über den Abschlag reden, sicher ist mehr drin als die bisherige Höhe. Das schaffen wir schon irgendwie, oder?"

Tim lachte kurz auf und schüttelte amüsiert den Kopf, als hätte sie gerade etwas sehr Dummes gesagt.

Nele zog die Stirn kraus. „Was bitte ist daran so lustig?"

Tim lehnte sich in ihre Richtung. „Hast du eine Ahnung, was eine Immobilie dieser Größe auf Föhr wert ist? Ihr könnt mir glauben, wenn ich euch sage, dass der Preis für euch absolut unerschwinglich ist. Und selbst wenn ich euch als Käufer in Betracht ziehen würde, gibt es keine Bank, die euch einen Kredit gewährt, wenn ihr nicht mal die Pacht bezahlen könnt."

Die Hochmütigkeit, mit der er Neles Vorschlag abgelehnt hatte, machte sie fassungslos. Gleichzeitig ließ die Erkenntnis, anscheinend nichts tun zu können, sie machtlos und klein fühlen. Am liebsten wäre sie aufgestanden und gegangen. Sie verspürte mit einem Mal das Bedürfnis, frische Luft schnappen zu müssen, doch sie blieb sitzen.

„An wen verhökerst du unser Zuhause, wenn die Frage gestattet ist?“, meldete sich Viktoria zu Wort.

Tim zögerte, als würde er darüber nachdenken, ob er sich dazu äußern wollte oder nicht.

„Auf meinem Tisch liegt bereits ein erstes Angebot für den Hof. Mehr müsst ihr dazu nicht wissen“, sagte er schließlich.

„O mein Gott!“, brach es aus Nina. Ihr langes blondes Haar flog wild herum, als sie panisch die Blicke der anderen suchte. „Wir müssen doch irgendetwas dagegen unternehmen können!“

„Bedaure“, sagte Tim, obwohl er nicht gemeint war.

„Nein!“ Nina hielt es offenbar nicht länger auf ihrem Platz. „Das kann nicht dein Ernst sein! Hast du dich schon mal hier umgesehen?“ Sie breitete die Arme aus. „Dann wäre dir nämlich aufgefallen, wie viel Arbeit und vor allem Liebe wir bereits in diesen Hof gesteckt haben. Vorher war es eine Bruchbude, jetzt ist es unser Zuhause! Schämen solltest du dich! Das hätte dein Vater bestimmt nicht gewollt!“

Tims Gesichtszüge verhärteten sich.

„Setz dich hin“, raunte Viktoria und zog Nina sanft am Handgelenk nach unten. „Geh nicht zu weit, sonst fliegen wir alle sofort raus.“

„Aber, wir müssen doch ...“

Viktoria schüttelte den Kopf, während sie Nina eindringlich ansah.

Stöhnend ließ sich Nina zurück auf ihren Stuhl fallen und brach erneut in Tränen aus.

Tim biss sich auf die Lippe. „Ich verstehe, dass das für euch ein Schock sein muss. Und ich verstehe, wenn ihr wütend auf mich seid. Doch auch ich habe Ausgaben und Verpflichtungen, denen ich nach dem Tod meines Vaters gerecht werden muss. Mir fällt diese Entscheidung alles andere als leicht, denn ich weiß, was Heimat bedeutet und wie wichtig ein Zuhause ..."

„Ich kotz gleich!"

Alle Blicke wechselten zu Pascal, der von seinem Stuhl aufgesprungen war und Tim feindselig anstarrte. Ohne ihn aus den Augen zu lassen, ging Pascal um den Tisch und blieb dicht vor ihm stehen.

„Weißt du was? Deinen Ich-bin-einer-von euch-Scheiß kannst du dir sonst wohin stecken. Du wohnst nicht hier. Hast du wahrscheinlich noch nie, ist mir auch egal. Ich bezweifle, dass du wirklich nachempfinden kannst, was es heißt, seine Heimat zu verlieren. Aber auch das juckt mich nicht. Nur eines möchte ich loswerden: Falls du in Betracht ziehst, den Hof an so ein profitgeiles Arschloch zu verscherbeln, das aus jedem Quadratmeter unserer schönen Insel einen weiteren Touristenhotspot machen will, hoffe ich für dich, du kannst danach noch in den Spiegel schauen."

Dann wandte er sich Britta und Jannis zu. Der Schmerz und die Enttäuschung in seinem Blick sprachen Bände und zerrissen Nele fast das Herz.

„Und ihr beiden habt uns das eingebrockt. Ihr habt unser Vertrauen missbraucht. Auf eure Erklärung scheiß' ich. Denn egal, was ihr zu sagen habt, das werde ich euch niemals verzeihen." Er stapfte davon.

Nele zuckte zusammen, als die Haustür wenig später mit einem lauten Knall ins Schloss fiel.

Aaron erhob sich und wollte ihm nachlaufen, doch Vicky legte eine Hand auf seinen Unterarm. „Lass ihn, ich glaube, er braucht jetzt einen Moment für sich."

„Aber ..." Dann überlegte er es sich anders und setzte sich wieder.

Mit einem Mal war es totenstill. Nele schluckte schwer

und kämpfte mit den Tränen, konnte aber verhindern, vor diesem Schäfer auch nur eine davon zu vergießen.

Keiner wagte, Jannis oder Britta in die Augen zu sehen. Keiner, außer ihr, die ihre Gesichter studierte, um herauszulesen, was hinter den versteinerten Mienen vorgehen mochte. In ihr tobten Wut, Verzweiflung und Angst. Sie glaubte, jeden Augenblick unter der Last der Gefühle zusammenzubrechen.

„Wie geht es jetzt weiter?“, fragte sie Tim nach einer gefühlten Ewigkeit des Schweigens.

„Von meiner Seite her ist alles gesagt“, meinte er. „Ich werde von der Kündigung nicht abrücken. Ich bin auf den Verkauf angewiesen, so leid, wie es mir für euch tut. Aber immerhin habt ihr ausreichend Zeit, gesetzt den Fall, ihr stimmt meinem Vorschlag einer friedlichen Abwicklung zu.“

Daraufhin stand er auf und schob den Schnellhefter in seine Aktentasche. „Teilt mir eure Entscheidung bitte in den nächsten Tagen mit. Heute ist Mittwoch, ich bleibe bis Sonntag. Ihr habt also noch Zeit, euch zu beraten. Das Kündigungsschreiben werde ich in zweifacher Ausfertigung erstellen, sobald ihr mir gesagt habt, dass ihr einverstanden seid. Falls nicht …“

„Wir sind weder taub noch blöd!“, unterbrach Aaron ihn. „Es ist nicht nötig, dass du es wiederholst.“

„Gut.“ Tim nickte.

Nele war schockiert über die Kälte, die in seiner Stimme lag und die Ausdruckslosigkeit, die sein Gesicht widerspiegelte. Jegliches Lächeln, jede Weichheit in seinen Zügen war verschwunden.

„Ich finde allein raus“, sagte Tim Schäfer und ging.

Zurück blieb eine Hilflosigkeit, die sich mit erdrückender Endgültigkeit abwechselte, wie sie Nele noch nie zuvor gespürt hatte. Nicht einmal das, was sie dazu bewogen hatte, Hamburg und damit auch ihr bisheriges Leben dort zu verlassen, hatte sich so entsetzlich angefühlt.

Man würde ihr das Refugium entreißen und sie konnte nichts dagegen tun.

Es war, als hätte ihr jemand den Boden unter Füßen weggezogen.

Kapitel Vier

„So“, hörte sie Nina sagen, deren Stimme vor Sarkasmus troff. „Ich denke, wir sind alle sehr gespannt auf eure Erklärung.“

Nele hob den Blick. Wie zwei Angeklagte kurz vor dem Schuldspruch saßen Britta und Jannis am Tisch, bereit, ihr überfälliges Geständnis abzulegen.

Jannis ergriff als Erster das Wort. „Zunächst einmal will ich ... möchten wir uns bei euch entschuldigen.“

„Spar dir das und komm zum Punkt!“

Nicht nur Aarons Nerven waren gespannt wie die Sehne einer Armbrust, auch in Nele brodelte es gewaltig.

Das schien Jannis ebenfalls zu spüren. „Okay.“ Er räusperte sich kurz, dann begann er noch einmal. „Es war so: Der Ausbau der Scheune, die Geräte und Materialien haben wesentlich mehr Geld verschlungen, als wir anfänglich dafür einkalkuliert hatten.“

„Du meinst wohl eher, ihr habt euch *verkalkuliert*“, legte Aaron nach.

„Sch!“, machte Viktoria. „Lass ihn ausreden, okay? Ich will wissen, was passiert ist.“

Aaron ließ sich gegen die Lehne seines Stuhles fallen.

„Er hat nicht ganz Unrecht“, gab Jannis zu. „Zumindest, was einen Teil der Kosten angeht.“ Aaron schnaufte hörbar, doch davon ließ sich Jannis dieses Mal nicht unterbrechen. „Die Scheune war, wie ihr wisst, nicht der einzige Kostenfaktor in den vergangenen Monaten, aber der größte. Zusammen mit dem dritten Badezimmer, das wirklich dringend gemacht werden musste, und weiteren Posten kamen wir rasch an unsere Grenzen. Zu dem Zeitpunkt wussten wir zwar, dass es eng werden könnte, trotzdem waren wir guter Dinge, die Kurve noch zu kriegen. Doch bereits im August, vor Ende der Hauptsaison, wurde uns schmerzlich bewusst, dass die Einnahmen nicht ausreichten, vor allem, da der Kunstverkauf spürbar zurückgegangen war. Dieses Ungleichgewicht konnten wir unmöglich ausgleichen.“ Er atmete tief durch.

„Wieso habt ihr euch nicht an uns gewandt? Dafür bestehen doch die Gemeinschaftsregeln. Auch wenn das Thema Geld vorrangig euer Bereich ist, wurden große Ausgaben und notwendige Anschaffungen bisher immer in der Gruppe beschlossen“, gab Nele zu bedenken. Sie sah Jannis an, wie sehr er zu kämpfen hatte, und fühlte sogar etwas Mitleid mit ihm.

„Wir … wir haben euch nicht die wirklichen Zahlen genannt“, gestand er. Er warf Britta einen unsicheren Blick zu, doch die fixierte einen unsichtbaren Punkt auf dem Tisch.

„Was?“ Aaron riss die Augen auf. „Wollt ihr uns verarschen? Ihr habt uns bewusst angelogen?“

„Warum?“, fragte Nele. „Was habt ihr euch dabei gedacht?“

„Wir wollten euch nicht beunruhigen. Jeder von euch hat seinen Beitrag geleistet. Mehr ging eben nicht“, versuchte sich Jannis zu rechtfertigen. „Wer konnte ahnen, dass Walter Schäfer stirbt? Nach dieser Saison wäre alles wieder gut gewesen."

„Ja! Sicher!", blaffte Nina.

Britta meldete sich endlich zu Wort, leise und mit zittriger Stimme. „Wir haben wirklich geglaubt, es wieder hinzubekommen. Die letzte Saison lief nicht optimal, okay, aber ich war mir sicher, dass es wieder aufwärtsgehen würde. Es war meine Idee, mich an Herrn Schäfer zu wenden, um mit ihm über unsere Situation zu sprechen. Er zeigte sich verständnisvoll und versprach, uns zu unterstützen. Zuerst wollten wir seinen Vorschlag, die Raten für einen gewissen Zeitraum auszusetzen, nicht annehmen, um nicht noch mehr Schulden zu machen. Doch dann haben wir alles durchgerechnet und eingesehen, dass es keine bessere Lösung gibt. Für die neue Saison haben wir uns für den Hofladen und den Gemüseanbau neue Konzepte überlegt. Herr Schäfer wollte seine alten Kontakte spielen lassen und uns Kooperationen mit Restaurants auf der Insel vermitteln, die besonderen Wert auf biologische Herkunft ihrer Zutaten legen, an die wir unser Gemüse verkaufen können. Das hätte mit einem Schlag mehr und vor allem regelmäßigere Einnahmen bedeutet." Sie versuchte ein vorsichtiges Lächeln in Ninas Richtung.

Diese stieß einen zischenden Laut aus. „Deswegen warst du so wild darauf, mir im Laden zu helfen und neue Ideen beizusteuern. Wie heuchlerisch, jetzt, wo die Wahrheit ans Licht gekommen ist." Demonstrativ wandte sie den Blick ab.

„Nina, ich glaube, nun wirst du unfair. Das hätte wahrscheinlich sogar funktionieren können, wäre Herr Schäfer nicht überraschend von uns gegangen", versuchte Nele die Wogen zumindest etwas zu glätten. Dabei wollte sie auf keinen Fall Partei für Britta und Jannis ergreifen. „Ich finde die Idee gar nicht so schlecht."

„Na und? Wer weiß, ob es überhaupt geklappt hätte."

„Ich gebe zu", setzte Britta ihre Ausführungen fort, „Jannis und ich haben bisher derartige Möglichkeiten schlichtweg nicht für notwendig gehalten. Das war aus jetziger Sicht naiv. Aber meine Vorstellungen bezogen sich immer auf einen reinen Selbstversorgerhof, und bisher sind wir damit auch relativ gut um die Runden gekommen. Ich habe keinen Gedanken daran verschwendet, unsere Ernte zu erweitern, um daraus ein Geschäft aufbauen zu können."

„Konzept hin oder her, dank euch beiden sitzen wir bis zum Hals in der Scheiße", bemerkte Viktoria.

„Es tut uns wahnsinnig leid, glaubt mir."

Jannis griff nach Brittas Hand und drückte sie.

Nele atmete tief durch. „Leute, ich bin der Meinung, wir sollten jetzt zusammenhalten. Britta und Jannis haben einen Fehler gemacht, aber auch sie sind von der Kündigung betroffen. Das hier ist für uns alle eine Katastrophe. Doch egal, wie ausweglos es gerade scheint, lasst uns bitte nicht den Kopf in den Sand stecken, ja? Noch muss keiner von uns die Koffer packen. Wir sollten also nachdenken, was wir ausrichten können, anstatt unsere Zeit mit Vorwürfen zu verschwenden." Sie sah in die kraftlosen Gesichter ihrer Mitbewohner und Freunde. „Also, was ist? Reißen wir uns zusammen oder zerfleischen wir uns weiter gegenseitig?"

Plötzlich erhob sich Jannis und sagte: „Entschuldigt, Leute, ich brauche frische Luft."

Dann gab er Britta einen Kuss auf den Haaransatz und verließ das Esszimmer mit hängenden Schultern.

Kurz herrschte beklemmende Stille, bevor auch Aaron seinen Stuhl geräuschvoll zurückschob und aufstand. „Ich werde mal nach Pascal sehen und mit ihm reden."

Viktoria stieß die Luft aus. „Was machen wir nun? Nele hat recht, an der Situation ist jetzt nichts mehr zu ändern.

Der Karren hängt im Dreck. Die Frage ist nur: Bekommen wir ihn doch noch aus dem Schlamm gezogen oder müssen wir uns Tim geschlagen geben?“

„Wir könnten dennoch versuchen, die Ideen vom alten Schäfer in die Tat umzusetzen, indem wir uns an die regionale Gastronomie wenden“, überlegte Nele.

„Und was haben wir davon? Die Saison beginnt in wenigen Wochen. Und soweit ich weiß, wächst Gemüse nicht innerhalb so kurzer Zeit“, widersprach Viktoria.

Dem wusste Nele nichts entgegenzusetzen.

„Und wem haben wir das zu verdanken?“

„Nina! Das ist alles andere als konstruktiv!“, zischte Viktoria.

Nina verschränkte die Arme vor der Brust und gab die Eingeschnappte.

Sei es drum, dachte Nele. Wenn sie nichts zur Problemlösung beitragen konnte, sollte sie besser ganz den Mund halten.

Viktoria setzte an, etwas zu sagen, schien jedoch nach den richtigen Worten zu suchen. „Also, ich fand Neles Idee vorhin eigentlich nicht schlecht. Das mit dem Kaufangebot, meine ich.“

Skeptische Gesichter, Kopfschütteln.

„Keine Chance, das können wir uns niemals leisten“, wiegelte Nina sofort ab.

„Lasst es uns wenigstens versuchen!“

„Du hast doch gehört, was dieser Schnösel gesagt hat. Der Kaufpreis wäre für uns *unerschwinglich*!“

„Aber den kennen wir doch gar nicht“, gab Viktoria zu bedenken. „Was, wenn der Wert des Hofes doch nicht so hoch ist, wie er uns weismachen will? Überlegt doch mal. Das Gehöft ist trotz unserer Umbauten noch immer in einem renovierungsbedürftigen Zustand. Die Scheune ist teilweise marode, das Dach muss an verschiedenen Stellen geflickt werden, von den sanitären Räumen ganz zu schweigen. Für uns ist es genug, aber auf jemanden, der ein schickes, komfortables Haus mit ausgebauter Scheune besitzen will, kommt noch viel Arbeit zu. Ein neuer Käufer müsste eine Menge Geld hineinstecken. Das würde den Kaufpreis doch erheblich nach unten treiben. Nicht, dass ich davon Ahnung hätte ..."

„Außerdem wissen wir nicht, ob er uns die Wahrheit sagt oder uns nur davon abhalten will, selbst aktiv zu werden", meinte Nele. „Schließlich hat er keine konkreten Aussagen machen wollen, weder was den angeblichen Käufer noch den Kaufpreis angeht. Das ist doch merkwürdig, oder nicht?"

„Das stimmt." Britta sah nacheinander alle mit nachdenklichem Blick an. Wir sollten es zumindest herausfinden. Und wenn wir doch eine winzige Chance haben, dann ..." Britta stockte unvermittelt.

„Dann?" Viktoria hob die Brauen.

„Könnte ich versuchen, mit meinen Eltern zu reden", sagte Britta leise, als würde sie nur zu sich selbst sprechen.

„Sind deine Eltern zufällig verwandt mit Krösus? Und wenn ja, wieso hast du sie nicht schon viel früher um Hilfe gebeten?", spottete Nina.

Nele kam nicht umhin, ihre Zweifel zu teilen, sagte aber nichts dazu. Vielmehr wunderte sie sich, wie viel Überwindung es Britta gekostet hatte, ihre Eltern ins Spiel zu bringen. Sie hatte nie etwas über sie oder ihre Vergangenheit vor Jannis erzählt, und augenblicklich musste Nele an ihr eigenes schwieriges Verhältnis zu ihren Eltern denken. Würde sie mit ihnen über die bevorstehende Kündigung sprechen, hätte sie vermutlich nichts als Hohn, aber ganz sicher keine Hilfe zu erwarten.

„Wie soll das Ganze ablaufen?", fragte sie und beugte sich nach vorn.

„Nun, zuerst sollten wir herausfinden, wie hoch der Schätzwert des Hofes etwa ist."

„Wie willst du das anzustellen? Hast du vor, selbst einen Gutachter zu engagieren?" Nina schüttelte den Kopf. „Ich bezweifle, dass die Kohle dafür noch übrig ist."

„Das nicht", sagte Britta. „Aber glücklicherweise befinden sich sämtliche Papiere, die den Hof betreffen, in einem Schrank in unserem Büro. Herr Schäfer hat mir vor Jahren mal gesagt, es sei ihm lieber, die Unterlagen blieben dort, wo sie einmal wichtig werden könnten. Er selbst habe es nicht so mit Bürokratie und sei nicht der Ordentlichste."

„Oh, das ändert natürlich einiges." Nina schürzte nachdenklich die Lippen.

Sie hatte ihren Zorn offensichtlich beiseitegelegt. Zumindest fürs Erste. So wie Nele sie allerdings kannte, würde sie keine Gelegenheit auslassen, Britta und Jannis für ihre Fehler bluten zu lassen, indem sie sie ihnen immer wieder aufs Brot schmierte.

Britta fuhr mit ihren Überlegungen fort: „Sobald ich mit meinen Eltern gesprochen habe, erarbeiten wir ein Konzept, mit dem Jannis und ich zur Bank gehen, um nach einem Kredit zu fragen." Sie machte eine Pause und sah jeden am Tisch eindringlich an. „Ich gebe erst auf, wenn ich alles versucht habe, was in meiner Macht steht. Das ist das Einzige, das ich tun kann, um es wiedergutzumachen."

Zaghaftes Nicken.

„Nele, würdest du dich unter einem Vorwand mit Tim treffen und ihn ein wenig aushorchen?", fragte Britta unvermittelt.

Neles Brauen schossen nach oben. Sie war von Brittas Vorschlag so überrascht, dass ihr die Worte im Hals stecken blieben. Kopfschüttelnd starrte sie sie an.

„Bitte, es ist wichtig. Wir müssen wissen, ob er bereits verkauft hat, oder ob es sich nur um ein Angebot handelt.

Zudem müssen wir herausfinden, wie hoch die Verkaufssumme ist und ob er den tatsächlichen Wert des Hofes kennt."

„Aber, wieso denn ich?", fragte Nele.

„Weil er dich anscheinend von uns allen am meisten mag, wenn man das überhaupt so sagen kann", lautete Brittas Begründung, die Nele beinahe noch mehr von den Socken haute. „Er hat dich so ... angesehen."

Wieder schüttelte Nele den Kopf und stieß ein freudloses Lachen aus. „So angesehen? Wie kommst du denn auf diesen Schwachsinn? Habt ihr vergessen, wie blöd er mich hat dastehen lassen, als ich mich nach einem Kauf erkundigt hatte?" Sie hob abwehrend die Hände. „Auf keinen Fall treffe ich mich mit diesem arroganten Typen."

„Britta hat recht. Ist mir auch aufgefallen", bemerkte Viktoria.

„Könnte was dran sein" lautete Ninas Kommentar.

„Seid ihr jetzt alle verrückt geworden?", rief Nele. „Mir lief es bei diesem Gespräch nur eiskalt den Rücken herunter, und ihr hattet Zeit, euch darüber Gedanken zu machen, wen von uns er am sympathischsten fand?"

„Ich sage nur, dass es mir ebenfalls nicht entgangen ist, wie er dich immer wieder kurz angeglotzt hat, jetzt, wo Britta es erwähnt."

„Und selbst wenn", meinte Nele. „Das heißt noch lange nicht, dass er mir bereitwillig alle Fragen beantwortet, sobald ich mit den Wimpern klimpere."

„Du sollst ihn auch nicht bezirzen", entgegnete Britta. „Sondern lediglich ein Treffen vorschlagen, um dich für unser ruppiges Verhalten ihm gegenüber zu entschuldigen." Sie hob eine Hand. „Natürlich nur zum Schein. Wir wollen schließlich nicht wirklich Freundschaft schließen."

„Und was, wenn er sich tatsächlich darauf einlässt?"

„Dann unterhaltet ihr euch ein bisschen", antwortete

Nina an Brittas Stelle. „Vielleicht gewinnst du sein Vertrauen und er erzählt dir bereitwillig von seinen Plänen. Das kommt natürlich darauf an, wie du dich verkaufst und welche Fragen du stellst."

„Verkaufst?"

„Jetzt hab dich nicht so", sagte Nina und lächelte entwaffnend. „Du weißt, wie ich es meine."

Nele verzog das Gesicht. „Ich glaube, ich fühle mich nicht wohl dabei, ihn unter einem Vorwand auszuhorchen."

„Einen Versuch ist es wert", sagte Nina. „Viel zu verlieren haben wir ohnehin nicht. Wer hat denn gerade noch an unseren Kampfgeist appelliert? Schwanz einziehen ist nicht. Falls du also keine bessere Idee hast ..."

„Dann mach du es doch!"

„Das wäre wohl nicht sehr glaubwürdig." Nina hob eine Augenbraue.

Darauf wusste Nele nichts zu erwidern. Einen Moment lang dachte sie über Brittas Vorschlag nach. Dann, noch immer nicht vollends überzeugt, sagte sie: „Also gut. Aber ich flirte nicht mit ihm. Ich fühle mich ohnehin schon wie eine hinterhältige Spionin bei der Sache."

„Ich weiß", meinte Britta und lächelte das erste Mal, seit Tim Schäfer ihr aller Leben aus den Angeln gehoben hatte. „Es ist nicht mehr als ein Strohhalm, an den wir uns klammern können."

Kapitel Fünf

Am darauffolgenden Tag hatte Nele sich entschlossen, Anna in der Buchhandlung zu besuchen, um ihr alles zu erzählen.

Anna hatte Kaffee gekocht und zugehört, ohne sie ein einziges Mal zu unterbrechen, doch in ihrem Gesichtsausdruck las Nele Bestürzung und Fassungslosigkeit, über das, was dem Künstlerhof und ihren Bewohnern, bevorstand. Als Nele zum Schluss kam, wiegte Anna den Kopf.

„Also, ich weiß nicht. Versteh mich nicht falsch. Das, was dieser Tim Schäfer vorhat, ist furchtbar, und ich kann dir gar nicht sagen, wie leid es mir für euch tut, aber ihn auszuspionieren, um an eure Informationen zu kommen, scheint mir nicht der richtige Weg."

Nele sah ihre Freundin an und hob die Schultern. „Hast du denn eine bessere Idee? Ich fühle mich auch nicht gut dabei. Aber es geht um unser Zuhause."

Anna seufzte und legte eine Hand auf Neles Unterarm. „Ich mag mir gar nicht vorstellen, was ihr gerade durchmacht. Und es besteht wirklich keine andere Möglichkeit, gegen diese Kündigung vorzugehen?"

„Du meinst, mit einem Anwalt oder so?" Nele lachte

freudlos auf. „Wer soll den bezahlen? Zudem ist der Schäfer im Recht. Wir haben die Pacht nicht überwiesen, Punkt."

„Aber das ist doch ungerecht!", beschwerte sich Anna.

„Ja, sag ihm das mal. Das kümmert ihn einen Dreck. Du hättest ihn sehen sollen, wie überheblich der vor uns gesessen und auf seinen Vertrag und sein Recht, uns fristlos zu kündigen, gepocht hat. Als müssten wir ihm auch noch dankbar dafür sein, dass er uns ein halbes Jahr gibt!" Nele spürte, wie ihr Puls beschleunigte, als sie die Situation noch einmal durchlebte.

„Und dabei hatte er einen recht angenehmen Eindruck gemacht."

Nele hob eine Augenbraue.

„Ich meine, als er sich so freundlich entschuldigt hatte, nachdem er in uns reingelaufen ist."

„Wie man sich täuschen kann."

„Und ich habe ihm auch noch die Unterkunft bei Maria vermittelt." Anna griff sich an die Stirn. „Eigentlich müsste ich ihr alles erzählen und sie bitten, ihn sofort rauszuwerfen."

„Das ist aber auch nicht unbedingt die feine englische Art", meinte Nele und grinste schief.

Anna überlegte einen Moment. „Weißt du was? Du hast recht. Ihr solltet alles versuchen, um auf dem Hof bleiben zu können. Ich wünschte, ich könnte euch helfen, aber ich weiß nicht, wie."

Nele schenkte ihrer Freundin ein dankbares Lächeln. Sie war froh, sie auf ihrer Seite zu wissen.

„Was hast du jetzt vor?", erkundigte sich Anna.

„Ich werde ihn anrufen."

„Jetzt?"

Nele zuckte mit den Schultern. „Warum nicht? Dann kannst du mir wenigstens beistehen, sonst mach' ich mir vielleicht noch in die Hosen vor Aufregung."

Anna lachte. „Dann bring es am besten gleich hinter dich."

Nele nickte und holte ihr Smartphone hervor. Sie wählte die Mobilnummer, die in dem Schreiben von vor zwei Tagen gestanden hatte. Konzentriert lauschte sie dem monotonen Tuten und dem Pochen ihres Herzschlages. „Nichts", sagte sie, als niemand abhob. Dann starrte sie auf das Display.

„Hast du die richtige Nummer?"

„Ja, ich denke schon."

„Und die Mailbox?"

„Ist anscheinend nicht eingerichtet."

Auch Neles zweiter und dritter Anruf blieb ohne Erfolg.

„Hmm", überlegte Anna. „Vielleicht weiß Maria, wo er ist. Du kannst deine Nummer hinterlassen und um Rückruf bitten."

Nele ließ sich Annas Vorschlag kurz durch den Kopf gehen. „Okay."

„Wir könnten auch nach Alkersum fahren und ihn persönlich aufsuchen. Ich muss den Laden erst in einer Stunde wieder öffnen."

„Auf gar keinen Fall!"

„In Ordnung." Anna hob beschwichtigend die Hände. „Einen Moment, gleich wissen wir mehr."

Sie nahm ihr Telefon in die Hand und tippte ein paar Mal darauf, dann hörte Nele leise das Freizeichen.

„Maria? Hallo, hier ist Anna ... Gut, danke und dir? ... Prima. Du, hör mal, ich müsste Tim Schäfer, deinen Feriengast, sprechen, aber er geht nicht an sein Handy. Du weißt nicht zufällig, wo er ist und wie ich ihn erreichen kann?"

Nele hielt den Atem an, während sie ihre Freundin beim Telefonieren beobachtete.

„Wirklich? Na, so ein Zufall." Anna bedeckte das

Mikrofon mit der freien Hand und flüsterte: „Er sitzt gerade an ihrem Tisch und genießt sein Mittagessen! Das Handy hat er nicht dabei."

Ohne auf eine Reaktion von Nele zu warten, hielt sie sich das Telefon wieder ans Ohr.

„Meinst du, es wäre möglich, ihn zu sprechen? ... Klar, kann ich kurz warten." Mit einer hastigen Bewegung reichte Anna ihr Smartphone an Nele weiter. „Hier nimm, er ist jeden Augenblick dran."

Nele schluckte. Was sollte sie sagen? Sie hatte sich noch gar nichts zurechtgelegt, wie sie soeben bemerkte. Schnell befeuchtete sie sich die ausgetrockneten Lippen. „Hallo?"

„Ja, hallo. Tim Schäfer hier. Wer ist da bitte?"

Sie sog die Luft ein. Wie fremd seine Stimme klang. Freundlich, fast schüchtern und vielleicht ein wenig überrascht. Beinahe so wie gestern nach dem Zusammenstoß auf dem Sandwall.

„Hallo, hier ist Nele. Nele Petersen vom Künstlerhof."

„Nele", hörte sie ihn nach einer kurzen Pause sagen.

Hatte er ernsthaft überlegen müssen, wer sie war, oder war dies seine Masche, um Überlegenheit zu demonstrieren? Egal, es reichte, um sie zu verunsichern.

„Was kann ich für dich tun?", fragte er.

„Die Frage ist, was ich für dich tun kann."

Kaum hatten die Worte Neles Mund verlassen, kniff sie ihre Augen fest zusammen.

Die Frage ist, was ich für dich tun kann?

Wie peinlich war das denn!

„Wie bitte?", hörte sie ihn verwundert sagen.

„Also, nein, so war das nicht gemeint ..."

„Wie sollte es denn gemeint sein?"

Am Klang seiner Stimme hörte sie, dass er lächelte. Machte er sich gerade lustig über sie? Obwohl er wissen musste, in was für eine Lage er sie und ihre Mitbewohner gebracht hatte, schien er amüsiert.

Nele streckte den Rücken durch und räusperte sich. „Ich möchte dir ein Treffen vorschlagen. Um mich im Namen von uns allen für den, sagen wir mal, ungünstigen Start zu entschuldigen. Wie wäre es, wenn wir noch mal von vorn anfangen und alles in Ruhe wie Erwachsene besprechen? Ich habe mir gedacht, ich lade dich ein."

Am anderen Ende blieb es still. Nele war versucht nachzufragen, ob er noch dran war, hielt sich aber zurück.

„Von mir aus gern. Wann?"

Überrascht von seiner Zusage, warf sie Anna einen kurzen Blick zu.

„Wie wäre es mit heute Abend? Es gibt da eine wunderbare und traditionelle Fischerkneipe mit bodenständiger Küche. Dort können wir uns in Ruhe unterhalten."

„Einverstanden. Aber nur unter einer Bedingung."

„Und die wäre?"

„Ich lade dich ein, nicht umgekehrt. Als Wiedergutmachung für meinen Rempler gestern Mittag."

„Abgemacht. 19 Uhr am Seehundbrunnen?"

„Geht klar. 19 Uhr, Seehundbrunnen", wiederholte er, dann legte er auf.

Nele gab Anna ihr Smartphone zurück und brauchte ein paar Sekunden, um sich zu sammeln.

„Die Frage ist, was ich für dich tun kann?" Anna prustete los und biss sich gleich darauf auf die Lippe, als sie Neles gequälte Miene sah. „Sorry, aber du musst zugeben, es hörte sich leicht ... anstößig an."

„Nicht witzig." Nele spürte, wie sie rot wurde.

„Sei es drum. Es hat funktioniert."

„Ja, jetzt muss ich ihn nur noch mit jeder Menge Bier abfüllen, bis er alles ausplappert, was ich wissen will."

„Kinderspiel", sagte Anna. „Mit deinem Charme

wickelst du ihn so sehr um die Finger, dass er die Kündigung gleich ganz vergisst.“

„Für jemanden, der eben noch moralische Bedenken hatte, preschst du ganz schön vor. Aber im Ernst. Ich wünschte, es wäre so einfach.“

Anna zuckte mit den Schultern. „Wieso eigentlich nicht? Wenn er dich mag und die Atmosphäre stimmt, wird er vielleicht lockerer und spricht offen über das, was er vorhat. Und dass du Charme hast, habe ich ernst gemeint. Setze ihn ein. Du tust nichts Verbotenes.“

Nele dachte darüber nach.

Dann hob Anna einen Zeigefinger. „Und damit eins klar ist: Ich will über alles haarklein informiert werden.“

„Indianerehrenwort“, versprach Nele und hob Zeige- und Mittelfinger zu einem V.

Kapitel Sechs

Kurz vor 19 Uhr erreichte Nele auf ihrem Rad den Treffpunkt. Sie entdeckte Tims hellblonden Haarschopf schon von Weitem. Er saß auf einer Holzbank gegenüber dem Seehundbrunnen, der sich zwischen Hafen und Strandpromenade befand.

Das Gesicht hatte er der abendlichen Sonne zugewandt, die Arme zu den Seiten ausgestreckt, lässig auf der Lehne abgelegt. Sein weißes Hemd und den Aktenkoffer hatte er durch ein weißes Shirt, eine beige-grau-karierte Flanelljacke und eine Bluejeans getauscht.

Nele ließ sich ausrollen und stieg ein paar Meter vor ihm ab. „Ich hoffe, du wartest noch nicht lange."

Tim blinzelte mehrmals, als hätte Nele ihn aus einem Tagtraum gerissen. Er hielt sich eine Hand über die Augen und musterte sie für einen kurzen Moment.

„Nein, keine Sorge. Ich komme lieber zu früh als zu spät. Alte Angewohnheit." Er lächelte freundlich.

Nele nickte. Wäre er nicht der, der er war, hätte er ihr vielleicht sogar gefallen. Ob er wohl in festen Händen war? Schnell verbannte sie den Gedanken in die hinterste Ecke ihres Kopfes. Das war weder der richtige Zeitpunkt noch der richtige Mann, um sich derartige Fragen zu stellen.

„Wollen wir?“ Sie sah ihn auffordernd an.

„Gern.“ Tim erhob sich und trat ein paar Schritte auf sie zu. „Verrätst du mir, wohin wir gehen?“

„Kennst du das *Seemannsbüdchen?*“

Tim überlegte kurz, dann schüttelte er den Kopf. „Passe. Zu der Zeit, in der ich noch regelmäßig auf der Insel Urlaub gemacht habe, zog es mich eher in Bars, wie das *Pitchis*, unten am Strand.“

„Nicht unbedingt meine erste Wahl, aber Geschmäcker sind ja bekanntlich verschieden“, sagte Nele. Mit der Hand wies sie in die Richtung, in die sie laufen mussten.

Tim lächelte schmallippig. Er schien zu überlegen, wie ihre Äußerung wohl gemeint war, und ihr gefiel es, ihn im Unklaren zu lassen.

Nach zehn Minuten Fußweg hatten sie die kleine Nebenstraße erreicht, in der sich ein altes Backsteingebäude mit schmalen Fenstern aus gelbem Glas und dünnen Metallgittern davor befand. Das *Seemannsbüdchen* war eine kleine, gemütliche Kneipe mit schweren Holzmöbeln und schummrigem Licht und erfreute sich vorwiegend bei den Einheimischen großer Beliebtheit. Als Nele ihr Rad am Fahrradständer vor dem Gebäude festmachte, drang leises Stimmengewirr durch ein gekipptes Fenster auf den Bürgersteig.

„Da wären wir“, sagte sie. „Wahrscheinlich nicht unbedingt das, was auf den ersten Blick deinem Geschmack entspricht, aber ich glaube, es wird dir trotzdem gefallen.“

Sie beobachte, wie Tim seinen Blick über das in die Jahre gekommene Haus schweifen ließ und am Metallschild über dem Eingang, auf dem ein alter Seefahrer mit Fischermütze und Pfeife im Mundwinkel abgebildet war, hängenblieb.

„Nein, es ist ... urig. Und es verströmt diesen ganz speziellen Inselcharme, den ich an Föhr so liebe – und vermisse."

Er lächelte versonnen, als er ihr in die Augen sah, und für einen Sekundenbruchteil sorgte dieses Lächeln für ein Kribbeln in Neles Bauch.

Sie räusperte sich kurz. „Dann lass uns reingehen."

„Nach dir." Tim öffnete ihr die Tür.

Im Eingangsbereich blieben sie stehen, um sich einen kurzen Überblick zu verschaffen. Sofort legte sich ein allgemeiner Geräuschpegel auf Neles Ohren, wie er nur in kleinen traditionellen Gaststätten und Kneipen zu hören war, in denen sich die meisten der Gäste kannten und angeregt unterhielten. Die fahle Beleuchtung und die Holzmöbel verströmten eine heimelige Atmosphäre. Es roch nach Pommes, Speck und Bier und aus alten Lautsprechern über der Bar war leise Schlagermusik zu hören. Nele hatte sich hier von Anfang an wohlgefühlt.

„Da hinten ist Platz", sagte sie und zeigte auf einen runden Tisch am anderen Ende des Gastraumes.

Tim nickte und bahnte sich auch schon einen Weg durch den schmalen Gang, an den Barhockern und Tischen vorbei.

Kaum, dass sie sich hingesetzt hatten, tauchte auch schon Sammy, eine junge Bedienung mit wasserstoffblonder Mähne und knallroten Fingernägeln, die genauso künstlich waren wie ihre Wimpern, am Tisch auf.

„Moin Nele, schon 'ne Weile her. Wie geht's dir so?" Kaugummi kauend warf sie einen kurzen Blick auf Neles Begleitung. Ihr schien zu gefallen, was sie sah, denn das Lächeln wurde breiter, nachdem sie Tim einmal von oben nach unten abgescannt hatte.

Nele wandte sich zu Tim. „Was möchtest du trinken?"

Tim überlegte kurz. „Ein Glas Bier. Und du?"

„Eine Cola bitte", sagte Nele zu Sammy. „Und könntest du uns bitte die Speisekarte bringen?"

„Klar", erwiderte Sammy und ging zum Tresen, um die Bestellung an ihre etwas ältere, aber nicht minder hübsche Kollegin hinter der Bar weiterzugeben.

Kurz darauf kam sie mit einem Tablett zurück, stellte die Getränke auf den Tisch und reichte Nele und Tim eine laminierte Karte.

„Ich komme in ein paar Minuten wieder, oder wisst ihr schon, was ihr essen wollt?"

„Nein, lass uns ruhig einen Moment Zeit", meinte Nele, woraufhin Sammy sich den Gästen am Nebentisch zuwandte.

Während Nele die angebotenen Speisen überflog, fiel ihr auf, dass Tim seine Karte sofort wieder auf den Tisch legte. Sie runzelte die Stirn.

„Möchtest du nichts essen?"

„Und ob, aber ich nehme das, was du nimmst. Ich bin sicher, du kannst etwas empfehlen, das ich unbedingt probieren sollte."

„Also gut", sagte Nele und sah sich nach der Bedienung um.

„Und?" Sammy zog einen kleinen Block und einen Kugelschreiber aus einer Tasche ihrer schwarzen Stoffschürze, die sie um die schmalen Hüften gebunden hatte.

„Wir nehmen beide den Backfisch mit Pommes", sagte Nele und reichte Sammy die Speisekarten.

„Kommt sofort."

Als Sammy gegangen war, lehnte sich Tim nach vorn und sah Nele fest in die Augen. „Ich höre."

„Wie bitte?"

„Du wolltest dich bei mir entschuldigen." Er trank

einen großen Schluck Bier, und als er das Glas wieder absetzte, huschte ein verschmitztes Lächeln um seine Mundwinkel.

Neles Blick fiel zuerst auf die süßen Grübchen, dann auf den dünnen Schaumrand, den er sich mit der Zungenspitze von der Oberlippe leckte.

„Oh, richtig!“, stammelte sie, als sie sich an das Telefonat von heute Nachmittag erinnerte. „Also, wie ich schon sagte, möchte ich mich in aller Form ...“

Tim hob eine Hand. „Schon gut, das war ein Scherz. Wenn sich einer entschuldigen muss, dann bin ich es.“

Sie stutzte.

„Ich bin froh, dass du mich angerufen hast.“

„Ach ja?“

Nun trank auch sie den ersten Schluck ihrer Cola. Kühl rann sie ihre Kehle herunter.

„Ja. Denn auch, wenn du glaubst, dass ich mir die Entscheidung, den Hof zu verkaufen, leicht gemacht habe, kann ich dir versichern, dem ist nicht so.“

Nele blinzelte. Sie versuchte, sich ihre Enttäuschung nicht anmerken zu lassen. Nur für einen kurzen Augenblick hatte sie tatsächlich die zarte Hoffnung verspürt, er könnte es sich doch noch anders überlegt haben. Wieso sonst hätte er sich entschuldigen wollen? Wie naiv von ihr. Nur, weil er mit seinem schlechten Gewissen nicht klarkam, würde er sicher nicht von seinen Plänen abrücken.

Sie wich seinem Blick aus, griff nach ihrem Glas und trank einen weiteren Schluck.

Er tat es ihr gleich. Als er sein Bier wieder abstellte, sah er sie mit einem offenen Lächeln an. „Erzähl mir etwas von dir.“

Sie veränderte ein wenig ihre Sitzposition. „Von mir? Wieso?“

„Weil ich glaube, dass du ein interessanter Mensch bist,

und ich würde gern mehr von dir erfahren." Er hob eine Hand. „Natürlich nur, wenn du möchtest."

Nele wägte kurz ab und erkannte, dass dies gar keine so schlechte Idee sein könnte. „Okay, wenn du mir danach auch von dir erzählst?"

„Das klingt fair" lautete die Antwort, die Nele hören wollte. Eigentlich war sie nicht der Typ, der gern über sich selbst sprach, aber manchmal musste man über seinen Schatten springen und ein kleines Opfer bringen.

„Was willst du wissen?", fragte sie.

„Nun, zum Beispiel, wo du geboren und aufgewachsen bist. Was du gelernt oder studiert hast und was dich ausgerechnet auf einen abgeschiedenen Bauernhof auf Föhr verschlagen hat, auf dem du ..." Er stoppte mitten im Satz. „Siehst du, ich weiß bislang nicht einmal, was du dort eigentlich machst."

„Töpfern", sagte Nele pragmatisch.

„Wie schön." Tim grinste verlegen. „Na ja, ich habe zugegebener Maßen keinen blassen Schimmer vom Töpfern."

„Das haben die wenigsten, bis sie es das erste Mal versuchen."

„Wie bist du dazu gekommen? Ich meine, warum Töpfern und nicht ... Malen, oder Dichten, Schreiben oder Dekorieren?"

„Das sind viel Fragen", bemerkte Nele.

„Ich sagte ja, es interessiert mich."

„Also gut." Nele legte ihre Unterarme auf dem Tisch ab und beugte sich nach vorn. „Ich bin in Hamburg geboren und aufgewachsen. Ich habe eine behütete, aber zielorientierte Kindheit genossen, wie es meine Eltern ausdrücken würden. Nach einem Einser-Abitur habe ich begonnen, Bildhauerei zu studieren ..."

„Moment, wow! Bildhauerei? So was wie Michelangelo?"

Nele nickte. „Vor allem Michelangelos, Donatellos und Berninis Skulpturen waren es, die mich inspirierten."

„Michelangelo kenne ich natürlich, von den anderen beiden habe ich zumindest einmal gehört. Allesamt italienische Künstler, wenn ich mich nicht irre."

Nele nickte. „Meine Eltern lieben Italien. Das Essen, die Mentalität, die Kultur und die Kunst. Deswegen haben wir auch jedes Jahr unseren Urlaub dort verbracht. Sie legten viel Wert auf Bildung. Wir besuchten Kunstgalerien und berühmte Sehenswürdigkeiten, unter anderem in Rom, Florenz, Siena und so weiter. Später haben mich die Skulpturen Michelangelos nicht mehr losgelassen. Er war einer der größten Künstler der Renaissance. Ich bewunderte die Detailtreue, die Schönheit und Ästhetik seiner Werke. Für mich waren seine Arbeiten weit mehr als Kunst. Es war Magie! Ich begann mich zu fragen, wie es einem Menschen gelingt, einen tonnenschweren, toten Marmorblock so zu bearbeiten, dass aus ihm etwas Lebendiges entsteht und seine Formvollendung nicht in der Perfektion findet, sondern in den Emotionen, die es in seinem Betrachter hervorruft. Weichen Rohstoff kann man leicht formen, aber Gestein ..." Nele lächelte Tim versonnen an. „Das schafft man nur, wenn man eins ist mit dem Material, seiner Vorstellungskraft und dem Vertrauen in die eigenen Fähigkeiten."

Als sie eine Pause machte, bemerkte sie, wie sehr sie es vermisst hatte, sich mit einem anderen Menschen über die Bildhauerei auszutauschen. Wenn sie nicht aufpasste, geriet sie zu sehr ins Schwärmen und vergaß noch den eigentlichen Grund dieses Treffens.

„Ich muss gestehen, ich bin sehr beeindruckt. Die Art,

wie du darüber sprichst, zieht jeden Kunstbanausen in deinen Bann."

Nele lachte. „Jetzt übertreibst du aber."

„Nein, gar nicht. Ich meine das völlig ernst." Er sah ihr ein paar Sekunden lang in die Augen. „Was ist dann passiert?"

„Was meinst du?"

„Na ja, irgendetwas muss geschehen sein, dass du diesen Weg nicht weiterverfolgt hast."

Nele senkte den Blick und nahm einen tiefen Atemzug. „Meine Eltern wollten ursprünglich, dass ich Jura studiere und eine erfolgreiche Anwältin werde, um in die Fußstapfen meines Vaters zu treten. Bildhauerei ist für sie nur brotlose Kunst. Meine Begeisterung hielten sie lange Zeit nur für eine Phase, die vorübergehen würde."

„Aber dem war nicht so."

Sie schüttelte den Kopf. „Ich habe das Kunststudium trotzdem begonnen. Irgendwann mussten sie einsehen, dass sie mich nicht zwingen können, einen anderen Weg einzuschlagen, und haben mich zähneknirschend unterstützt. Zumindest finanziell. Doch dann ..."

Nele stockte. Sie hatte nicht vor, die Erinnerungen an den wahren Grund ihres Abbruchs, ihrer Flucht aus Hamburg, wieder aufleben zu lassen, schon gar nicht vor einem Fremden. Sie schluckte.

„Aufgepasst, heiß und fettig!"

Sammy tauchte plötzlich mit zwei dampfenden Tellern am Tisch auf und stellte sie vor Nele und Tim ab.

„Lasst es euch schmecken."

„Danke." Das Essen kommt genau zur richtigen Zeit, dachte Nele erleichtert.

Tim griff nach seinem Besteck und schnupperte. „Mmh, riecht das köstlich. Guten Appetit!"

„Dir auch."

„Jetzt du", sagte Nele, nachdem sie schweigend gegessen hatten.

„Okay." Tim räusperte sich und tupfte sich mit der Papierserviette den Mund ab. „Ich bin in Husum aufgewachsen und habe nach der Schule Lehramt studiert. Seit sechs Jahren unterrichte ich Mathematik und Sport in einer Grundschulklasse."

Nele hob überrascht die Brauen. „Lehrer? Das hätte ich nicht erwartet."

„Nein? Was dann?" Er stützte die Ellbogen auf und faltete die Hände vor dem Kinn.

„Hmm ... Irgendwas in der IT-Branche, vielleicht."

Dass sie ihn anfänglich in ihrer Vorstellung auf dem Surfbrett gesehen hatte, verschwieg sie lieber. Tatsächlich hätte sie ihm den Umgang mit Kindern nicht zugetraut, so empathielos wie er gestern Nachmittag seinen Standpunkt klargemacht hatte. Heute aber präsentierte er sich als ziemlich netter Gesprächspartner.

Tim schüttelte den Kopf.

„In Computerangelegenheiten bin ich eher mittelmäßig. Ich arbeite gern mit Kindern. Sie sind neugierig, offen für Ideen und die meisten haben sogar Freude am Lernen. Die Art, wie sie die Welt sehen, mit Problemen umgehen, inspiriert mich jeden Tag neu."

Sie wurden abermals unterbrochen, als Sammy die leeren Teller einsammelte und sich erkundigte, wie es geschmeckt hatte. Nachdem beide die Küche gelobt hatten, verschwand Sammy mit Blick auf die noch halbgefüllten Gläser wieder.

Tim wirkte mit einem Mal nachdenklich. „Ich möchte, dass du eines weißt, Nele. Ich bin kein schlechter Mensch."

Nele brauchte einen kurzen Moment, um ihm folgen zu

können. „Das habe ich auch nicht behauptet“, erwiderte sie, obwohl das so nicht ganz stimmte.

„Mir ist wichtig, dass die Sache friedlich vonstattengeht. Ich möchte euch keine Schwierigkeiten bereiten.“

„Tust du aber.“

Tim seufzte und sah sie ein paar Sekunden lang an. „Ich weiß. Und es ...“

„Nicht nötig“, unterbrach ihn Nele.

Da war sie wieder. Die Enge in ihrer Brust, kaum dass das Thema auf den eigentlichen Grund ihres Beisammensitzens gelenkt wurde.

Tim legte den Kopf schief. „Wie meinst du das?“

„Es ist nicht nötig, mir noch einmal zu erklären, wie sehr es dir leidtut, uns aus unserem Zuhause zu werfen. Das hast du schon gestern getan und, ganz gleich, ob ich es dir glaube, oder nicht, das Resultat aus deiner Entscheidung, den Hof zu verkaufen, bleibt dasselbe. Auf die eine oder andere Weise verlieren wir das, was wir uns in den vergangenen Jahren aufgebaut haben, was uns glücklich macht und worin wir unseren Sinn im Leben sehen.“

Nele musste schlucken. Um nicht auf der Stelle loszuheulen, nahm sie einen großen Schluck Cola.

Tim senkte den Kopf. Ihre Worte schienen ihn getroffen zu haben. „Es geht mir nicht um Gewinn“, sagte er mit leiser Stimme. „Zumindest nicht im Sinne von möglichst viel Profit aus dem Erbe meines Vaters zu schlagen. So seht ihr es vermutlich.“

Nele war geneigt, ihm spontan recht zu geben. „Worum geht es dir dann?“

Tims Blick ruhte auf ihrem Mund, bevor er ihre Augen fand und sie mit einer Mischung aus Bedauern und Traurigkeit ansah.

Aus unerklärlichen Gründen löste dies ein Kribbeln in

ihrer Magengegend aus. Sie versuchte, es zu ignorieren, so gut es ging.

„Mit dem Tod meines Vaters habe ich nun auch den zweiten Elternteil verloren. Meine Mutter starb vor zehn Jahren an Krebs. Da war ich gerade zwanzig Jahre alt. Nun stehe ich plötzlich mit allem allein da und muss mich erst mit der Verantwortung, die ich habe, auseinandersetzen.

„Oh, das mit deiner Mutter tut mir leid. Das habe ich nicht gewusst", sagte sie ehrlich betroffen. „Das muss schlimm für dich gewesen sein."

„Danke und ja, es war eine schwere Zeit", murmelte er. „Versteh mich nicht falsch, es geht mir nicht um dein Mitleid. Ich möchte dir lediglich damit sagen, dass auch ich vor einschneidenden Veränderungen stehe und Entscheidungen treffen muss. Dazu gehört leider auch der Hof. Ich kann ihn nicht behalten. Ich benötige das Geld, und zwar dringend."

„Als Lehrer verdient man doch sicher nicht schlecht", mutmaßte sie. „Bitte entschuldige, aber bricht es dir nicht auch ein wenig das Herz bei dem Gedanken, das Anwesen so einfach wegzugeben? Immerhin stecken nicht nur unsere Erinnerungen darin, sondern auch die deiner Familie."

Nele versuchte, an sein Gewissen zu appellieren und gleichzeitig jede noch so kleine Regung in seinen Gesichtszügen zu lesen.

„Wie ich bereits gestern erklärt habe, fällt mir die Entscheidung alles andere als leicht. Aber noch mal: Ich benötige das Geld. Ich habe kein Eigentum, das ich stattdessen verkaufen könnte."

Nur zu gern hätte Nele erfahren, weshalb Tim so viel Geld brauchte, aber es schien ihr unangemessen, ihm eine derart persönliche Frage zu stellen. Sie hatte genug davon, um den heißen Brei herum zu eiern und wollte endlich Tacheles reden.

„Dann gibt es also schon einen Käufer?"

Tim antwortete nicht gleich. Sie sah, wie seine Kieferknochen aufeinander malten. Also doch, dachte sie.

„Ja, den gibt es. Aber bitte versteh mich, wenn ich dazu nichts Konkretes sagen möchte."

„Sollte es nicht auf Gegenseitigkeit beruhen?"

„Was meinst du?", fragte Tim.

„Du bittest mich um Verständnis, bringst aber selbst keines für mich auf." Sie sprach bewusst nur von sich, um so eine persönliche Ebene zwischen ihnen zu schaffen.

„Das ist nicht …"

Nele hob eine Hand. „Wie würdest du dich an meiner Stelle fühlen? Meinst du nicht, ich habe ein wenig mehr Offenheit verdient, nach dem, womit du uns gestern konfrontiert hast?"

Tim schien darüber nachzudenken und nickte dann zögerlich. „Einverstanden, das klingt fair. Ich will es versuchen."

„Mehr verlange ich nicht." Sie schenkte ihm ein ehrliches Lächeln.

Als er es erwiderte und ihr dabei abermals tief in die Augen sah, war da wieder dieses irritierende Kribbeln in ihrem Bauch.

„Was möchtest du wissen?" Nachdem Tim einen Schluck Bier getrunken hatte, lehnte er sich nach vorn und verschränkte seine Hände auf dem Tisch.

Nele war erleichtert über die Gesprächsbereitschaft, die er signalisierte. „Nun, wie wäre es für den Anfang, wenn du mir verrätst, wie viel dir unser Hof eigentlich wert ist?"

„Hmm", machte Tim. „Um den genauen Schätzwert zu ermitteln, braucht es einen Gutachter."

„Mir ist noch keiner über den Weg gelaufen."

„Was daran liegt, dass ich bisher auf diesen Schritt

verzichtet habe, da ich unter anderem euch vorher in Kenntnis setzen wollte."

„Was du gestern getan hast. Was meinst du mit unter anderem?"

Tim schien nach passenden Worten zu suchen. „Damit meine ich, dass ich auf ein solches Gutachten wohl nicht angewiesen sein werde."

Nele runzelte die Stirn. Wenn er den genauen Wert seiner Immobilie nicht kannte, könnte er womöglich Verlust machen. Das ergab doch keinen Sinn. Es sei denn ... Nele spürte, wie ihr die Hitze in den Kopf schoss. Es sei denn, es handelte sich um eine solch hohe Summe, dass Tim gar nicht anders gekonnt hatte, als das Angebot sofort anzunehmen!

„Du hast dem Käufer bereits zugestimmt?", fragte Nele und ihre Stimme klang dünn.

Tim ließ sich einen Moment Zeit mit der Antwort.

Nele sah ihm an, wie unangenehm es ihm war, darüber zu sprechen und sie dabei anzusehen. „Nein. Ich habe mir Bedenkzeit erbeten. Es gibt noch keinen Kaufvertrag."

Sie atmete auf.

„Aber ich tendiere dazu, es anzunehmen. Es erspart mir Arbeit und Zeit, die ich aktuell nicht habe, um mich allein um die gesamte Abwicklung zu kümmern."

„Wie viel?"

Langsam schüttelte er den Kopf. „Nein, Nele, darüber möchte ich wirklich nicht reden."

Nele wurde nervös. Wenn sie ihn jetzt zu sehr drängte, könnte er dicht machen. Dann wäre der Abend gelaufen. Sie musste zumindest noch eine Sache wissen.

„Dann verrate mir wenigstens, wo dein persönlicher Mindestpreis liegt. Wie viel würdest du für den Hof haben wollen, gäbe es diesen Interessenten nicht?"

„Ich weiß nicht, ob wir weiter ..."

„Bitte, Tim.“ Sie neigte den Kopf zur Seite.

Er seufzte. „Also schön. Ohne zuvor mit einem Gutachter oder Makler darüber gesprochen zu haben, könnte ich mir eine Summe von siebenhundertfünfzigtausend Euro vorstellen.“

Seine Worte waren wie eine Faust, die sich in Neles Magen bohrte. Ihr Blick saugte sich an der Tischplatte fest, während sie sich die Summe vor Augen führte.

Eine dreiviertel Million Euro!

„Das ist viel Geld. Sehr viel Geld.“

„Das ist es“, sagte Tim.

Nele sah zu ihm auf. „Das Angebot des Käufers ist um ein Vielfaches höher, habe ich recht?“

Es war nur ein Gefühl, mehr nicht. Nun drängte Nele ihn doch, aber es war ihr egal. Gleichzeitig fürchtete sie sich vor der Antwort, obwohl sie ahnte, dass sie keine bekommen würde. Aber das war auch nicht mehr nötig.

„Nele, bitte, können wir nicht ... Es ist doch so schon schwer genug, für beide Seiten.“

„Sag es mir, bitte“, bat sie ihn fast flehend.

„Wozu? Was nützt es dir denn, wenn du wüsstest, dass eine Hotelkette hinter ...“ Tims Miene fror mitten im Satz ein.

Nele starrte ihn an. Ihr verschlug es die Sprache, genau wie Tim.

Er schwieg.

„... dass eine Hotelkette hinter dem Angebot steht?“, beendete sie nach einer kleinen Weile seinen Satz. „Ist es das, was du sagen, oder besser nicht sagen wolltest?“

Neles Hände begannen zu zittern. Als sie es bemerkte, legte sie schnell in ihren Schoß. Ihre Finger krallten sich in die Oberschenkel. Den Schmerz spürte sie kaum.

Tim schwieg noch immer, doch sein Blick sprach Bände.

Plötzlich kam es ihr so vor, als lastete das Gewicht eines Felsbrockens auf ihren Schultern. Tim hatte nicht gelogen. Es war tatsächlich aussichtslos. Sie senkte den Kopf. Ihre Welt war innerhalb von Sekundenbruchteilen endgültig zusammengebrochen. Hatte sie sich bis eben noch auf einen winzigen Funken Hoffnung gestützt, so war dieser gerade verflogen, ausgepustet von der Realität, die sie nun akzeptieren musste, ob sie wollte oder nicht.

Eine Zeit lang sagte keiner etwas. Nele empfand die bedrückende Stille, die sich zwischen ihnen ausgebreitet hatte, wie ein Korsett, das sich langsam immer enger um ihren Brustkorb zog.

„Können wir gehen?", bat sie schließlich. „Ich sollte langsam nach Hause."

Bei dem Begriff „nach Hause" zuckte sie innerlich zusammen.

„Ja ... gut, wie du willst", erwiderte Tim.

Der rasche Aufbruch schien ihn zu irritieren, doch er versuchte nicht, sie zum Bleiben zu überreden, wofür sie ihm dankbar war.

Nele wusste nicht, was sie noch zu sagen hätte. Demonstrativ hielt sie nach Sammy Ausschau.

Tim verstand. „Ich gehe an die Bar und zahle", schlug er vor.

„Danke. Wenn es okay ist, warte ich vor der Tür."

Sie stand auf und schlängelte sich an den Tischen vorbei nach draußen. Luft, sie brauchte dringend frische Luft!

„Ich fühle mich schrecklich", gestand Tim, als er zu Nele auf den Bürgersteig trat und ihr zusah, wie sie am Fahrradschloss herumhantierte. „Ich hätte wirklich nicht ... Soll ich mal?"

„Nein, verflucht!“, schnauzte Nele.

Als er zurückwich, tat es ihr sofort leid. Ihr Ausbruch galt nicht ihm. Obwohl, indirekt wahrscheinlich schon.

„Schon gut“, sagte sie mit ruhigerem Tonfall. „Das Schloss klemmt manchmal. Aber jetzt habe ich es. Danke.“

„Nicht dafür.“

„Nein, danke für das Essen und das offene Gespräch. Ich weiß das zu schätzen.“

Sie standen sich gegenüber, sekundenlang, und sahen einander im schummrigen Licht der Straßenlaterne an.

„Wie gesagt, nicht dafür.“

Nele wandte den Blick ab und straffte sich. „Findest du allein zurück zu deinem Auto?“

„Was? Oh, ja klar. Du musst mich nicht zum Parkplatz begleiten.“

Mit einem Nicken verabschiedete sie sich und fuhr langsam los. Nach ein paar Metern hörte sie, wie er ihren Namen rief.

„Nele! Warte!“

Sie hielt an und drehte sich um. „Was ist?“

Tim schloss zu ihr auf und schien nach passenden Worten zu suchen. „Darf ich dich morgen Nachmittag auf dem Hof besuchen kommen?“

Verdutzt sah Nele ihn an. „Wieso?“

„Sag einfach Ja.“

Zuerst zögerte sie. „Von mir aus. Es ist dein Grund und Boden, du kannst kommen, wann immer du willst.“ Sie hoffte, dass er dies nicht allzu wörtlich nehmen würde.

„Danke“, sagte er. „Dann bis morgen.“

Daraufhin schwang sie sich in den Sattel und widerstand dem Drang, sich nach ihm umzudrehen. Sie trat in die Pedale. Bestimmt warteten die anderen bereits auf sie. Und nun war sie es, die ihre Freunde enttäuschen musste.

Kapitel Sieben

„Siebenhundertfünfzigtausend Euro?"

Nina riss die Augenbrauen nach oben und warf Viktoria einen entgeisterten Blick zu. Diese schüttelte nur ungläubig den Kopf, während Aarons und Pascals Mienen wie versteinert waren.

Nele nickte. Sie fühlte sich mies und war müde. Es war kurz nach 22 Uhr gewesen, als sie auf den Hof zurückgekehrt war und in die erwartungsvollen Augen ihrer Mitbewohner geblickt hatte.

Für einen Moment war es mucksmäuschenstill. Man hätte eine Stecknadel fallen hören können.

„Was für eine Scheiße", brummte Pascal und brach als Erster das beklemmende Schweigen. „Das war's also. Wir können zusammenpacken."

„Sieht ganz so aus", stimmte ihm Aaron kraftlos zu.

Nele fühlte sich schuldig. Als hätte sie auf ganzer Linie versagt, obwohl sie wusste, dass sie Tims Entscheidung nicht beeinflussen konnte. Oder doch? Sie hatte ihn schließlich nicht gefragt, ob es etwas gäbe, irgendetwas, das seine Entscheidung zu ihren Gunsten ändern könnte. Aber sie hatte während des gesamten Abends auch nicht den

Eindruck gehabt, eine positive Antwort darauf zu bekommen. Schon am Nachmittag zuvor hatte er seinen Standpunkt mehr als deutlich gemacht. Und wenn doch? Nein, dazu hatte er viel zu entschlossen gewirkt. Hier ging es nicht um Gewissensbisse, Schuldgefühle oder Skrupel. Es ging nur ums Geld. Zu viel Geld.

„Hat er sonst noch etwas gesagt?"

Brittas Frage riss Nele aus ihren Überlegungen.

„Ja", sagte sie zögerlich. „Da ist noch etwas.

„Und was? Komm schon, raus damit", drängelte Nina.

„Nun ja, allem Anschein nach hat Tim bereits ein konkretes Angebot auf dem Tisch liegen."

„Echt jetzt? Verfluchter Mist!"

„Pascal, bitte", zischte Viktoria. „Lass sie erst einmal ausreden."

„Sieh dir doch ihren Gesichtsausdruck an." Er wies mit ausgestrecktem Arm auf Nele. „Selbst ein Blinder erkennt, dass es nicht gut für uns aussieht."

Ninas Blick wechselte von Pascal zu Nele. „Stimmt das?", fragte sie mit piepsiger Stimme.

Nele nickte verhalten. „Das Angebot, um das es sich handelt, kommt von einer Hotelkette. Dabei muss es sich um eine immens hohe Summe handeln, denn Tim hält es nicht für nötig, einen Gutachter kommen zu lassen, um den Hof und das Grundstück zu schätzen. Um wie viel Geld es hierbei geht, wollte er mir nicht verraten."

„O mein Gott!", entfuhr es Nina, bevor Nele weitersprechen konnte. „Ich glaub's nicht! Die wollen auf unserem schönen Stück Land ein scheiß Hotel bauen?"

„Großartig", maulte Pascal. „Als hätte ich es geahnt. Gibt ja auch nicht schon genug davon auf der Insel."

Aaron stimmte ihm schnaubend zu.

Britta blinzelte mehrmals. Nele sah, wie ihre Augen feucht schimmerten.

Jannis griff nach Brittas Hand und drückte sie.

Nina warf Viktoria einen hilfesuchenden Blick zu, aber Vicky starrte nur vor sich hin.

„Ich raff's nicht“, sagte sie leise, als würde sie zu sich selbst sprechen. „Alles ist gut, und dann kommt eines schönen Tages Schäfer Junior um die Ecke und verkündet, dass er uns in spätestens sechs Monaten auf die Straße setzen will. Und als wäre das nicht schon schlimm genug, wollen sie aus unserem Zuhause ein Hotel machen. Der Schäfer kassiert fett Kohle und wir sind die großen Verlierer bei dem Ganzen. Dabei haben wir doch niemandem was getan!“

Nele musste sich anstrengen, um den Kloß in ihrem Hals herunterzuschlucken.

„Sie werden es abreißen“, meinte Aaron tonlos.

„Wie bitte?“, fragten Nele und Nina gleichzeitig.

„Was meinst du damit, sie werden es abreißen?“ Victoria schüttelte den Kopf.

„Das Haus“, antwortete er. „Glaubt ihr echt, aus dieser Bruchbude entsteht ein Hotel?“ Er lachte bitter auf und schüttelte den Kopf, wobei sein Ziegenbart hin- und herschwang.

Britta sog die Luft ein, woraufhin Aaron die Hände hob. „Aus deren Sicht, nicht meiner. Die reißen das Haus und die Scheune ab und errichten einen Protzbau auf dem Grundstück. So einen, wie es schon Unzählige auf Föhr und den Nachbarinseln gibt. Immer mehr Einheimische werden aufs Festland verdrängt, damit noch mehr Gewinn aus noch mehr Tourismus herausgeholt werden kann.“

Nina stieß einen jammernden Ton aus.

Plötzlich fiel Nele ein nicht unwesentlicher Punkt ein, den sie beinahe vergessen hatte, zu erwähnen. „Er hat noch nicht unterschrieben!“

„Was?“ Pascal glotzte sie an.

„Er hat gesagt, er hat sich Bedenkzeit erbeten. Es gibt noch keinen Kaufvertrag. Das waren seine Worte", fügte Nele eilig hinzu.

„Warum nicht?", wollte Viktoria wissen.

„Keine Ahnung. Vielleicht, weil ihm selbst nicht wohl bei der Sache ist?" Zugegeben, dieser Gedanken beruhte überwiegend auf der Hoffnung, Tim könnte vielleicht doch kein eiskalter Mistkerl sein, dem das Schicksal von sieben Menschen egal war.

Pascal stieß einen Zischlaut aus. „Das glaubst du selbst nicht!"

„Könnte doch sein, oder nicht?"

„Jetzt nimm diesen Idioten auch noch in Schutz!"

„Tu' ich doch gar nicht. Ich will nur einfach nicht die Hoffnung aufgeben. Kapierst du das nicht?"

Pascal verdrehte die Augen, sagte aber nichts.

„Hey, jetzt schalt mal einen Gang runter", forderte Viktoria, woraufhin Pascal missmutig das Gesicht verzog. Dann wandte sie sich an Nele. „Es gibt doch einen Grund, dass du so denkst, oder?"

Nele wusste nicht, ob es klug wäre, ihren eigenen, ganz persönlichen Eindruck von Tim mit den anderen zu teilen, ließ sich dann aber doch dazu hinreißen, als Vicky ihr eine Hand auf den Unterarm legte, als würde sie sie ermutigen, ehrlich auszusprechen, was sie fühlte.

„Er kam mir nicht so vor wie ein skrupelloser Mensch, der für Geld über Leichen geht. Im übertragenen Sinne."

„Und das weißt du, weil?", fragte Pascal mit einem höhnischen Unterton, der Nele verunsicherte.

„Na ja, er ist Grundschullehrer und er hat auf mich einen ... netten Eindruck gemacht."

„Wusste gar nicht, dass Grundschullehrer solche Arschlöcher sein können."

Viktoria warf Pascal einen strafenden Blick zu.

Mit verschränkten Armen ließ er sich daraufhin gegen die Lehne seines Stuhls fallen und stieß hörbar die Luft aus.

Er ist kein Arschloch, wollte Nele sagen und, dass er ganz normal sei, eben jemand, der seine eigenen Probleme hat, mit denen er versucht klarzukommen. Doch dann besann sie sich und schüttelte den Kopf. Wie kam sie bloß darauf, für ihn Partie zu ergreifen?

Leise sagte sie: „Tim hat mir erklärt, dass er auf den Verkauf des Hofes angewiesen sei. Er hat etwas von Verantwortung erzählt, die er nach dem Tod seines Vaters übernehmen müsse, hielt sich aber ziemlich bedeckt, was seine persönlichen Angelegenheiten betraf. Vielleicht hat Pascal aber auch recht und ich täusche mich."

Eine Weile herrschte Stille am Tisch.

Jannis richtete sich in seinem Stuhl auf, legte die Unterarme auf den Tisch und faltete die Hände. „Pascal, du hast allen Grund, sauer zu sein. Wir haben es verbockt, und du glaubst gar nicht, wie mich diese Tatsache innerlich zerreißt und wie ich mich selbst dafür hasse. Umso mehr möchte ich alles, was in meiner Macht steht, tun, um den Hof doch noch zu retten. Und falls du deine Wut für ein paar Minuten zügeln könntest, würde ich gern Britta zu Wort kommen lassen, denn sie hat sich in der Zwischenzeit etwas überlegt. Wenn ich Nele richtig verstanden habe, besteht zumindest eine winzige Chance, den Verkauf noch abzuwenden. Also bitte, hör dir einfach an, was Britta zu sagen hat, okay? Danach kannst du aufstehen und gehen."

Pascal hob die Hände. „Gut, dann legt mal los. Ich bin gespannt."

Jannis ignorierte den sarkastischen Unterton und nickte seiner Frau zu. Britta räusperte sich und veränderte leicht ihre Sitzposition.

„In der schwersten Zeit, die ich bisher erlebt hatte,

waren meine Eltern der wichtigste Stützpfeiler in meinem Leben."

Sie warf ihrem Mann einen wehmütigen Blick zu.

„Sie haben damals viel Geld ausgegeben, um mir meinen größten Wunsch, ein Baby durch künstliche Befruchtung zu bekommen, zu erfüllen. Fünfmal hatten wir es probiert. Doch das Glück war nicht auf unserer Seite, aber das wisst ihr bereits. Ich fühlte mich wie eine Versagerin, weil mein Körper nicht imstande war, schwanger zu werden. Das ganze Geld war weg, und ich konnte meinen Eltern kaum etwas davon zurückzahlen. Aus Scham, sie finanziell ausgebeutet zu haben, wollte ich nur noch weg, um woanders neu anzufangen. Wäre Jannis nicht gewesen ..." Sie ließ den Satz offen. „Nun gut, den Rest kennt ihr." Nach einem tiefen Atemzug fuhr sie fort: „Ihr fragt euch sicher, weshalb ich das alles erzähle. Nun, heute Morgen habe ich mich dazu durchgerungen, meine Eltern anzurufen. Das Letzte, was ich will, ist, sie noch einmal um Hilfe zu bitten, aber die Umstände und mein Beitrag daran lassen wohl keine andere Möglichkeit zu."

Sie blinzelte, dann rollte eine Träne über ihre Wange. Hastig wischte sie sie weg und drückte den Rücken durch, um sich aufrecht hinzusetzen.

Nele spürte, wie auch ihre Kehle eng wurde, als sie sah, wie Britta um eine stolze und würdevolle Haltung bemüht war, obwohl sie sich ganz sicher nicht so fühlte.

Niemand unterbrach Britta. Selbst Pascal hörte aufmerksam zu. Seine Gesichtszüge hatten, zumindest für den Moment, alle Härte verloren.

„Um zum Punkt zu kommen: Meine Eltern werden uns helfen, so gut sie können. Ich habe daraufhin einen Termin bei meiner Bank ausgemacht. Gleich morgen Nachmittag werden Jannis und ich zu Frau Bareis, unserer Bankberaterin, fahren. Wir haben es dringlich gemacht, und sie war so nett, uns dazwischen zu schieben. Bis dahin arbeite ich an einem vorläufigen Finanzierungsplan. Stimmt die Bank unserem Kreditwunsch zu, werden wir Tim Schäfer ein Angebot machen, das hoffentlich in seinem Sinne ist."

Stille.

Nele sah in die nachdenklichen Gesichter ihrer Mitbewohner. „Ich finde es sehr mutig, dass du diesen Schritt gegangen bist", sagte sie an Britta gewandt. „Ich weiß, wie schwer es dir gefallen sein muss. Aber kannst du uns erklären, wie deine Eltern uns helfen sollen?"

Britta nickte, ließ sich aber einen Augenblick Zeit mit der Antwort.

„Sie sind bereit, eine Grundschuld auf ihr Haus aufzunehmen. Es ist abgezahlt und in sehr gutem Zustand. Zusätzlich möchten sie ihre Lebensversicherungen aufkündigen, sollte es ansonsten nicht reichen."

„Wow", raunte Viktoria, „Ich weiß nicht, was ich sagen soll."

„Das ist ... unglaublich." Auch Aaron schien tief beeindruckt.

Neles Herz begann schneller zu schlagen. War das die Lösung? Das Quäntchen Glück, das nötig war, damit sie ihr Zuhause behalten konnten? Sie traute sich kaum, sich über diese Nachricht zu freuen, spürte aber die positive Aufregung, die sie allgemein auslöste.

Aaron sprach als Erster seine Gedanken aus. „Angenommen, die Bank lässt sich darauf ein, was ich mir zugegebenermaßen noch nicht ganz vorstellen kann; wie könnten wir einen Kredit in dieser Höhe überhaupt stemmen? Wir haben doch jetzt schon kaum Spielraum, um Rücklagen zu bilden, und wenn, dann geht das Geld für Reparaturen und Instandhaltungen drauf."

Wieder nickte Britta, als hätte sie mit dieser Frage gerechnet. „Eigentlich wollte ich es morgen beim Frühstück mit euch besprechen, aber da wir schon mal beim Thema sind: Aaron, du hast recht. Mit den aktuellen Gewinnen würden wir nicht weit kommen. Das bedeutet, wir benötigen schnell mehr Einnahmequellen. Die Idee von der Kooperation mit Restaurants und Gaststätten sollten wir auf jeden Fall weiterverfolgen und in die Tat umsetzen. Zurzeit nutzen wir den Boden, auf dem wir unser Gemüse anbauen, hauptsächlich für unseren eigenen Bedarf, abgesehen von den Mengen, die wir auf dem Wochenmarkt und im Hofladen verkaufen. Dabei ist die Fläche, auf der wir anbauen können, um einiges größer. Deshalb hatte ich zusätzlich geplant, unser Angebot im Hofladen zu erweitern, dafür brauche ich dich, Nina."

Nina setzte sich aufrecht hin und schürzte die Lippen. „Ja, wir könnten doch auch ein Gewächshaus bauen!"

„Das hatten wir schon lange geplant, nur nie in die Tat umgesetzt", warf Jannis ein.

„Geht es nur mir gerade so, oder gibt es hier noch mehr, die sich fragen, warum diese Pläne nicht schon lange vorher in die Tat umgesetzt wurden? Ich meine nur, wenn es doch so eng war", bemerkte Pascal und sah Britta und Jannis dabei fragend an.

Alle verstummten mit einem Mal. Selbst Viktoria verzichtete auf einen Rüffel in seine Richtung.

Er hat recht, dachte Nele. *Wieso um alles in der Welt sind wir nicht schon früher auf derartige Gedanken gekommen? Wieso haben wir keine Anstrengungen darauf verwendet, Gewinn zu erwirtschaften, eine Art finanzielles Polster für schlechte Zeiten anzulegen?* Weil Britta und Jannis keine Unternehmer sind und sie nicht die nötige Voraussicht mitbringen, beantwortete sich Nele diese Frage selbst.

Jannis rieb sich mit beiden Händen über das Gesicht. „Leider habe ich keine Entschuldigung dafür, dass wir das alles nicht haben kommen sehen. Womöglich haben wir einfach nicht genau hingeschaut. Das wollen wir gerade ändern. Mit euch zusammen.

„Und ich habe deswegen auch einen Vorschlag vorzubringen“, sagte Viktoria. „Wie wäre es, wenn wir einen Teil der Fläche für einen Schulgarten oder andere derartige Projekte vermieten? Ich habe so etwas Ähnliches mal im Fernsehen gesehen. Da ging es um Menschen mit Depressionen und Burn-out. Solche Gartenprojekte wurden von Kliniken oder Reha-Einrichtungen angeboten.“

„Eine tolle Idee“, meinte Britta begeistert. „Ich werde mich gleich morgen erkundigen. Außerdem würde ich gern mit euch, Viktoria und Nele, darüber reden, ob ihr bereit wärt, Mal- und Töpferkurse zu geben. Platz in der Scheune ist genug, wenn wir Trennwände ziehen und so zwei zusätzliche Bereiche dafür schaffen. Was sagt ihr dazu? Das alles funktioniert natürlich nur mit eurer Unterstützung.“

„Ja, das wäre doch toll und wird bestimmt super angenommen!“, rief Nina begeistert aus.

Brittas Blick richtete sich auf Nele.

Sie hatte über die Möglichkeit zu unterrichten noch nie nachgedacht, aber der Gedanke, ihre Philosophie von Kunst an andere weiterzugeben, gefiel ihr auf Anhieb.

„Ich bin dabei“, sagte sie deshalb.

„Vicky, was meinst du?“

„Ich arbeite lieber allein, das wisst ihr.“

Nina sog die Luft ein, um etwas zu sagen, doch Viktoria hob eine Hand.

„Aber ich denke, ich spreche für uns alle, wenn ich sage, dass ich bereit bin, alles zu tun, was nötig ist, um den Hof zu erhalten.“ Mit hochgezogenen Augenbrauen wandte sie sich an Pascal. „Oder etwa nicht?“

Pascal verzog das Gesicht, wich ihrem Blick aus. Schließlich nickte er, wenn auch mit grimmiger Miene.

Britta atmete hörbar ein und aus. „Ich danke euch.

Zusammen werden wir es schaffen. Sind wir uns also alle einig, dass wir diese Kündigung nicht einfach so hinnehmen?"

„Apropos", warf Viktoria unvermittelt ein. „Ist schon mal jemand auf die Idee gekommen, das Kündigungsschreiben einem Rechtsheini vorzulegen, um es prüfen zu lassen? Wer sagt uns denn, dass der Schäfer damit durchkommen würde und dass das, was er behauptet, überhaupt seine Richtigkeit hat? Was, wenn wir einen rechtsgültigen Einwand anbringen könnten?"

„Gar nicht so dumm", meinte Pascal und wandte sich an Nele. „Ist dein Vater nicht Rechtsanwalt? Könntest du ihn nicht ..."

„Nein, kann ich nicht", unterbrach Nele ihn schnell, bevor er seine Frage zu Ende formulieren konnte. Sie würde ihren Vater auf gar keinen Fall darüber in Kenntnis setzen, dass sie womöglich bald Geldprobleme hatte.

„Und wieso nicht?"

„Weil mein Vater mir nicht helfen wollen würde. Unser Verhältnis ist ... schwierig. Wüsste er davon, würde er alles dafür tun, dass der Hof nur noch schneller unter den Nagel kommt, damit ich zurück nach Hamburg ziehen muss, um mich in seine finanzielle Abhängigkeit zu begeben. Darüber hinaus würde er mir den Vorwurf machen, von Anfang an gewusst zu haben, dass aus mir nichts wird, weil ich nicht auf ihn gehört habe. Deswegen ist es ausgeschlossen, mich an ihn zu wenden. Versteht ihr?"

„Krass, dein Alter", entfuhr es Aaron.

Nina seufzte tief. „Das bedeutet also, sollte die Bank ablehnen, sind wir am Arsch. Einen Anwalt können wir uns doch ohnehin nicht leisten."

Pascal stand auf. „So sieht's aus. Ich verzieh' mich ins Bett. Heute Abend retten wir gar nichts mehr. Also nichts für ungut. Gute Nacht, Leute."

Nina erhob sich ebenfalls und warf Viktoria einen fragenden Blick zu. „Kommst du?"

Ohne sie anzusehen, antwortete diese: „Geh schon mal vor."

Nina nickte. Es war unschwer zu erkennen, wie sehr die Zurückweisung ihrer Partnerin sie verletzte.

„Wartet mal", bat Nele. „Es gibt da noch etwas, das ich euch mitteilen möchte."

„Was denn?" Aaron gähnte ungeniert.

„Tim Schäfer will morgen Nachmittag auf den Hof kommen."

Pascal schnaubte. „Wozu? Um herumzuschnüffeln, was er schon zu Geld machen kann?"

„Nein, darum geht es nicht, glaube ich", wiegelte Nele ab. „Er kommt, um *mich* zu besuchen. Warum, hat er jedoch nicht gesagt."

Nun kniff Pascal misstrauisch die Augen zusammen.

„Uuh", machte Viktoria und wackelte mit den Brauen. „Da hat jemand aber einen bleibenden Eindruck hinterlassen, was?"

„Verbrüderung mit dem Feind?", fragte Aaron.

Nele spürte, dass sie rot anlief. „Was soll das denn jetzt? Ihr wolltet doch, dass ich ihn ausspioniere, und jetzt tut ihr so, als würde ich die Seiten wechseln? Um etwas über seine Beweggründe herauszufinden, sollte ich wohl eher nicht die Giftspritze spielen. Das ist doch jedem klar, oder nicht? Aber diese Aufgabe kann sehr gern auch einer von euch übernehmen." Nele sah Viktoria, Pascal und Aaron herausfordernd an.

„Auf keinen Fall! Ich hab' null Bock auf den Typen", sagte Pascal. „Bin morgen ohnehin abwesend."

Viktoria zuckte mit den Schultern. „Ich auch."

Daraufhin erntete sie von Nina einen überraschten Blick, den sie jedoch unkommentiert ließ.

Enttäuscht verschränkte Nele die Arme vor der Brust.

„Reg dich ab, Süße. War nicht so gemeint", sagte Viktoria und lächelte sie an.

„Klang aber so. Schließlich kam der Vorschlag, mich mit ihm zu treffen, nicht von mir. Was kann ich dafür, wenn er mich nett findet?"

„Jetzt hab dich nicht so", meinte Aaron versöhnlich. „Vielleicht plaudert er ja morgen noch mehr aus dem Nähkästchen. Kann nicht schaden zu wissen, mit wem wir es hier zu tun haben. Also, gib alles!"

„Sehr witzig." Nele schüttelte den Kopf, konnte sich aber ein Schmunzeln nicht verkneifen.

Kapitel Acht

Am darauffolgenden Vormittag fühlte sich Nele noch immer ausgelaugt und müde, als hätte sie in der Nacht kein Auge zugetan.

Lange hatte sie im Bett gelegen, in die Dunkelheit gestarrt und sich gewünscht, die Müdigkeit würde sie in ihre erlösenden Arme nehmen. Doch es hatte eine gefühlte Ewigkeit gedauert, bis sie endlich eingeschlafen war.

Jetzt saß Nele an ihrem Arbeitstisch und betrachtete den Klumpen Ton vor sich, den sie mit den Händen bearbeitete. Anfangs fühlte er sich noch kalt an, wurde aber nach wenigen Sekunden warm und formbar. Sie benötigte einiges an Kraft, um die Masse ohne Drehscheibe, Wasser und andere Hilfsmittel zu formen. Gelegentlich, wenn sie nur für sich töpferte, ließ sie ihre Fantasie schweifen und schaltete die Welt um sich herum aus. Dann hatte sie kein genaues Bild, keine Vorstellung des fertigen Objektes vor Augen, sondern ließ sich einfach von ihrem Gefühl treiben.

Nach einer halben Stunde hielt sie inne, lehnte sich zurück und betrachtete ihr Werk mit zusammengekniffenen

Augen. Sie neigte den Kopf und lächelte zufrieden. Die Schale, die sie getöpfert hatte, war auf den ersten Blick alles andere als perfekt. Und war es doch, auf ihre eigene, vollkommene Weise. Sie wies grobe Risse und Dellen auf, die Nele mit Leichtigkeit hätte beheben können, aber das wollte sie gar nicht.

Vorsichtig trug sie die Schale an ihren Platz, an dem sie trocknen konnte. Anschließend bereitete sie zwei Kunststoffeimer mit Glasur vor und nahm vier kleine Tassen und eine dickbäuchige Teekanne aus einem Regal. Sie gehörten zu einem japanischen Teeservice, das Teil eines Kundenauftrags war, den sie in den nächsten beiden Tagen fertigstellen wollte. Gerade, als sie mit dem Glasieren des Service beginnen wollte, klingelte ihr Smartphone.

Nele versuchte, es zu ignorieren. Sie ärgerte sich, ihr Handy nicht stumm geschaltet zu haben, bevor sie mit ihrer Arbeit begonnen hatte, doch da sich der Anrufer als recht hartnäckig erwies, stellte sie die Tasse mit einem Seufzen ab und ging zu der kleinen Anrichte hinüber. Eine Nummer aus Hamburg stand im Display. Sie nahm das Gespräch an.

„Hallo?"

Einen Moment blieb es still, und sie wollte schon fragen, wer da am anderen Ende war, als sie eine tiefe, sanfte Stimme hörte.

„Hallo Nele."

Sie brauchte ein, zwei Sekunden, dann beschleunigte sich ihr Puls so sehr, dass sie glaubte, ihr Herz könnte jeden Augenblick aus der Brust springen.

Was zum Teufel …?

„Was willst du?", keuchte sie.

Sie erkannte ihre eigene Stimme kaum wieder. Sie sollte auflegen, jetzt!

„Nele, bitte, hör mir zu!", bat der Anrufer.

Obwohl alles in ihr aufschrie, das Gespräch sofort zu

beenden, presste sie das Telefon noch fester an ihr Ohr. Nele wusste, es war ein Fehler, und doch spürte sie diesen Widerstand, gegen den sie nicht ankam, so wie sie nie dagegen angekommen war. Doch inzwischen war viel Zeit vergangen und sie hatte zu ihrer früheren Stärke zurückgefunden. John hatte keine Macht mehr über sie.

Zu lange hatte sie sich von ihm täuschen lassen, von seinen falschen Versprechungen und Zukunftsfantasien, in denen sie die Hauptrolle spielte, wie sie geglaubt hatte. Doch sie war aus ihrem wunderschönen Traum gerissen worden und hatte der Wahrheit in das hässliche Gesicht starren müssen.

„Ich will, dass du mich in Ruhe lässt!"

„Bitte, hör mich an, nur für eine Minute! Nele ich …"

„Du hast es nicht verdient, dass du auch nur eine Sekunde meiner Aufmerksamkeit bekommst! Was fällt dir ein, mich anzurufen!"

„Du hast recht. Mit allem, was du sagst und wahrscheinlich auch über mich denkst. Aber ich *muss* mit dir reden." John klang verzweifelt.

Tss! Nele durfte sich davon nicht einlullen lassen. Sie war fertig mit ihm.

Sie nahm einen tiefen Atemzug und streckte ihren Rücken durch. „Was willst du von mir? Ich dachte, ich hätte mich damals deutlich genug ausgedrückt, als ich sagte, du sollst aus meinem Leben verschwinden."

„Nele, hör mir zu: Es war nie in meine Absicht, dir wehzutun, das musst du mir glauben. Dich gehen zu lassen, war der wahrscheinlich größte Fehler meines Lebens. Es tut mir unendlich leid. Bitte, lass es mich erklären."

Sie schluckte, holte Luft, brachte aber keinen Ton heraus. Wie konnte er es wagen, nach über zwei Jahren! Glaubte er wirklich, sie würde ihm verzeihen?

Die seelischen Wunden, die er ihr zugefügt hatte,

waren fast verheilt, aber gerade fühlte es sich so an, als würden die Narben aufreißen und erneut anfangen zu bluten. Die Gedanken rasten in ihrem Kopf, Bilder aus einer wunderschönen Vergangenheit durchströmten ihr Gehirn.

John Tanaka war ihr Kunstprofessor an der Hochschule für Bildhauerei in Hamburg gewesen. Er war charismatisch, gebildet, gutaussehend, und er strahlte eine Erhabenheit aus, die Nele vom ersten Tag gefesselt hatte. Die zwanzig Jahre Altersunterschied waren für sie nur eine unwichtige Zahl gewesen. Sie hatte sich in ihn verliebt und mit ihm die schönste Zeit in ihrem Leben verbracht.

Dann, als sie ihn eines Abends in seinem Büro überraschen wollte, hatte ihre Welt plötzlich aufgehört, sich weiterzudrehen. Niemals würde sie den Anblick seines nackten Körpers über dem der ebenfalls nackten, viel jüngeren Kommilitonin vergessen. Niemals würde sie sein vor Entsetzen bleiches Gesicht aus dem Kopf bekommen, als er sich ruckartig umgedreht und sie direkt angesehen hatte.

Wie zur Salzsäule erstarrt, hatte sie dagestanden, zu keiner Regung fähig, bis die Muskeln ihr endlich wieder gehorchten. Sie konnte sich noch genau an den bittersauren Geschmack in ihrem Mund erinnern, die Übelkeit, die damals in ihr hochgestiegen war. Sie hatte sich umgedreht und war gerannt, so schnell sie konnte, hatte vor Tränen kaum den Weg vor sich erkennen können.

Noch nie zuvor hatte sie solch einen Schmerz gespürt, der mit keinem körperlichen zu vergleichen war. Eine Woche lang hatte sie sich in ihrer kleinen Wohnung eingeschlossen, hatte jeden seiner Kontaktversuche abgeblockt, ihm stattdessen per Brief mitgeteilt, dass sie ihn nie wieder sehen wollte. Danach hatte sie sich entschieden, zu gehen.

Sie war weggelaufen. Vor ihm, ihren Eltern, ihrem alten Leben und zum Teil auch vor sich selbst.

Sie hörte seine Stimme, die durch das Rauschen ihres Blutes in den Ohren fast unterdrückt wurde. Wieder wurde ihr übel. Kraftlos ließ sie sich auf den Boden sinken.

„Nele, Liebling, sag doch was."

Sie brauchte drei, vier oder fünf Sekunden, um wieder einen klaren Kopf zu bekommen.

„Ruf mich nie, nie wieder an! Du bist für mich gestorben. Ein für alle Mal, und nichts, was du sagen oder tun würdest, könnte daran je etwas ändern."

Ohne eine Reaktion abzuwarten, nahm sie das Handy vom Ohr und drückte den roten Button, der das Gespräch beendete. Sie legte das Telefon beiseite, zog die Knie an und kämpfte mit aller Macht gegen die aufkommenden Tränen an. Sie würde ihm keine einzige mehr nachweinen!

Kapitel Neun

War das ein Klopfen? Nele lugte zur Tür und lauschte. Nichts zu hören. Plötzlich durchfuhr es sie wie ein Blitz. Das konnte doch unmöglich schon Tim Schäfer sein.

Ihn konnte sie jetzt am allerwenigsten gebrauchen. Sie würde ihn wegschicken. Nein, überlegte sie, er hatte sich für den Nachmittag angekündigt, und sie war sicher, dass nach Johns Anruf nicht mehr als eine halbe Stunde vergangen war, auch wenn es ihr wie eine Ewigkeit vorkam. Sie stieß die Luft aus, rappelte sich auf und ging zur Tür.

„Wolltest du zu mir?", rief Nele, als sie Aaron sah, der sich mit herunterhängenden Armen von ihrer Töpferei entfernte und auf die Scheune zuhielt.

Abrupt blieb er stehen und drehte sich um. „Sorry, war wohl kein guter Zeitpunkt." Er hob kraftlos einen Arm.

Nele rang sich ein Lächeln ab und winkte ihn zu sich. „Kein Problem. Komm rein."

Sie bot ihm einen Hocker an und nahm selbst auf ihrem Metallschemel Platz.

„Was ist los?"

„Was los ist?" Aaron schnaubte verächtlich. „Das weißt du doch. Alles geht den Bach runter. Oder glaubst du etwa wirklich an ein Happy End? In ein paar Monaten wird hier wahrscheinlich alles dem Boden gleichgemacht. Unsere Gruppe wird auseinandergerissen. Ich bezweifle, dass wir auf der Insel eine neue bezahlbare Bleibe finden, und dann? Wir verlieren einander, jeder geht seinen eigenen Weg, macht sein eigenes Ding." Er schüttelte den Kopf und senkte den Blick. „Darauf will ich nicht warten. Ich möchte nicht dabei zusehen, wie unser schöner Hof einem Hotelkomplex zum Opfer fällt."

Nele nahm einen tiefen Atemzug. „Wow, ich muss sagen, ich bin ziemlich erschüttert, wie du unsere Lage einschätzt. Das klingt fast so, als hättest du schon aufgegeben. Dabei warst du doch immer derjenige, der das Gute in den Dingen erkannt hat."

„Mag sein. Aber das hier ist eine Nummer zu heftig für mich. Wenn man die Fakten zusammenfasst, sieht es mies aus. Daran gibt es nichts Gutes mehr zu finden."

„Das würde ich so nicht sagen", widersprach Nele in sanftem Ton, beugte sich nach vorn und stützte ihre Ellbogen auf die Knie. „Lass uns doch erst einmal abwarten, was das Gespräch mit der Bank ergibt. Vielleicht kommt Britta mit guten Nachrichten zurück. Alle sind nervös und haben Angst. Ich auch. Aber das Letzte, das uns hilft, wäre den Kopf in den Sand zu stecken."

Aaron sah zu ihr auf, sagte jedoch nichts.

„Ich will einfach nicht wahrhaben, dass es für uns keine Zukunft mehr hier gibt", fuhr Nele fort. „Kennst du nicht das Gesetz der positiven Resonanz?"

„Du meinst, wenn man bloß fest genug daran glaubt, geschieht es auch? Das ist doch Quatsch. Das funktioniert nicht wirklich. Sonst gäbe es nur noch Millionäre und schöne Menschen auf dem Planeten."

Nele lachte kurz auf. „So einfach ist das nun auch wieder nicht."

„Ich glaube nicht an Hokuspokus, sondern an das, was ich vor mir sehe und mit den Händen greifen kann. Und so wie ich die Sache einschätze, wird uns nichts anderes übrigbleiben, als die Kündigung zu akzeptieren. Dann bleiben uns wenigstens noch sechs Monate."

„Aaron ..."

Er hob die Hand. „Deswegen denke ich darüber nach, wegzugehen und mir auf dem Festland einen Job und eine kleine Bude zu suchen."

„Wie bitte? Das kannst du doch nicht ernst meinen!" Nele war wie vor den Kopf gestoßen.

„Und wie ich das tue." Er senkte die Stimme. „Nele, versteh mich doch. Ich habe keine gut betuchten Eltern, die mir finanziell unter die Arme greifen können, wenn es hart auf hart kommt. Ich muss meine Schäfchen selbst ins Trockene bringen."

„Das ist kein Grund, gleich alles hinzuschmeißen und unsere Gemeinschaft, deine Familie, im Stich zu lassen."

„Von im Stich lassen ist hier ganz bestimmt nicht die Rede, aber wem sage ich das. Du kannst ja schnell in Papas sicheren Schoß zurück."

„Stopp, jetzt wirst du unfair", unterbrach Nele ihn barsch. „Du weißt, wie jeder andere hier, dass ich genau wegen dieser Abhängigkeit abgehauen bin. Ganz egal, wie viel Geld meine Eltern besitzen, ich will keinen einzigen Cent davon haben. Dann kann ich meine Seele auch gleich an den Teufel verkaufen."

„Warten wir ab, bis es so weit ist. In der Not relativiert sich so manches."

„Nicht in meinem Fall."

Aaron lächelte gequält. „Ich weiß deine positiven Vibes zu schätzen und auch deinen Kampfeswillen, ehrlich. Ich wollte mit jemandem darüber sprechen, der mich vielleicht versteht. Eigentlich hätte ich gleich darauf kommen können, dass du es mir ausreden wirst."

„Weil du hierhergehörst, wie wir alle. Ich kann deine Sorgen nachvollziehen. Aber bitte triff keine vorschnellen Entscheidungen. Wir sind Künstler und hier ist unser Zuhause."

„Amen."

Nele schlug Aaron freundschaftlich auf die Schulter. „Amen!"

Als Aaron gegangen war und Nele sich wieder ihrer Arbeit widmete, fiel es ihr schwer, sich zu konzentrieren. Immer wieder schweiften ihre Gedanken zu dem, was Aaron ihr über seine Pläne erzählt hatte. Was, wenn er derjenige war, der den Tatsachen ins Auge sah, und Nele nur eine Träumerin, die die Realität nicht wahrhaben wollte? Sollte sie sich ebenfalls um einen Plan B kümmern?

„So ein Mist!"

Aus lauter Unachtsamkeit war die Teetasse ihren Fingern entglitten und in die Glasur geplumpst. Unter stummem Fluchen fischte sie sie heraus und ließ sie abtropfen. Den Schaden würde sie nicht beheben können. Sie würde eine neue Tasse töpfern müssen. Nele ärgerte sich über sich selbst. Wenn ihr Kopf nicht frei war, arbeitete sie nicht sauber.

Sie beschloss, später weiterzumachen, und stellte die bereits glasierten Werkstücke zum Trocknen ins Regal.

Nach dem Mittagessen entschied sich Nele für einen ausgedehnten Spaziergang. Sie genoss die weite Landschaft und atmete tief die kühle Luft in ihre Lungen. Immer wieder bleib sie stehen, ließ ihren Blick über die Marschwiesen gleiten und spürte, wie unglaublich geborgen und sicher sie sich hier fühlte.

Mit einem Mal durchströmte eine bleierne Schwere sie. Sie schloss die Augen, schlang die Arme fest um ihren Oberkörper, als könnte sie sich so vor etwas schützen, das sie nicht sehen oder greifen konnte.

Nach einer Weile machte sie sich wieder auf den Rückweg. Der Wind war kühler geworden und sie zog sich den Kragen ihrer Allwetterjacke enger um den Hals. Am Himmel zogen jetzt dunkle Wolken auf und sie wollte auf keinen Fall in einen Regenschauer geraten.

Der Hof wirkte wie ausgestorben, als sie durch das weit geöffnete Tor trat. Bis auf das Rauschen des Windes in den hohen Laubbäumen und ein paar Vögel, die kreischend durch die Luft flatterten, war es totenstill.

Sie wusste, dass bis auf Nina gerade niemand zu Hause war. Alle waren ausgeflogen, gingen irgendeiner Beschäftigung nach, und Nele kam es so vor, als vermieden sie es, einander über den Weg zu laufen. Aber vielleicht bildete sie es sich auch nur ein. Immerhin verbrachte sie selbst auch die meiste Zeit in ihrer Töpferei, wollte allein sein, nachdenken, worüber auch immer, nur nicht über *diese Sache,* die über allem schwebte.

Als Nele an Ninas Hofladen vorbeiging, hörte sie Gläser klappern und leise Musik durch die geöffnete Tür nach draußen dringen. Sie blieb an der Türschwelle stehen und lugte hinein.

„Störe ich?"

Nina ruckte herum, ein halb gefülltes Einmachglas mit

beiden Händen umklammert. „Gott, hast du mich erschreckt! Ich dachte, ich wäre allein."

„Entschuldige bitte."

„Natürlich störst du nicht", sagte Nina, nachdem sie sich anscheinend wieder gefangen hatte. „Du kommst sogar gerade recht." Sie stellte das Glas auf den Tisch zurück und nahm einen kleinen Löffel, tauchte ihn in einen Topf, der auf einer einzelnen elektrischen Herdplatte stand, und hielt ihn Nele hin. „Hier, probier mal."

Nele schnupperte, dann schob sie sich den Löffel in den Mund. „Mmh, fruchtig! Ist das Rhabarber?"

Nina nickte erfreut.

„Oh!" Plötzlich brannte es auf Neles Zunge wie Feuer. „Scharf! Das ist ... Du meine Güte!"

„Zu scharf?"

Nele nickte schnell und fächelte sich Luft in den halb geöffneten Mund, woraufhin Nina ihr eilig ein Glas Milch reichte.

„Das ist eine neue Kreation aus Rhabarber, Radieschen, Chili, Ingwer und ein paar orientalischen Gewürzen. Ich dachte, ich versuche mal etwas Neues."

Nele trank das Glas in einem Zug leer. „Das ist dir gelungen. Ich wäre jeden Moment abgehoben. Du hättest mich ruhig vorwarnen können."

„Sorry, ich hatte vergessen, dass du ein zartes Pflänzchen bist, was pikante Aromen angeht. Aber mal im Ernst, meinst du, das wird was?"

Nele hüstelte ein paarmal, dann sagte sie mit noch heiserer Stimme: „Neue Dinge auszuprobieren, lohnt sich immer, aber was das angeht, fragst du besser jemanden, der ein Freund der scharfen Küche ist." Gequält verzog sie das Gesicht.

„Du hast recht." Mit einem Mal wirkte Nina nachdenklich.

„Hey, alles in Ordnung?“ Nele machte einen Schritt auf sie zu.

„Ach, ich möchte dich nicht mit meinen Problemen belästigen. Wir alle sind ohnehin schon so angespannt wegen ... Du weißt schon.“

„Du belästigst mich doch nicht. Ich bin gerade hier und habe Zeit. Wie wäre es, wenn wir uns hinsetzen, und du erzählst mir, was dich bedrückt, okay?“

Als sie sich draußen auf die Stufe gesetzt hatten, zog Nina die Nase hoch und sah Nele aus traurigen Augen an.

„Es ist wegen Vicky. Sie zieht sich in letzter Zeit oft in ihr Atelier zurück und gibt vor, beschäftigt zu sein. Ich sehe sie nur noch zum Essen und abends, wenn es Schlafenszeit ist. Ich habe das Gefühl, sie hat genug von mir.“ Sie zog ein Papiertaschentuch hervor und schnäuzte geräuschvoll hinein. „Was soll ich denn nur machen? So kann das doch nicht weitergehen.“

„Gib ihr ein bisschen Zeit. Ich glaube, sie hat an der Sache mehr zu knabbern, als sie zugeben möchte.“

„Haben wir das nicht alle?“, entgegnete Nina plötzlich gereizt. „Aber das ist noch lange kein Grund, mich tagelang zu ignorieren und mir aus dem Weg zu gehen, sobald ich mit ihr reden will.“

Nele erinnerte sich an das kurze Gespräch mit Viktoria vor zwei Tagen in der Töpferei. „Hast du Vicky denn mal gefragt, wie sie sich fühlt oder was sie gerade braucht?“

Nina glotzte sie verständnislos an. „Hast du mir nicht zugehört? Ich bin verzweifelt, weil sie mich kaum noch in ihre Nähe lässt und es mir von Tag zu Tag schlechter damit geht. Aber anscheinend interessiert sie das überhaupt nicht.“

„Nina, weißt du, manchmal sehen wir vor lauter Frust und Ratlosigkeit nicht, was uns der andere mit seinem Schweigen zu sagen versucht.“

„Ich verstehe kein Wort."

„Manche Menschen ziehen sich zurück, wenn sie sich unverstanden oder eingeengt fühlen. Sie wissen einfach nicht, wie man Gefühle in Worten ausdrückt. Bei dir ist das anders, dein Herz liegt auf der Zunge, und vielleicht besteht darin ein Teil des Problems."

In Ninas ratlosem Gesicht konnte Nele erkennen, dass sie sich deutlicher ausdrücken musste, wenn sie wollte, dass Nina über ihren Schatten sprang.

„Okay, ich versuche es so: Vielleicht überforderst du Vicky, indem du ihr ständig sagst, wie sehr du leidest. Vielleicht ist es im Augenblick zu viel für sie, weil sie glaubt, zu allem anderen noch die Verantwortung für dein Glücklichsein schultern zu müssen."

„Selbst wenn es so wäre, wieso sagt sie es dann nicht?"

„Weil sie nicht der Typ ist, der so einfach über Gefühle sprechen kann. Versuch dich in sie hineinzuversetzen. Du kennst sie besser als ich. Sie zieht sich lieber zurück, sobald es schwierig wird, während du den Wunsch hast, über alles zu reden. Sie braucht jetzt dein Einfühlungsvermögen."

Nina schürzte die Lippen, sagte jedoch nichts.

Eine kleine Weile saßen sie schweigend beieinander.

Dann meinte Nina leise: „Vielleicht hast du recht. Ich werde darüber nachdenken. Danke."

Nele lächelte.

„Sag mal", meinte Nina. „Hast du Aaron heute schon gesehen? Das Mittagessen versäumt er sonst nie und auch in der Werkstatt war er heute nicht."

„Er war vorhin bei mir und hat mir etwas erzählt", sagte Nele und blickte Nina nachdenklich an.

„Was denn?"

„Ich glaube, er denkt darüber nach, die Insel zu verlassen."

„Wie bitte? O nein!“ Nina legte eine Hand auf den Mund.

„Mich hat es auch von den Socken gehauen. Er wirkte so niedergeschlagen und hoffnungslos. Ich glaube, er macht sich große Sorgen, mehr, als man ihm ansehen mag.“

„Puh, das hätte ich nicht erwartet.“

Nele suchte Ninas Blick. „Wenn er der Erste ist, der das Handtuch wirft ... Ich möchte gar nicht daran denken, dass unsere Gemeinschaft auseinanderbrechen könnte.“

„Das wird sie nicht!“, sagte Nina entschlossen. „Du glaubst doch auch, dass alles gut wird, oder?“

Nele erkannte den feuchten Schimmer in den Augen ihrer Freundin und sagte mit fester Stimme. „Ja, das glaube ich.“

Kapitel Zehn

Nele warf zum wiederholten Mal einen Blick auf ihre Armbanduhr. Kurz nach 16 Uhr. Sie war unkonzentriert, und sie wusste auch, weshalb. Nachdem sie das leichte Zittern ihrer Hand einfach nicht in den Griff bekam, beschloss sie, Pinsel und Farbpalette beiseitezulegen und das Bemalen der Tasse, mit der sie gerade beschäftigt war, auf den nächsten Tag zu verschieben.

Sie stand auf und überprüfte die Temperatur ihres Brennofens, der sich im Abkühlprozess befand. Unschlüssig verharrte sie mitten im Raum. Hatte Tim es sich anders überlegt? Na und? Ärgerlich schüttelte sie den Kopf. Im Grunde war alles gesagt. Nicht nötig, dass er sie besuchte. Wahrscheinlich war es sogar besser, wenn sie einander gar nicht mehr über den Weg liefen. Wieso zum Teufel machte sie sich überhaupt Gedanken über ihn? Sie schnaubte, schnappte sich den Besen und begann damit, die Werkstatt und den Flur auszufegen.

Erschrocken fuhr sie herum, als sie das Klopfen hörte.

Da stand Tim, die Arme vor der Brust verschränkt, lässig an den Türrahmen gelehnt. Er trug ein graues Sweatshirt mit dem Logo eines Sportmodeherstellers, eine ausgeblichene Jeans und weiße Sneakers. Die Strähnen seines hellblonden Haares fielen ihm locker in die Stirn, was seinem Aussehen etwas Verwegenes gab. Seine stahlblauen Augen fixierten sie mit wachem Blick. Er sah gut aus.

„Hallo Nele. Ich hoffe, ich komme nicht ungelegen. Tut mir leid, dass es etwas später geworden ist."

„Oh, hallo! Kein Problem. Wie spät ist es denn? Vor lauter Arbeit habe ich ganz die Zeit vergessen", sagte sie und rollte angesichts ihrer Lüge innerlich mit den Augen. Darin war sie noch nie gut gewesen. „Komm doch rein." Nele machte einen Schritt zur Seite.

Tim ging an ihr vorbei in die angrenzende Töpferstube und blieb abrupt stehen.

„Wow! Scheint, als würdest du rund um die Uhr arbeiten." Mit halb geöffnetem Mund sah er sich um.

Nele wusste nicht, ob sie seine Bemerkung als Kompliment auffassen sollte oder ihn der Überfluss an fertiggestellten und noch im Verarbeitungsprozess befindlichen Werkstücken schlicht überforderte.

Sie räusperte sich. „Möchtest du etwas trinken? Ich habe allerdings nur Mineralwasser anzubieten."

Er hob eine Hand, ohne seinen Blick von Neles Töpfereien zu lösen. „Nein, danke, ich habe keinen Durst."

Vor einem Regal blieb er stehen und deutete mit dem Finger auf das oberste Fach.

„Darf ich?"

„Nur zu." Nele lächelte zaghaft.

Vorsichtig nahm er einen kleinen hellblauen Becher heraus und betrachtete ihn eingehend. Wortlos stellte er ihn zurück und suchte sich ein anderes, ähnlich getöpfertes Gefäß heraus, das er mit der gleichen Aufmerksamkeit begutachtete.

Nele beobachtete ihn von der Seite und versuchte, in seiner Miene zu erkennen, was dabei in ihm vorging.

„Entschuldige meine mangelnde Fachkenntnis", sagte er schließlich, „aber die feinen Risse in der Oberfläche, die Verfärbungen und Abnutzungen ... Es sieht aus, als wäre die Tasse uralt." Fragend sah er sie an.

„Das ist eine japanische Matcha-Teeschale. Um diese Patina entstehen zu lassen, bedarf es einer speziellen Technik des Brennverfahrens", erklärte Nele.

Sie griff nach einer weiteren Tasse und hielt sie daneben.

„Die feinen Risse entstehen, wenn man die noch glühenden Werkstücke aus dem Ofen nimmt, nachdem sie bei über eintausend Grad gebrannt wurden. Sobald sie an der Luft abkühlen, bekommt die Glasur feine Sprünge. Man kann das leise Knacken hören und noch verstärken, wenn man darauf pustet. Anschließend werden die Gegenstände in Stroh und Sägespäne gelegt, die sich sofort entzünden. Der Ruß, der dabei entsteht, setzt sich in die aufgesprungenen Risse. Diese Brennmethode heißt Raku und kommt aus Japan. Das Ergebnis eines Raku-Brandes ist bei jedem Kunstwerk individuell. Keines gleicht dem anderen. Jedes ist auf seine unvorhergesehene Weise einzigartig."

„Faszinierend", sagte Tim. Er drehte die Schale ehrfürchtig in seinen Händen, bevor er sie wieder an ihren Platz zurückstellte. „Deine Kunstwerke sind wunderschön. Ich wusste gar nicht, dass Töpfern so vielfältig sein kann." Mit aufmerksamem Blick setzte Tim seine Besichtigung fort.

„Danke", erwiderte Nele leise.

Obwohl sie es versuchte, konnte sie das leichte Kribbeln in ihrem Bauch nicht vollständig ignorieren. Es gefiel ihr, mit welchem Interesse Tim ihre Arbeiten wertschätzte.

„Oh!", sagte er plötzlich.

Vor dem letzten Regal, einer Ansammlung mit Neles

Lieblingsstücken, blieb er stehen. Es handelte sich um Keramik in mittelalterlichen und antik anmutenden Formen, inspiriert durch uralte Techniken aus Fernost.

Tim legte Daumen und Zeigefinger ans Kinn und starrte die verschiedenen Gegenstände an, wie man ein Gemälde ansah, dessen Aussage man zu verstehen versuchte.

„Also, diese Sachen hier fallen ja ziemlich aus der Norm."

„Wie meinst du das?"

„Na ja, einiges davon sieht aus, als wäre es dir gehörig misslungen. Schief und krumm und mehr oder weniger ... verunstaltet." Er warf ihr einen entschuldigenden Blick zu. „Sorry."

Nele hob eine Hand. „Nein, bitte, sag mir deine ehrliche Meinung dazu. Es interessiert mich."

„Okay."

Sein Blick schweifte über die Gegenstände und blieb an einer dickbäuchigen Vase mit langem, dünnem Hals hängen. Behutsam nahm er sie aus dem Fach.

„Hier zum Beispiel. Eine Hälfte ist glatt und glänzend, die andere spröde und überall eingedellt. Und dann dieses traurige Grau."

Er stellte das Gefäß zurück und wählte als Nächstes einen türkisfarbenen Becher aus, den Nele erst vor ein paar Tagen ohne Drehscheibe getöpfert hatte.

„Ich will dir nicht zu nahezutreten, aber wirklich schön ist das nicht, oder? Ich meine, wer sollte sich so etwas in seine Wohnung stellen, geschweige denn benutzen?"

Nele nahm ihm den Becher aus der Hand und lächelte versonnen. „Dies sind keineswegs fehlerhafte oder misslungene Arbeiten. Alle diese Stücke sind perfekt und genauso gewollt, wie sie vor dir stehen."

Nun hob Tim erstaunt die Brauen. „Die sind absichtlich verunstaltet?“

Nele lachte auf. „Wenn du es so bezeichnen möchtest?“

„Oh, nein, natürlich nicht. Mist, da bin ich wohl in einen Riesenfettnapf getreten, oder?“ Verlegen biss er sich auf die Lippe. „Ich wollte dich nicht beleidigen.“

„Keine Sorge, das hast du nicht.“

Sie nahm es ihm nicht übel. Er kannte sich in ihrer Welt nicht aus. Das taten die wenigsten, die das Töpfern nicht als Ausdruck einer Lebenseinstellung betrachten konnten.

„Erklärst du mir die Bedeutung dieser Dinge?“

Einen kurzen Moment lang überlegte sie, wie sie ansetzen sollte.

„Ich versuche es. Sieh mal, gerade in unserer westlichen Welt sind wir umgeben von festgelegten Formen und Idealen, die unser Verständnis von Schönheit und Ordnung beeinflussen. Im Alltag haben wir eine klare Vorstellung davon, was wir als perfekt, rein und schön bezeichnen. Nehmen wir beispielsweise unsere Gärten. Der Rasen ist akkurat gemäht, die Hecken gestutzt und die Beete von unerwünschtem Unkraut befreit. Wir erfreuen uns an prachtvoll blühenden Blumen und schneiden alles Störende darum herum ab. Dabei übersehen wir die wahre Schönheit, die uns überall und in allem umgibt, ohne, dass wir darauf Einfluss nehmen. Die Vollkommenheit im Unvollkommenen, in den schlichten, herben und unscheinbaren Dingen. Man nennt es Wabi Sabi.“

„Wabi was?“

„Wabi Sabi. Ein japanisches Schönheitskonzept. Hierbei geht um die Erfahrung der Vergänglichkeit, das Bewusstsein, dass alles einem fortschreitenden Prozess unterworfen ist. Nichts bleibt für die Ewigkeit, alles ist immerzu im Wandel. Diesen Wandel wahrzunehmen und in ihm das Vollkommene und Schöne zu erkennen, ist das Prinzip von Wabi Sabi."

Tim nahm einen tiefen Atemzug. „Ich gebe zu, ich bin beeindruckt. So habe ich es noch nie gesehen." Er schien ernsthaft darüber nachzudenken und sagte schließlich: „Das ist ein ganz neuer Blickwinkel auf manches, an dem ich bisher blind vorbeigegangen bin."

„Genau das ist der Punkt. Innezuhalten und die Welt abseits festgefahrener Ideale zu betrachten. So, wie sie wirklich ist. Du kannst das Prinzip von Wabi Sabi in jeden Lebensbereich integrieren."

„Und du drückst es in deinen Kunstwerken aus."

Nele nickte. „Diese Schale hier ist mein absolutes Lieblingsstück." Sie griff nach einem dunkelrot glasierten Gefäß, das einmal zerbrochen war und dessen Bruchstücke mit glänzendem Flüssigmetall gefüllt worden waren.

Nele hatte die Scherben mithilfe eines speziellen Lacks, das mit Goldpulver vermischt wurde, wieder zusammengesetzt.

„Als mir diese Schale heruntergefallen war, wollte ich die Scherben in den Mülleimer werfen und eine neue töpfern. Dann aber sah ich mir die Bruchstücke genauer an und erkannte die Schönheit in jedem einzelnen davon. Sie steht für die Vollkommenheit im Unvollkommenen."

Andächtig fuhr Nele mit den Fingerspitzen die goldglänzenden Bruchlinien entlang, dann sah zu Tim auf, der sie stumm betrachtete.

Nele stellte die Schale ins Regal zurück. „Entschuldige, bestimmt langweile ich dich mit meiner hobbyphilosophischen Ader."

„Nein, gar nicht. Ich höre dir gern zu."

Sie schluckte und fragte dann, um das Thema zu wechseln: „Warum bist du eigentlich hergekommen."

Tim hob überrascht die Brauen.

„Ich meine, du willst doch nicht wirklich etwas über das Töpfern lernen, oder?“

Jetzt erst bemerkte sie, dass er viel zu dicht neben ihr stand, weswegen sie einen kleinen Schritt zurückwich, um etwas Distanz zwischen sich und ihn zu bringen.

„Auch wenn du es nicht glaubst: Deine Kunst und die Art, wie du darüber sprichst, hat mich tatsächlich neugierig gemacht. Ich wollte mich selbst von deinem Talent überzeugen.“ Seine Mundwinkel verzogen sich zu einem spitzbübischen Grinsen.

„Wirklich? Und, habe ich dich überzeugt?“

Er ließ sich einen Moment Zeit, bevor er antwortete: „Mehr als das. Ich kann spüren, mit welcher Leidenschaft du deine Arbeit verrichtest. All diese wundervollen Dinge, die du erschaffst, verkörpern deine Seele. Hier drin bist du.“ Er wies auf das Regal.

Gänsehaut kroch an Neles Armen hoch und kitzelte in ihrem Nacken.

Er sah ihr tief in die Augen, länger als nötig, was sie nervös machte, doch sie hielt seinem Blick stand. Sein Lächeln erreichte seine Augen. Sie mochte die jetzt hervortretenden Lachfältchen.

Plötzlich spürte sie, wie ihr das Blut in den Kopf stieg. Wie peinlich! Hoffentlich bemerkte er nicht, dass sie rot wurde. Sie wich seinem Blick aus und zupfte imaginäre Fussel von ihrem Hoodie.

„Aber du hast recht“, sagte er dann ruhig. „Da gibt es noch einen Grund, weswegen ich hergekommen bin. Ich wollte mir etwas ansehen.“

Er schien auf ihre Reaktion zu warten. Als diese ausblieb, deutete er mit dem Daumen hinter sich. „Kommst du mit? Ich möchte dir etwas zeigen.“

Ohne weitere Erklärung verließ Tim die Töpferei.

Nach kurzem Zögern folgte Nele ihm über den Hof.

Zielstrebig hielt Tim auf den Geräteschuppen zu und ging hinein.

Was will er dort drinnen, fragte sie sich verwundert. Noch mehr wunderte sie sich, als er einen Schlüssel aus seiner Hosentasche fischte und vor einer Holztür im hinteren Teil des Schuppens stehenblieb.

Zu diesem Bereich hatte weder Nele noch die anderen Zutritt. Er gehörte Herrn Schäfer, Tims Vater, und war immer verschlossen gewesen. Herr Schäfer hatte einmal erklärt, dass dort Gerätschaften und andere Gegenstände eingelagert waren, für die er sonst nirgends Platz hatte.

Nun war der Besitz an seinen Sohn übergegangen, und wie es schien, durfte Nele zum ersten Mal einen Blick hineinwerfen. Ihr Herz begann schneller zu schlagen.

Tim nahm das Vorhängeschloss in die Hand und steckte den Schlüssel hinein. Zuerst hakte es und wollte nicht aufspringen, doch durch starkes Rütteln gab es schließlich nach. Tim sah sie über die Schulter hinweg an und öffnete die Holztür, deren verrostete Scharniere einen gequälten Quietschton von sich gaben.

Nele stand hinter Tim und lugte neugierig an ihm vorbei. Ein schmaler Lichtkegel drang seitlich durch ein kleines schmutziges Fenster ins sonst dunkle Innere. Kaskaden winziger Staubpartikel tanzten im sanften Lichteinfall. Der Geruch von altem Holz, Benzin und Staub stieg in ihre Nase. Tim tastete links am Türrahmen entlang und kurz darauf wurde der Raum durch eine einzelne von der Decke baumelnde Glühbirne erhellt.

„Wahnsinn!“, flüsterte Nele ergriffen, als sie Tim hinein folgte und das alte Segelboot entdeckte, auf dem zwei, maximal drei Menschen Platz hatten.

Es war schätzungsweise acht Meter lang und füllte beinahe den gesamten Raum von vorn bis hinten aus. Die dunkelblaue Lackierung war an vielen Stellen brüchig geworden oder bereits abgeblättert. Die Patina des Rumpfes ließ das Alter nur schwer erahnen.

Zu gern hätte Nele es berührt, wagte es aber nicht. Sie löste ihren Blick und sah sich um.

An einer Vorrichtung an der Wand gegenüber lag der Mast. Daneben hingen drei Schwimmwesten, zusammen mit verschiedenen Werkzeugen. Auf dem Boden waren ein großes und ein kleines Segel zusammengerollt, beide von einer dicken Staubschicht bedeckt.

Nele beobachtete Tim, wie er stumm auf das Boot starrte, als hätte er soeben einen längst verloren geglaubten Schatz wiedergefunden. Sein Brustkorb hob und senkte sich deutlich. Das Boot und die Geschichte, die er damit verband, schienen ihn sehr zu berühren.

In diesem Moment erkannte Nele, dass sie ihm Unrecht tat, ihn zu verurteilen. Er war ein Mensch wie sie, mit einer Vergangenheit und einer Gegenwart, mit der er klarzukommen versuchte. Nur, dass sie beide Eltern noch hatte, ganz egal, wie sie zu ihnen stand. Tim war nach dem Tod seines Vaters zum Vollwaisen geworden.

„Wie alt ist das Boot?", fragte sie leise.

Tim lächelte. „Fast dreißig Jahre. Mein Vater hatte es ein paar Monate nach meiner Geburt gekauft. Wir waren ständig draußen auf dem Meer. Er hat die See geliebt. Wir haben unzählige Vater-Sohn-Nachmittage während der Ferien auf diesem Boot verbracht. Es war eine schöne Zeit, und es macht mich traurig, dass ich sie beinahe vergessen habe. Erst als mein Vater gestorben ist und er mir den Hof überließ, erinnerte ich mich wieder an das alte Mädchen und die gemeinsamen Ausflüge."

Nele schluckte. „Es ist wunderschön."

„Ja, das ist es."

Tim ging zur linken Seite des Bugs und kniete sich hin.

„Hier schau mal", sagte er und winkte sie zu sich.

Nele trat neben ihn, und ihr Blick folgte seinem Zeigefinger. „Marie".

„Der Name meiner Mutter", erklärte Tim.

Nele sah, wie ein Schatten über sein Gesicht huschte. Nur zu gern hätte sie ihm tröstend eine Hand auf die Schulter gelegt, traute sich jedoch nicht.

Ehe sie es sich doch anders überlegen konnte, richtete er sich wieder auf. Mit der Hand fuhr er die Konturen des alten Bootes ab.

„Ich würde sie gern wieder flott machen und rausfahren, sobald sie seetüchtig ist."

„Hast du denn die nötigen Kenntnisse darüber, wie man ein Boot repariert?"

Er nickte. „Mein Vater hat mir alles beigebracht, was man wissen muss. Mal sehen, was davon hängen geblieben ist."

Eine Zeit lang standen sie schweigend nebeneinander, dann atmete Tim hörbar ein und aus.

„Lass uns gehen. Ich habe die alte Lady gesehen und weiß, dass sie hier gut aufgehoben ist."

Kapitel Elf

Als sie aus dem dunklen Schuppen nach draußen traten, wurde Nele von der Sonne geblendet. Schützend legte sie eine Hand über die Augen. Etwas unschlüssig standen sie sich gegenüber. Erwartete er, dass Nele ihn herumführte oder ihn ins Haus einlud und Kaffee anbot?

Sie wusste, dass die anderen nicht gerade begeistert auf seine Anwesenheit reagieren würden, und suchte nach einer passenden Ausrede.

„Also gut", meinte Tim schließlich. „Dann werde ich mal wieder aufbrechen. Ich habe deine Zeit lange genug in Anspruch genommen. Vielen Dank für die Führung durch deine kleine Töpferei. Ab jetzt werde ich bestimmt mit offeneren Augen durchs Leben gehen."

„Das habe ich gern gemacht. Schön, dass es dir gefallen hat." Seltsamerweise verspürte Nele einen Anflug von Enttäuschung darüber, dass er so schnell wieder aufbrechen wollte. Dabei sollte sie doch eigentlich froh sein, möglicherweise unangenehmen Begegnungen mit ihren Mitbewohnern aus dem Weg gehen zu können.

Tim blickte hinter sich, in Richtung Hofausfahrt. Am

Wegrand stand ein schwarzer Volvo, ein neueres Modell. Das musste dann wohl sein Wagen sein.

„Vielleicht mache ich noch einen kleinen Abstecher ans Meer", überlegte er laut. Dann betrachte er sie abwägend. „Hast du Lust, mich zu begleiten?"

„Ich? Ich ... weiß nicht", stammelte Nele überrascht von seinem Vorschlag. Das ging doch nicht, oder doch?

Er hob beide Hände. „Entschuldige, ich habe nicht nachgedacht. Deine Mitbewohner würden das bestimmt nicht gut finden, nicht wahr? Ich möchte dir keinen Ärger bereiten, nicht mehr als ohnehin schon. Ich unterhalte mich eben gern mit dir. Das ist alles."

Das ist alles, wiederholte Nele in Gedanken. Bloß ein Spaziergang und ein nettes Gespräch zwischen zwei Menschen, die sich sympathisch fanden. Auch, wenn sie gegensätzliche Ziele verfolgten, was die Sache an sich wiederum schwierig machte.

„Ich komme gern mit", sagte sie. „Aber nur, wenn ich aussuchen darf, wohin wir gehen. Ich kenne einen herrlichen Weg durch die Marschwiesen. Er wird dir gefallen."

Dass sie in Wahrheit vermeiden wollte, Pascal beim Treibholzsammeln über den Weg zu laufen, verschwieg sie besser. Es würde sie unnötig in Erklärungsnot bringen, und Auseinandersetzungen gab es in letzter Zeit wirklich mehr als genug auf dem Hof.

Nachdem sie eine Viertelstunde unterwegs gewesen waren, erreichten sie einen schmalen Schotterweg, der zum Deich führte.

Während sie in gemächlichem Tempo dem Pfad folgten, unterhielten sie sich über das sich verändernde Leben auf den Nordseeinseln, seit immer mehr Ferienwohnungen und -häuser gebaut wurden. Wohnraum war knapp und vor allem für Einheimische fast unbezahlbar geworden.

Nele gewann immer mehr den Eindruck, dass ihrer beider Ansichten gar nicht weit voneinander entfernt waren, und dennoch schien Tim für sich selbst keinen anderen Weg einschlagen zu können oder zu wollen. Nele war hin- und hergerissen, vermied es aber, ihn darauf anzusprechen. Sie betrachtete sein Profil aus dem Augenwinkel. Das schlechte Gewissen meldete sich und mit ihm der Knoten in ihrem Bauch. War es denn so schlimm, jetzt in diesem Moment einfach nur den Spaziergang zu genießen und die Gedanken an eine ungewisse Zukunft kurz beiseitezuschieben?

Sie beschloss, es zumindest zu versuchen.

Als sie den schmalen Strand erreichten, blickten sie schweigend aufs offene Meer hinaus. Zurzeit war Ebbe und der wellige Meeresboden glitzerte feucht in der Sonne.

„Komm, wir laufen raus ins Watt!"

Während Nele ihn noch verdutzt ansah, war Tim schon dabei, seine Hosenbeine hochzukrempeln, die Schuhe auszuziehen und sich die Socken von den Füßen zu streifen.

„Das Watt ist höllisch kalt", gab sie zu bedenken.

„Spielverderberin!" Schon rannte er los.

Nele sah ihm verwundert nach. Ach was soll's, sagte sie sich daraufhin und zog sich ebenfalls Schuhe und Socken aus.

Mit einem tiefen Atemzug folgte sie ihm und unterdrückte nur mit Mühe einen spitzen Schrei, als ihre nackten Füße das Watt betraten. Sie mochte das Gefühl an ihren Zehen und das Kitzeln unter den Fußsohlen. Nach wenigen Metern hatte sie Tim eingeholt. Interessiert hockte er vor den Ausscheidungen eines Wattwurmes.

„Ist es nicht erstaunlich, dass wir einfach so auf dem Boden des Meeres herumlaufen können?“ Sehnsüchtig blickte er in die Ferne hinaus.

„Ja, ich kann mir keinen schöneren Ort zum Leben vorstellen“, sagte Nele. „Ich liebe die Herbheit des Windes und die Unbezwingbarkeit des Meeres, genauso wie die unvergleichlich schöne Landschaft.“ Ihr wurde schwer ums Herz. Sie wandte den Blick ab. Er sollte nicht bemerken, wie sehr sie gerade mit sich zu kämpfen hatte.

Tim erhob sich wieder, sah sie aber nicht an, sondern beobachtete ein Fährschiff, das vor wenigen Augenblicken den Hafen verlassen hatte und am Horizont immer kleiner wurde. Ob er bemerkt hatte, dass Nele mit den Tränen kämpfte, und ihr Zeit gab, sich zu sammeln?

„Erst jetzt, seit ich wieder auf der Insel bin“, sagte er nachdenklich, „fällt mir auf, wie sehr ich sie vermisst habe. Ich hatte es zwischenzeitlich nur vergessen.“

Dann solltest du verdammt noch mal wissen, was sie mir bedeutet!

Am liebsten hätte sie ihre aufkommende Verzweiflung herausgebrüllt, doch sie riss sich zusammen. Die Hände, die sie in den Taschen ihres Hoodies vergraben hatte, ballten sich zu Fäusten.

„Weißt du, als kleiner Junge grenzte es für mich an Magie, dass der Mond, der so weit weg von der Erde ist, für Ebbe und Flut verantwortlich sein soll.“

Tim sah sie von der Seite an, während sie langsam weitergingen.

„Mein Vater hat mir Vieles über Pflanzen und Tiere erzählt, die uns bei Ausflügen begegneten oder die ich im Fernsehen oder in Büchern entdeckte. Ständig habe ich ihn mit Fragen gelöchert und wollte unbedingt wissen, wie dieses oder jenes funktioniert. Er hatte auf alles eine Antwort, dafür habe ich ihn bewundert. Schon früh war klar, dass ich einmal Lehrer werden wollte. Ich bildete mir ein, so alles lernen zu können, was ich nur wollte."

Sein Blick traf sich mit ihrem und ein verschmitztes Lächeln legte sich auf sein Gesicht.

„Ursprünglich wollte ich Biologie lehren. Aber dann hatte sich herausgestellt, dass ich ausgezeichnet mit Zahlen umgehen konnte. Ich entschied mich für Mathematik."

„Hast du diese Entscheidung jemals bereut?"

Tim ließ sich einen Moment Zeit mit der Antwort, als müsste er selbst erst darüber nachdenken.

„Nein."

„Deine Eltern müssen sehr stolz auf dich gewesen sein."

„Ja, das waren sie", seufzte er. „Was ist mit deinen Eltern?"

Nele blieb stehen. Sie spürte, wie sich ihr Körper versteifte. War sie bereit, ihm noch mehr über sich zu erzählen, als sie bereits getan hatte? Eigentlich ging es ihn nichts an, auch, wenn er gerade so offen zu ihr war. Das bedeute noch lange nicht, dass es ebenso für sie gelten musste.

„Das Verhältnis zwischen meinen Eltern und mir ist schwierig. War es schon immer." Sie zuckte mit den Schultern. „Es war nie leicht, ihren Erwartungen zu gerecht zu werden. Ich bin sicher, sie wollten stets nur mein Bestes, aber stolz", sie lachte freudlos auf, „nein, das sind sie ganz sicher nicht auf mich."

Ein paar Sekunden ruhte Tims Blick auf ihr. Er sagte nichts, sah sie nur nachdenklich an.

„Es tut mir leid", raunte er.

„Was?"

Seine Wangenknochen traten hervor. Es schien, als suchte er nach den richtigen Worten.

„Das mit meinen Eltern muss dir nicht leidtun. Ich komme hervorragend allein zurecht“, sagte sie.

„Nein, das meine ich nicht.“

Plötzlich wusste sie, was Tim ihr damit sagen wollte. Sie starrte auf den Boden.

Lass das, bat sie ihn stumm. *Tu das nicht. Das hilft weder dir noch mir*.

Ein paar Sekunden lang sprach keiner ein Wort.

Dann fragte er leise: „Sollen wir zurückgehen?“

Nele sah zu ihm auf und nickte.

Schweigend stapften sie ans Ufer. Nele wusste nicht, was sie sagen sollte. Mit einem Mal bereute sie, sich auf diesen Spaziergang eingelassen zu haben. Es war einfach nicht gut, dass sie Zeit mit ihm verbrachte. Seine Gegenwart war schmerzvoll.

Plötzlich rutschte sie auf etwas Glitschigem aus und wäre fast auf einen großen Stein gefallen, wenn Tim sie nicht in der letzten Sekunde am Arm gepackt und festgehalten hätte. Mit einer kräftigen Bewegung zog er sie an sich.

„Danke, das war knapp“, keuchte sie erleichtert.

„Keine Ursache.“

Er hielt sie immer noch fest, sah ihr tief in die Augen. Ihre Gesichter waren nur Zentimeter voneinander entfernt. Tims Blick wanderte zu ihren Lippen. Neles Herz hämmerte gegen ihre Rippen. Fast glaubte sie, keine Luft zu bekommen. *Was passiert hier?*

Langsam, Millimeter für Millimeter näherte er sich ihr, bis seine warmen Lippen ihren Mund berührten. Sie wehrte sich nicht, erwiderte seinen zaghaften Kuss sogar. In der nächsten Sekunde wurde ihr bewusst, was sie gerade im Begriff war, zu tun. War sie jetzt vollkommen verrückt geworden?

Entsetzt darüber, dass sie sich dazu hatte hinreißen lassen, löste sie sich von ihm.

„Das ... war ein Fehler“, stieß sie hervor.

„Nele, ich ...“

„Nein, bitte.“ Sie hob abwehrend die Hände, ging ein paar Schritte zurück.

In seinem Gesichtsausdruck stand tiefe Bestürzung. Er öffnete den Mund, sagte aber nichts.

Nele wollte nichts hören, egal, was es war. Verwirrt schüttelte sie den Kopf, dann sagte sie: „Es geht nicht. Ich kann das nicht. Bitte nimm den kürzesten Weg zurück zum Hof. Ich möchte, dass du weg bist, wenn ich zurückkomme.“

Sie schnappte ihre Sachen und lief in schnellen Schritten in die entgegengesetzte Richtung.

Kapitel Zwölf

Als sie eine Stunde später den Hof erreichte, stellte sie erleichtert fest, dass Tims Auto verschwunden war. Sie war froh, ihm nicht mehr begegnet zu sein. Was hätte sie denn sagen sollen?

Sorry für eben? Der Kuss war eigentlich nicht so schlimm, aber völlig unangemessen, weil du der bist, der du nun mal bist?

War es denn wirklich so schlimm? Ja, der Kuss war unangemessen und trotzdem im Nachhinein auch irgendwie schön gewesen. Nele spürte, dass diese wenigen Sekunden, in denen sie seinen Duft eingesogen und seine weichen Lippen auf ihren gespürt hatte, sie in einer Art berührten, die sie nicht benennen konnte. Ja, sie war verwirrt, nachdem er sie so überrumpelt hatte, aber das allein war nicht der Grund für das Durcheinander in ihrem Kopf.

Dass sie Tim von sich gestoßen und vor ihm weggelaufen war, ließ es zu einem einmaligen Ereignis werden. Tim würde ihr mit Sicherheit nicht mehr unter die Augen treten wollen. Dabei wäre das ihre Chance gewesen, ihn vielleicht doch noch zum Einlenken bringen zu können, wenn er sie und die anderen erst einmal näher kennengelernt hätte. Das konnte sie sich nun abschminken. Betrübt ließ sie sich auf eine der Holzbänke neben dem Hühnergehege sinken und sah den Hühnern beim Scharren und Picken zu.

Eine halbe Stunde später, als Nele als Letzte ins Esszimmer zu den anderen gestoßen war, erzählten Britta und Jannis von ihrem Termin.

„Das Gespräch mit Frau Bareis war sehr aufschlussreich", begann Britta. „Es gibt Positives, aber auch Negatives zu berichten."

„Oje, ich hab's befürchtet", seufzte Aaron. „Das Negative zuerst, dann haben wir es hinter uns."

„Also gut. Sie sagt, allein durch die Hilfe meiner Eltern bekommen wir nicht einen Cent von der Bank."

„War ja klar", meinte Pascal, als hätte er es kommen sehen.

„Ich muss zugeben, ich hatte mir das Ganze etwas einfacher vorgestellt", fuhr Britta in ruhigem Ton fort. „Frau Bareis hat die Unterlagen auf Herz und Nieren geprüft. Zusammen sind wir sämtliche Papiere durchgegangen. Und jetzt kommt eine kleine Überraschung, Leute: Laut dem Grundriss steht uns nicht nur das Feld hinter den Stallungen als Bebauungsland zur Verfügung. Das nutzen wir ja zum Großteil bereits. Es sind sogar rund achthundert Quadratmeter mehr! Damit könnten wir eine Menge anfangen und unsere Ideen umsetzen. Trotzdem hat uns Frau Bareis zunächst wenig Hoffnung auf einen Kredit gemacht. Der Termin war vorbei und wir waren schon auf dem Weg nach draußen, als uns der Bankdirektor persönlich über den Weg gelaufen ist. Ich kenne ihn flüchtig vom

Wochenmarkt, den er regelmäßig besucht. Demnach weiß ich, dass er und seine Frau sich seit Jahren für verschiedenste Nachhaltigkeits- und Naturschutzprojekte einsetzen." Sie schaute in die Runde und atmete tief durch. „Als ich Herrn Zimmermann von unserer Notlage berichtet habe, hat er, ohne zu zögern, seine Unterstützung zugesagt. Er hat sich mit einem Blick in die Papiere einen ersten Überblick verschafft und versprochen, trotz der schwierigen Ausgangssituation nicht von vornherein abzulehnen. Er möchte uns wirklich helfen. Das hört sich doch gar nicht so schlecht an, oder?"

„Das ist ja wunderbar!" Nina klatschte vor Freude in die Hände.

„Gibt es einen Haken? Ich meine, sicher ist das an Bedingungen geknüpft, oder?", fragte Nele.

„Das würde mich allerdings auch interessieren", bemerkte Pascal. „Ich kann mir nämlich nicht vorstellen, dass ein Bankdirektor Himmel und Hölle in Bewegung setzt, um einen kleinen Künstlerhof zu halten.

„Es gibt allerdings einen Haken", meinte Britta und überging Pascals bissigen Tonfall. „Wir müssen es schaffen, wenigstens zehn Prozent Eigenkapital aufzubringen, um zu beweisen, dass wir den Hof aus eigener Kraft halten und bewirtschaften können. Das bedeutet, für die nächsten Jahre brauchen wir stabile und vorzeigbare Einnahmequellen."

„So viel?", stöhnte Viktoria, „Das ist aber ein dicker Haken."

Britta nickte. „Da ist noch etwas. Mit der Grundschuld meiner Eltern und den zehn Prozent Eigenleistung von uns hat Herr Zimmermann einen Kredit lediglich in Höhe von maximal sechshunderttausend Euro in Aussicht gestellt. Und auch nur dann, wenn alles andere, das es noch zu prüfen gibt, ebenfalls passt."

„Was?", rief Aaron aus. „Darauf wird sich der Schäfer doch nie einlassen, wenn er viel mehr haben könnte."

„Bin der gleichen Meinung", brummte Pascal.

In Nele wirbelten die Gedanken wild durcheinander. Wie sollte es ihnen gelingen, so viel Geld beschaffen? Keiner von ihnen hatte nennenswerte Ersparnisse. Ratlos sah sie in die nicht minder desillusionierten Gesichter ihrer Mitbewohner.

„Jetzt steckt nicht gleich den Kopf in den Sand und hört mir zu." Britta versuchte offenbar, die Gruppe aufzumuntern. „Ich habe einen Plan."

„Noch einen", meinte Pascal und grinste freudlos. Sein Zynismus war nicht zu überhören.

„Jetzt reiß dich mal zusammen, oder hast du eine andere Idee?", schimpfte Viktoria.

„Ja, wir sollten uns lieber endlich mit der Situation abfinden und das Beste daraus machen, als irgendwelchen unrealistischen Vorstellungen nachzujagen."

„Kommt nicht infrage", erwiderte Viktoria entschlossen. „Das Thema hatten wir schon und es steht nicht zur Debatte."

„Ihr könnt gern sehenden Auges auf das Unausweichliche zusteuern, aber ich werde das nicht tun."

„Wie meinst du das nun wieder?", wollte Nina von Pascal wissen.

„Das werde ich euch mitteilen, wenn es so weit ist."

Mit verschränkten Armen und unergründlicher Miene lehnt er sich zurück und gab damit zu verstehen, dass er nichts mehr hinzufügen wollte.

Nele betrachtete ihn von der Seite. Sie machte sich Sorgen um Pascal. So wie er sich in den vergangenen Tagen verhalten hatte, kannte sie ihn gar nicht. War seine Sichtweise auf die Dinge der ausschlaggebende Punkt, weshalb auch Aaron kaum noch Hoffnung in einer Zukunft auf dem

Hof sah? Nele nahm sich vor, in einer ruhigen Minute mit Pascal zu reden.

„Ich habe mir Folgendes überlegt." Britta nahm den Faden wieder auf. „Wir werden die Öffentlichkeit auf uns aufmerksam machen und an verschiedenen Punkten ansetzen. Crowdfunding ist nur einer davon. Ich habe an einen Bericht über den Hof und unsere Arbeit in der Regionalpresse gedacht, verbunden mit der Bitte, uns mit Spenden zu unterstützen. Das Gleiche gilt für unsere Homepage und eure Instagram-Kanäle." Jetzt sah sie Pascal und Aaron direkt an. „Bitte, Pascal, auch wenn du es anders sehen magst, tu es für uns. Wir müssen deutlich machen, dass uns ohne die Unterstützung aus der Bevölkerung das Aus droht, aber wir werden Tim Schäfer in jedem Fall heraushalten. Wir wollen ihn schließlich nicht in Misskredit bringen."

Sie schaute in die Runde.

„Und, was sagt ihr?"

Stille.

Als Erster meldete sich Aaron zu Wort. „Also, ich bin dabei."

„Ich finde die Idee auch prima. Ich mache selbstverständlich mit", sagte Viktoria.

„Ich auch!", stimmte Nina freudig zu.

Pascal atmete hörbar aus, dann lehnte er sich mit ernstem Blick nach vorn. „Habt ihr mal ausgerechnet, wie viel zehn Prozent von sechshunderttausend sind? Sechzigtausend Euro. So viel müssen wir mindestens aufbringen, um den Kredit bewilligt zu bekommen."

Er hat *wir* gesagt, freute sich Nele im Stillen und schenkte ihm ein dankbares Lächeln.

„Worauf willst du hinaus?", erkundigte sich Jannis.

„Tim Schäfer verlangt eine Entscheidung in den nächsten Tagen. So wie ich das sehe, sieht es folgendermaßen aus: Entweder wir stimmen der Kündigung zu und müssen in sechs Monaten hier raus oder wir tun es nicht und fliegen vielleicht sofort vom Hof, weil ..." Er winkte ab. „Ich muss es nicht wiederholen."

Er hat recht, überlegte Nele. Tim wollte übermorgen, am Sonntag abreisen. Bis dahin hatte er ihnen Bedenkzeit eingeräumt. All das, was Britta gerade vorgetragen hatte, würde wesentlich mehr Zeit in Anspruch nehmen, und das würde bedeuten ...

„Das ist richtig", durchbrach Britta Neles Gedankenkarussell. „Deshalb müssen wir uns noch einmal mit Schäfer treffen und ihm unseren Vorschlag unterbreiten."

„Pff!" Aaron lachte freudlos auf. „Vergiss es. Wenn er hört, dass das, was wir ihm bieten können, einhundertfünfzigtausend Euro unter seinem Mindestpreis liegt, schlägt er sich garantiert vor Lachen auf die Schenkel."

„Uns bleibt nichts anderes übrig, als mit ihm zu sprechen", warf Jannis ruhig ein. „Wir bringen unser Angebot verbunden mit guten Argumenten vor. Mehr können wir nicht tun. Vielleicht reicht es. Ich möchte nicht daran denken, wenn nicht."

Nele versuchte sich vorzustellen, wie Tim wohl darauf reagieren würde. Arrogant und unnahbar wie am ersten Tag? Oder würde er tatsächlich mit sich reden lassen, das Für und Wider abwägen? Immerhin kannte sie ihn ein wenig besser als die anderen und hatte seine zugängliche und freundliche Seite erlebt. Wäre es dann nicht sinnvoll, wenn sie ...

„Ich werde das übernehmen!" War sie jetzt von allen guten Geistern verlassen? Wie konnte sie bloß?

„Ich glaube, das ist gar keine so dumme Idee", sagte Viktoria.

Neles Kopf ruckte herum. Sie selbst war sich plötzlich nicht mehr so sicher.

„Du hast immerhin als Einzige einen Draht zu ihm. Du bist klug, clever und hübsch dazu."

Nele hob eine Braue. „Worauf genau willst du hinaus?"

„Auf gar nichts. Ich sage nur, was offensichtlich ist."

Nele wollte widersprechen, aber dann tauchten Bilder von heute Nachmittag vor ihrem geistigen Auge auf, wie er sie angelächelt und im Watt fest an sich gezogen hatte, um sie vor einem Sturz zu bewahren. Und diese blauen Augen, die für den Bruchteil einer Sekunde bis tief in ihre Seele geblickt hatten.

Nele schluckte. Sie war verwirrt, eindeutig.

Jannis räusperte sich. „Auch wenn Vickys Vorstellungen in eine andere Richtung abdriften ..."

„Tun sie nicht!", protestierte diese.

„... finde ich es ebenfalls klug, wenn wir nicht alle auf einmal auf ihn einreden, sondern nur einer von uns sich in einem Vieraugengespräch mit ihm trifft."

Nele sah auf und bemerkte, dass Jannis Blick auf ihr ruhte.

„Würdest du das übernehmen?"

Sie zögerte, dachte daran, einen Rückzieher zu machen, angesichts dessen, wie sie sich ihm gegenüber verhalten hatte, nickte aber dann doch.

„Kein Problem", log sie.

Und ob es das ist.

Kapitel Dreizehn

„Er ist weg? Was meinst du damit, weg?" Nele schob die Brauen zusammen und sah Anna verwundert an.

Gleich am Morgen hatte Nele versucht, Tim anzurufen, doch er war nicht an sein Handy gegangen, weswegen sie kurzerhand zu Anna in den Buchladen gefahren war, um ihre Freundin zu bitten, sich unter einem Vorwand bei Maria über den Verbleib ihres Gastes zu erkundigen.

Anna hielt den Telefonhörer noch in der Hand, als sie mit ratlosem Blick die Schultern hob. „Maria sagt, er sei heute Morgen überraschend abgereist. Warum er einen Tag früher als geplant gefahren ist, weiß sie nicht."

„Hat er eine Nachricht hinterlassen?"

„Eine Nachricht?" Anna schüttelte den Kopf. „Nein, Maria hat nichts dergleichen erwähnt."

Nele fuhr sich mit gespreizten Fingern durchs Haar. „So ein Mist."

„Was ist denn los? Für wen sollte er denn eine Nachricht ..." Plötzlich machte Anna große Augen. „Etwa für dich?"

Nele schüttelte hastig den Kopf. „Nein, vergiss es, war bloß so ein Gedanke."

„Wieso regt es dich so auf, dass er weg ist?"

„Weil ..."

Ja, warum eigentlich? Weil er ihr dadurch keine Gelegenheit mehr gegeben hatte, sich bei ihm zu entschuldigen. Und weil sie ihm dringend das Angebot unterbreiten musste.

„Ich möchte mit ihm reden."

Anna runzelte die Stirn. „Aber ich dachte, das hättest du bereits. Oder gibt es etwas Neues, was die Kündigung betrifft?" Sie legte den Kopf schief. „Das tut mir ja alles so leid für euch. Ich hatte gehofft, ihr könntet ihn noch umstimmen."

Nele zögerte. Nicht, weil sie nicht offen mit Anna sprechen konnte, aber sie wusste, Anna würde ausflippen vor Freude, und dafür war es definitiv zu früh. Sie außen vorzulassen, fühlte sich jedoch genauso falsch an.

„Es ist kompliziert", sagte Nele. „Vielleicht, mit viel Glück, haben wir eine Chance, den Hof doch noch behalten zu können."

Anna riss die Augen und den Mund auf.

Nele hob beschwichtigend eine Hand. „Bitte versteh mich, wenn ich gerade nicht mehr dazu sagen kann, denn alles steht und fällt mit Tims Einlenken. Ich möchte unbedingt mit ihm sprechen. Ich *muss* ihn dazu bringen, den Verkauf zu überdenken. Aber jetzt ist er weg."

„Was für eine Chance?"

Nele schüttelte lächelnd den Kopf.

„Bitte lass mich nicht völlig im Dunkeln stehen", bettelte Anna und schob die Unterlippe vor. „Ich verstehe dich ja, aber wir sind doch Freundinnen."

„Das sind wir. Und du weißt, dass ich es nicht mag, über ungelegte Eier zu reden. Das bringt Unglück. Und am Ende klappt es nicht, weil man sich zu früh gefreut und es jedem erzählt hat. Sorry, aber ich glaube nun mal an so einen Quatsch."

„Ich bin nicht jeder", protestierte Anna.

Nele blies die Backen auf.

„Biiitte!"

„Also schön", seufzte sie schließlich. „Britta und Jannis waren gestern bei ihrer Bank. Unter bestimmten Voraussetzungen, die es allerdings in sich haben, gewährt uns die Bank möglicherweise einen Kredit. Zusätzlich wollen Brittas Eltern mit finanziellen Mitteln helfen."

Anna klatschte vor Freude in die Hände.

„Noch ist nichts gewonnen und das ist keine verbindliche Zusage, aber ..." Nele hob die Schultern.

„Ohne Tims Einverständnis geht gar nichts, stimmt?"

„So sieht es aus."

„Du meine Güte, das ist vielleicht spannend!"

„Na ja, die Spannung würde ich mir gern ersparen. Ziemlich nervenaufreibend, das Ganze."

„Natürlich, sorry."

„Schon gut." Nele winkte ab und verabschiedete sich von ihrer Freundin. „Ich muss los."

„Ich drücke euch die Daumen", rief Anna ihr hinterher.

Eine halbe Stunde später, als Nele zu Britta in die Küche ging, war diese gerade mit den Vorbereitungen für das Mittagessen beschäftigt. Jannis saß am Küchentisch und schälte, vor sich hin summend, Kartoffeln, während Britta Zwiebeln und Speckwürfel in einer Pfanne anbriet und anschließend mit Brühe ablöschte.

„Er ist nicht mehr da", sagte Nele und stellte sich neben Britta an die Arbeitsplatte.

„Wer?"

„Tim."

Britta wischte sich die Hände an ihrer Schürze ab und sah Nele verwundert an. „Ich dachte, er wollte bis morgen bleiben."

„Das dachte ich auch, aber wie sich herausgestellt hat, ist er plötzlich abgereist."

„Wieso?"

Nele zuckte mit den Schultern. „Keine Ahnung." Sie spürte, wie Britta sie von der Seite musterte.

„Seltsam finde ich sein Verhalten schon etwas. Du nicht?"

Nele sah sie kurz an, sagte aber nichts. Stattdessen griff sie nach einem Schneidebrett und einem Messer und half Britta beim Gemüseschneiden.

Jannis stellte den Topf mit den geschälten Kartoffeln auf eine freie Herdplatte. „Habe ich das gerade richtig verstanden? Tim ist nicht mehr auf der Insel?"

Britta und Nele nickten.

Er rieb sich das Kinn, was ein kratzendes Geräusch verursachte. „Hmm, vielleicht ist ihm etwas dazwischengekommen, ein dringender Anruf von zu Hause oder der Arbeit. Wir haben ja seine Kontaktdaten. Nele kann ihn anrufen, das sollte kein Problem sein. Es muss nur zeitnah geschehen, damit er sich nicht doch für das Angebot des Hotelbetreibers entscheidet." Dann beugte er sich ein Stückchen zu Britta hinunter und gab ihr einen Kuss auf die Wange. „Ich muss jetzt auf den Dachboden, ein paar Löcher in der Dämmung stopfen."

Britta und Nele waren nun allein in der Küche.

„Wo ist eigentlich Nina?", erkundigte sich Nele.

„Sie fühlte sich heute nicht wohl. Ich hoffe, sie wird nicht krank. Vorhin, als ich ihr begegnet bin, sah sie ziemlich blass aus. Wahrscheinlich der Magen, meint sie."

Nele überlegte, ob der Streit mit Viktoria der Grund dafür war.

„Sag mal“, meinte Britta beiläufig. „Tim war doch gestern bei dir, nicht wahr?“

„Ja.“

„Ist da etwas passiert?“

Nele runzelte die Stirn. „Etwas passiert? Wie meinst du das?“ Sie legte das Messer zur Seite.

„Oh, nicht das, was du denkst“, sagte Britta und hörte ebenfalls mit dem Schneiden einer Porreestange auf. „Aber, gab es vielleicht eine kleine Auseinandersetzung? Du weißt doch, wie schnell so was passiert. Aus einem Gespräch wird eine hitzige Diskussion und dann, ein Wort ergibt das andere und, na ja ...“

Britta druckste herum und Nele sprach aus, worauf sie anscheinend hinauswollte.

„Du meinst, ich hätte ihn womöglich verbal angegriffen, oder ihn beleidigt? Ist das der Grund, den du vermutest, weshalb er abgereist ist?“ Sie spürte, wie Zorn in ihr aufstieg, und presste die Kiefer aufeinander.

„Das habe ich nicht gesagt“, meinte Britta sanftmütig.

„Aber gedacht.“

Britta atmete hörbar aus. Dann wischte sie sich ihre Hände an der Schürze ab, die sie um ihre Hüften trug, und berührte Neles Schulter.

„Nein, das habe ich auch nicht gedacht. Ich kenne dich und weiß, dass du kein Mensch bist, der andere beleidigt. Aber ich mir ist auch klar, dass du einen ausgeprägten Gerechtigkeitssinn hast, und gepaart mit deinem Temperament kann diese Mischung schon mal zu ... impulsiven Reaktionen führen.“

Nele musste zugeben, dass Britta recht hatte, doch dieses Mal irrte sie sich. Oder doch nicht? Hatte sie impulsiv reagiert, als sie ihm nach dem Kuss erklärt hatte, ihn nicht mehr sehen zu wollen? Anstatt für Klarheit zu sorgen und Britta zu erzählen, wie es wirklich gewesen war, schwieg sie und starrte auf die halb geschälte Karotte vor sich.

„Nele, wenn zwischen euch etwas geschehen ist, kannst du jederzeit mit mir darüber reden."

„Danke."

Sie sah Britta an und bemühte sich um ein unbefangenes Lächeln. „Aber ich versichere dir, ich habe ihn lediglich durch meine Töpferei geführt und höflich behandelt. Wir haben nicht über die Kündigung oder dergleichen gesprochen. Es stellte sich heraus, dass er aus einem anderen Grund auf den Hof gekommen war."

„Ach ja?"

„Der hintere Teil des Schuppens, in dem der alte Schäfer ein paar seiner privaten Sachen eingelagert hat, erinnerst du dich?"

Britta nickte.

„Es handelt sich um ein Segelboot, mit dem Tim und sein Vater oft auf dem Meer waren. Es ist alt und nicht mehr seetüchtig, aber Tim möchte es reparieren. Er scheint sehr daran zu hängen."

Britta warf ihr einen nachdenklichen Blick zu und griff wieder zu Messer und Gemüse. „Vielleicht hat ihn in dem Moment die Trauer über den Verlust seines Vaters überwältigt und er ist deshalb gegangen."

„Ja, das halte ich für möglich", sagte Nele, erleichtert über Brittas Gedankengang. Doch sie glaubte nicht so recht daran. Was, wenn Tim ihretwegen weg war? Immerhin hatte sie ihn ziemlich vor den Kopf gestoßen, nachdem sie seinen Annäherungsversuch derart unterkühlt abgeblockt hatte. Vielleicht hatte sie ihn verletzt? Oder sie übertrieb und nahm sich und den Kuss viel zu wichtig. Er war schließlich erwachsen und musste sich weder bei ihr noch irgendwem abmelden, wenn seine Pläne sich kurzfristig änderten. Außerdem hatte er auf sie nicht unbedingt den Anschein gemacht, sich so leicht aus der Spur bringen zu lassen. Das allerdings hatte Nele bisher von sich ebenfalls gedacht und nun kreisten ihre Gedanken nur noch um ihn. Um ihn und diesen blöden Kuss.

„Hmm, dann bleibt uns wohl nur noch eine Möglichkeit", überlegte Britta laut und riss Nele aus ihren Gedanken.

„Und welche?"

„Du musst zu Tim fahren und mit ihm sprechen."

Nele sog die Luft ein. Britta hatte recht. Das Gleiche hatte sie sich ebenfalls auf dem Weg vom Buchladen zurück zum Hof überlegt. Ihr blieb wohl nichts anderes übrig, als Tim zu Hause aufzusuchen.

„Die Adresse steht in seinem Schreiben an uns. Zum Glück wohnt er in Husum und nicht in Süddeutschland. Wir suchen nachher gemeinsam nach einer Zugverbindung, okay?"

Nele nickte. „Ich habe mehrmals versucht, ihn anzurufen. Aber er geht nichts ans Telefon."

„Das muss nichts heißen", erwiderte Britta.

Nele hätte ihm eine Nachricht schreiben können. Das hatte sie sogar versucht, aber jede Version ihres Textes fand sie albern oder peinlich, und schließlich hatte sie es aufgegeben.

„Mach dir keine Gedanken", beschwichtigte Britta. „Und bitte entschuldige, dass ich dich unter falschen Verdacht gestellt habe. Das war nicht in Ordnung von mir."

„Schon gut. Wahrscheinlich hätte ich dieselben Schlussfolgerungen gezogen."

Bei der Vorstellung, Tim zu Hause aufsuchen zu

müssen, begannen ihre Hände zu zittern. Mit einem flüchtigen Blick zu Britta vergewisserte sie sich, dass sie es nicht bemerkt hatte, dann riss sie sich zusammen und verbannte jeden Gedanken an Tim energisch in die hinterste Ecke ihres Kopfes.

Kapitel Vierzehn

„Darf ich mal?“

Nele hörte eine ungeduldige Frauenstimme hinter sich, dann ein Schnalzen mit der Zunge und ein geräuschvolles Schnaufen.

„Entschuldigung.“

Nele trat rasch einen Schritt zur Seite, als sie bemerkte, dass sie mitten im Weg stand, um sich erst einmal auf dem Bahnsteig in Husum umzusehen, in welche Richtung sie jetzt gehen musste.

Die junge Frau mit dem Zwillingskinderwagen, die mit ihr in Dagebüll in die Bahn gestiegen war, lächelte unverbindlich und eilte mit gestresster Miene an ihr vorbei. Nele folgte dem Strom der Menschen, die den Bahnhof verließen. Auf einem großen Platz vor dem Bahnhofsgebäude blieb sie erneut stehen.

Mehrere Taxis standen auf einer gekennzeichneten Fläche in Reih und Glied und warteten auf Fahrgäste. Nele benötigte keine Mitfahrgelegenheit. Sie hatte sich im Vorfeld auf ihrem Smartphone die nötigen Informationen beschafft und wusste, dass sie nur einen kurzen Fußweg hinter sich bringen musste, um Tims Adresse zu erreichen.

Ihr Herz begann auffordernd zu schlagen. Sie warf einen Blick auf ihre Armbanduhr. Kurz nach siebzehn Uhr. Dann mal los. Sie schulterte ihren Rucksack, atmete tief durch und marschierte los.

Nach etwas mehr als zehn Minuten hatte sie ihr Ziel erreicht. Es war ein Mehrfamilienhaus, hübsch, modern, gepflegt, mit großen Balkonen und üppig bepflanzten Blumenkästen an den Brüstungen. Neben der Eingangstür waren drei Briefkästen an der Hauswand angebracht. Ein schmaler gepflasterter Weg führte links am Haus vorbei in einen Garten, den sie nur teilweise einsehen konnte. Sie erkannte eine gemütliche Sitzgruppe, einen abgedeckten Grill und einen zusammengeklappten Sonnenschirm. Nett hat er es hier, ging Nele durch den Kopf.

Sie steuerte auf den Eingang zu und betrachtete die Klingelschilder, auf denen drei Namen standen. Auf dem mittleren las sie *T. Schäfer*. Mit einem Mal spürte sie heftiges, unangenehmes Kribbeln in der Bauchgegend, das sich rasch auf ihren gesamten Körper ausbreitete. Was war denn nur los mit ihr? Ich werde doch wohl imstande sein, eine Entschuldigung zu formulieren, dachte Nele, als sie sich die Szene nach dem Kuss noch einmal in Erinnerung rief. Sie hatte ihn aufgefordert, den Hof zu verlassen, und war abgehauen. Nein, nicht beleidigt, wie Britta vermutete, aber vielleicht hatte sie ihn verletzt.

Großartig, Nele, ganz großartig.

Sie nahm all ihren Mut zusammen und drückte auf den Knopf neben dem Namensschild, dann hielt sie den Atem an und lauschte.

Nichts.

Nele stieß die Luft aus und klingelte noch einmal,

dieses Mal etwas länger, aber die Reaktion war die gleiche wie zuvor. Nämlich keine.

Verdammt!

Auch nach dem dritten Klingeln blieb ihre Bitte ungehört.

Na schön. Sie trat einige Meter vom Eingang zurück auf den Bürgersteig und schaute zu den Fenstern von Tims Wohnung im zweiten Stock. Nun ärgerte sie sich, dass sie ihm keine Nachricht auf dem Handy hinterlassen hatte.

Ratlos, was sie jetzt tun sollte, schlenderte sie die Straße entlang und überlegte, ob sie noch einmal versuchen sollte, ihn anzurufen. Sie ließ ihren Rucksack von den Schultern gleiten und zog ihr Smartphone heraus, als sie hinter sich ein Motorengeräusch wahrnahm. Sie drehte sich um. Ein schwarzer Volvo näherte sich in langsamem Tempo und hielt vor Tims Haus an.

Neles Herz machte einen Satz. Na, wer sagt's denn, dachte sie und ließ das Handy zurück in den Rucksack gleiten. Sie hatte sich etwa einhundert Meter vom Haus entfernt, und während sie eilig zurücklief, beobachtete sie, wie Tim aus dem Auto ausstieg und ...

Sie stockte.

Was zum ...?

Tim ging nicht zur Haustür, sondern um seinen Wagen herum zur Beifahrertür. Er öffnete sie und griff nach einer Hand, die sich ihm entgegenstreckte. Eine weibliche Hand.

Schlagartig wurde Nele heiß und kalt zugleich, als sie sah, wie Tim einer jungen Frau mit langen hellbraunen Haaren aus dem Auto half. Sie sah etwas jünger aus als er, ein paar Jahre vielleicht. Und sie war hübsch, sofern Nele das von ihrer Position aus beurteilen konnte.

Nele schluckte und starrte Tim und die Frau ungläubig an. Sie hatte eine zierliche, fast zerbrechliche Statur und trug ein cremefarbenes Trägerkleid mit bunten Blumen oder Schmetterlingen darauf, so genau konnte Nele es nicht erkennen. Was auch immer auf diesem blöden Kleid war, Nele zählte eins und eins zusammen.

Tim hat eine Freundin! Eine gottverdammte Freundin, obwohl er mich geküsst hat!

Was für ein mieser Kerl! Wie konnte er so etwas tun? Zorn brodelte in ihr auf, als sie daran dachte, wie sie ihn erst vor zwei Tagen durch ihre Töpferei geführt, ihm einen Einblick in ihr Innerstes gewährt, wie sie ihn plötzlich mit anderen Augen angesehen hatte, als er ihr von seinem Vater und dem Boot erzählt hatte, und dann der Spaziergang am Meer und ...

Bilder des vergangenen Nachmittags schossen durch Neles Kopf und drohten, ihn zu sprengen, während sie wie festgewurzelt auf dem Gehweg stand und Tim und seiner schönen Begleitung zusah, wie sie Arm in Arm den Eingang ansteuerten und schließlich im Haus verschwanden.

Nur mühsam konnte Nele den Blick losreißen.

Mit einem Mal fühlte sie sich völlig fehl am Platz. Ruckartig drehte sie sich um und stapfte in die Richtung, in die sie zuvor gelaufen war. Weg von Tims Wohnung. Weg von Tim und seiner ... Freundin! Sie lief schneller, ohne ein bestimmtes Ziel vor Augen zu haben. Es war ihr egal, nur nicht stehen bleiben. Und sie musste nachdenken.

Kapitel Fünfzehn

„Moin, was darf's denn sein, junge Dame?"

Der Mann in den Sechzigern, mit Halbglatze und einem kugeligen Bauch, trat an ihren Tisch und sah Nele ein wenig mitleidig an. Vielleicht bildete sie es sich aber auch nur ein.

„Ein großes Bier und die Speisekarte bitte."

Der Kellner, der wahrscheinlich auch der Besitzer der kleinen Kneipe war, in die es Nele spontan verschlagen hatte, hob die buschigen grauen Augenbrauen.

„Wir haben auch kleine Gläser."

„Ich hätte aber gern ein Großes."

Er lächelte wieder. „Klar, kommt sofort. Eine Speisekarte gibt es nicht." Er wies mit dem wurstigen Zeigefinger auf eine Tafel über dem Tresen, auf der drei Speisen mit weißer Kreide geschrieben standen.

Nele überflog das dürftige Angebot und entschied sich für die Bratwurst mit Pommes Frites.

Sie war zunächst an der unscheinbaren Wirtschaft vorbeigelaufen, es sich dann aber anders überlegt, als ihr eingefallen war, dass sie seit Stunden nichts gegessen hatte.

Außer ihr und zwei Männern am Tresen, mit denen der Kneipenwirt sich unterhielt, während er das Bier zapfte, saß noch ein junges Pärchen in einer Ecke des altmodischen, aber Gemütlichkeit verströmenden Gastraumes.

Nach wenigen Augenblicken brachte der Wirt das Bier. „Bitte schön. Das Essen dauert noch ein paar Minuten."

„Danke."

Nele musste den Glashumpen mit beiden Händen anheben. Sie trank einen großen Schluck. Das Bier schmeckte frisch, herb und stark. Sie nahm einen weiteren Schluck und noch einen. Kurz darauf wurde das Essen serviert.

Obwohl es nichts Besonderes war, roch es appetitlich, und Nele lief das Wasser im Mund zusammen, als sie nach Messer und Gabel griff.

Mit jedem Bissen und jedem Schluck Bier schwand ihre Wut ein wenig. Was zurückblieb, waren Enttäuschung und Frust. Darüber, dass sie keine Gelegenheit gefunden hatte, Tim zu fragen, was der Kuss zu bedeuten hatte. Hatte er überhaupt eine Bedeutung für ihn? Nele seufzte. Die Art, wie er sie angesehen hatte, kurz bevor sich ihre Lippen berührten ... Die Gänsehaut, die die Erinnerung an diesen flüchtigen, aber intensiven Augenblick in Nele ausgelöst hatte, verschwand schnell wieder, denn ein neuer Gedanke trat in den Vordergrund: Wer zum Teufel war diese Frau?

Der Wirt kam an ihren Tisch, um abzuräumen. „Ich hoffe, es hat geschmeckt?"

„Danke, das hat es. Kann ich bitte noch ein Bier haben?"

Statt auf ihre Bestellung einzugehen, sagte der Mann mit ruhiger Stimme: „Entschuldigen Sie, ich möchte nicht neugierig sein, und es geht mich auch gar nichts an, aber Sie sitzen hier seit einiger Zeit ganz allein und sehen nicht gerade sehr glücklich aus, wenn ich das sagen darf. Ist denn alles in Ordnung bei Ihnen?"

Nele sah überrascht zu ihm auf. Dann zog sie die Brauen zusammen, angesichts dieser Anmaßung, was ihren Gemütszustand betraf. Aber wahrscheinlich war es nur gut gemeint und der Mann verstand sich als Kummerkasten, der er sicher stellenweise für einige Gäste war.

„Nein, gerade ist nichts wirklich in Ordnung", erwiderte sie etwas flapsig. „Kann ich bitte einfach noch ein Bier haben?"

Der Wirt schürzte die Lippen und blickte nachdenklich auf Nele herab. „Sicher. Den meisten Damen ist unser Bier zu stark, wissen Sie? Es kann einem schnell zu Kopf steigen."

„Umso besser."

„Nun ja, ich möchte Sie nur darauf hinweisen, dass wir stattdessen auch ..."

„Etwas Schwächeres im Angebot haben?" Nele verzog freudlos das Gesicht. „Nein, Bier ist genau das Richtige im Moment."

Sie hatte einen Schwips, und es fühlte sich befreiend an. Sehr sogar. Genau das brauchte sie jetzt.

Sie wollte diese beschissenen Bilder aus ihrem verwirrten Kopf bekommen und diese Kaschemme hier war der richtige Ort dafür. Dabei hatte Nele gar nicht vor, sich mit Alkohol außer Gefecht zu setzen, sie wollte lediglich ihre Wunden lecken und ihren Zorn ertränken.

Der Wirt brachte kurz darauf nicht nur das Bier, sondern auch ein bis zum Rand gefülltes Schnapsglas mit einer klaren Flüssigkeit darin. Er selbst hielt auch eines in der Hand.

„Geht aufs Haus und hilft beim Vergessen", sagte er mit einem Zwinkern.

Überrascht ließ sich Nele zu einem dankbaren Lächeln hinreißen. Sie hätte den Mann auf der Stelle umarmen können. Dann erhob sie ihr Glas und stieß feierlich mit ihm an.

Kapitel Sechzehn

Als Nele die Kneipe knapp zwei Stunden später verließ, war es bereits dunkel. Sie hatte eindeutig mehr als nur einen Schwips. Sie war betrunken! Hicksend und aufstoßend hielt sie sich kurz an der Hauswand fest, atmete tief durch und ging ein paar Schritte, bevor sie stehenblieb und erneut durchatmen musste. Die frische Luft und die veränderte Umgebung schienen ihren Zustand um ein Vielfaches zu verschlimmern, stellte sie zu ihrer eigenen Überraschung fest.

Sie versuchte, einen Blick auf ihre Armbanduhr zu werfen. Nachdem ihr erneut schwindelig und gleichzeitig übel geworden war, weil sie sich so angestrengt auf die kleinen Ziffern starrte, gab sie es auf. Hoffentlich erreichte sie den letzten Zug noch.

Wankend marschierte Nele los. Zum Glück konnte sie sich an den Weg zum Bahnhof erinnern, was dafürsprach, dass ihr Verstand halbwegs funktionierte.

Plötzlich traf es sie wie ein Schlag. Scheiße! Sie konnte nicht nach Hause fahren! Nicht, bevor sie Tim das Angebot für den Kauf des Hofes unterbreitet hatte. Deswegen war sie doch zu ihm gefahren. Und dann war da noch eine Entschuldigung fällig. ...

Entschuldigung? Moment mal! ...

Wofür sollte sie sich eigentlich entschuldigen? Ihr dringender Wunsch, ihm ihr Verhalten erklären zu können, nachdem sie ihn am Strand einfach stehen lassen hatte, war wie weggefegt. Wenn sich hier einer entschuldigen musste, dann ja wohl er!

Als die Bilder von Tim und seiner ... Freundin vor ihrem geistigen Auge auftauchten, lief es Nele eiskalt den Rücken hinunter. Sie schnaubte, dann stapfte sie los, geradewegs auf Tims Haus zu.

Nele blickte zum Doppelfenster im zweiten Stock hoch. Hinter der langen Gardine brannte Licht. Er war also zu Hause. Na dann.

Sie wankte auf den Eingang zu, streckte den Zeigefinger aus und visierte konzentriert den Klingelknopf an. Sie hielt ihn lange gedrückt. Drei Sekunden, vier, fünf.

Erst als es in der Gegensprechanlage knackte, ließ sie los.

„Hallo?" Tims Stimme drang durch den Lautsprecher zu ihr. Er klang nicht gerade erfreut, was sicher daran lag, dass Nele ihn und seine Liebste bei was auch immer störte.

Na und?

„Hey, ich bin's! Komm runter, ich musssss dir wassagn!"

Reiß dich zusammen!, mahnte sich Nele und unterdrückte einen Rülpser, der aus ihrem Magen nach oben drängte.

„Wer ist da?"

„Neeele! Falls du dich noch erinnerst."

Frechheit, dass er sie nicht einmal mehr erkannte!

Einen Moment herrschte Stille. Dann öffnete sich über ihr ein Fenster.

„Nele?"

Nele stolperte auf den Bürgersteig und blinzelte nach oben.

„Ja!"

„Bist du betrunken?" Er starrte sie an wie eine Geisteskranke.

„Ja! Und du bist schuld daran!"

„Ich? Wie? ... Nele, was tust du hier?"

„Ich muss dir was saaagen." Junge, war der schwer von Begriff. War sie betrunken oder er?

Tim schüttelte den Kopf. „Und was?"

Angestrengt schluckte sie die Magensäure herunter. Dieses verdammte Sodbrennen!

„Eigentlich wollte ich mich entschuldigen. Dafür, dass ich dich so ... blöd behandelt habe ..."

Tim neigte den Kopf und sah sie an, als müsste er tatsächlich darüber nachdenken, was sie meinen könnte.

„... als du mich geküsst hast, du Idiot! Weißt du noch?!", rief sie ungehalten nach oben. „Aber anscheinend bis du ja schnell drüber wechjekomm, dass ich abgehaun bin ..."

Hicks

„... also hab' ich nur noch eins zu sagen."

Hicks

Tim hob die Brauen und starrte sie an, als würde er kein Wort von dem verstehen, was sie ihm zu sagen versuchte.

„Wir bieten dir ..." Nele musste sich jetzt konzentrieren, um die komplizierte Zahl klar und deutlich auszusprechen, „sechs ... hundert ... tausend Euro für den Hof. Wir bekommen das Geld von der Bank! Da staunst du, was?"

Noch immer wirkte Tim sichtlich verwirrt.

„Hast du kapiert? Sechs und ..." Sie zählte krampfhaft an ihren Fingern ab. „... fünf Nullen. Nimm das verfluchte

Geld gefälligst und dann gib endlich Ruhe, du, du … Scheißkerl!"

Als hätte es sie ihre letzten Kraftreserven gekostet, wankte sie rückwärts, verlor das Gleichgewicht und landete unsanft auf ihrem Allerwertesten, mitten auf der Straße. „Aua! Verdammt, noch mal!"

Sie sah, wie im Haus Lichter angingen.

Tim war verschwunden, das Fenster geschlossen. Bestimmt war ihm peinlich, wie sie sich benahm. Wie sie so dahockte, mit angezogenen Knien, kein vernünftiges Wort herausbekommend.

Jetzt, in diesem Augenblick realisierte sie, was für ein erbärmliches Bild sie abgeben musste. Sie bedeckte ihr Gesicht mit den Händen und fing an, jämmerlich zu weinen.

Jemand war bei ihr, zog erst sanft, dann fester an ihren Oberarmen, doch sie schlug die Hände weg. „Lass mich."

„Ich will dir nur helfen", sagte Tim mit ruhiger Stimme dicht an ihrem Ohr.

„Ich brauche keine Hilfe", schluchzte Nele und wagte nicht, ihn anzusehen.

„Ich denke, doch. Jetzt komm schon. Du kannst hier nicht sitzen bleiben, mitten auf der Straße."

Mit kräftigem Griff umfasste er noch einmal ihre Oberarme. Dieses Mal ließ sie es zu, brachte aber kaum Spannung in ihre Beinmuskel, sodass sie sich selbst vorkam wie ein schlaffer schwerer Sack.

„Komm, auf drei", versuchte Tim, sie zu ermutigen. „Eins, zwei …"

Nele strengte sich an und bei „Drei" gelang es Tim, sie auf die Beine zu stellen.

Mehr oder weniger.

Er hielt sie fest, wahrscheinlich aus Angst, sie könnte gleich wieder umfallen.

Plötzlich war da dieses Bild in ihrem Kopf, wie er sie einen Tag zuvor am Strand festgehalten hatte, als sie beinahe gestürzt wäre, und erst dann losließ, als sie sicher stand. Er hatte sie gehalten und ihr tief in die Augen gesehen. Sie konnte sich noch genau an das Kribbeln in ihrem Bauch erinnern, dass sie so lange nicht mehr gespürt hatte.

„Lass uns nach oben gehen", sagte Tim freundlich und holte Nele in die grauenhafte Realität zurück.

Tim stützte sie, während Nele sich ihrem Schicksal hingab und zum Hauseingang führen ließ.

Heute würde sie wohl in keine Bahn mehr steigen.

Kapitel Siebzehn

Nele schrak aus einem unruhigen Schlaf auf. Sie fühlte sich wie gerädert, als wäre ein tonnenschwerer Lastwagen über ihren Körper gerollt. Sie kniff die Augen fest zusammen, dann hob sie vorsichtig ein Lid und schloss es gleich wieder.

Der plötzliche Lichteinfall des neuen Tages sorgte für eine Explosion in ihrem Schädel. Ihre Zunge klebte trocken am Gaumen und Nele schmeckte einen fiesen abgestandenen Geschmack im Mund. *Eklig!*

Sie stöhnte auf und rieb sich das Gesicht, drückte mit Zeige- und Mittelfinger der rechten Hand gegen ihre Schläfen. Ihr Kopf fühlte sich an, als wäre er in einen Schraubstock gespannt, während ein Presslufthammer im Inneren wütete.

Sie konnte sich nicht erinnern, wann es ihr das letzte Mal so elend gegangen war. Apropos erinnern.

Was war überhaupt passiert?

Das Letzte, das ihr einfiel, war diese Kaschemme an der Straßenecke, in die es sie gezogen hatte, die zwei großen Humpen Bier, die drei Schnäpse mit dem Wirt. Wieder seufzte sie. Sie vertrug doch überhaupt keinen Alkohol, wie konnte sie das vergessen haben? Dann, allmählich, wurde aus den Bruchstücken von Erinnerungsfetzen ein zusammenhängendes Gesamtbild, bis …

Ruckartig setzte sie sich auf und ignorierte das heftige Hämmern in ihrem Schädel, denn ihr wurde schlagartig bewusst, wo sie sich befand.

In Tims Wohnung.

Und sie hatte die Nacht hier verbracht! Nele stöhnte kläglich auf, zog die Beine dicht an ihren Oberkörper und legte die Stirn auf den Knien ab. Eine Weile saß sie so da und schämte sich in Grund und Boden. Dann hob sie den Kopf und sah sich um.

Sie befand auf einer Couch, komplett bekleidet, bis auf ihren Hoodie, den entdeckte sie ordentlich gefaltet auf einem Sessel, zusammen mit ihrem Rucksack. Jemand hat ihn ihr ausgezogen, sie auf das Sofa gelegt und zugedeckt. Bei der Vorstellung, dass es Tim gewesen war, lief ihr ein Schauer durch den Körper. Gott, war das peinlich! Ihr selbst fehlte jede Erinnerung daran, wie sie in seine Wohnung und schlussendlich auf die Couch gekommen war.

Sie ließ den Blick durch das Wohnzimmer gleiten. Es war hell und modern eingerichtet. Durch zwei große Fenster strömte Tageslicht herein, ein paar Topfpflanzen zierten die Fensterbretter. Auf einem niedrigen Glastisch stand ein Trockenstraußgebinde. Eindeutig weiblicher Einfluss, vermutete Nele und verzog grimmig das Gesicht.

Wie spät es wohl sein mochte? Sie hob das Handgelenk und warf einen Blick auf die Armbanduhr. Zehn Minuten nach acht. Okay, immerhin hatte sie nicht den halben Tag verschlafen. Nele schwang die Beine vom Sofa, beugte sich zum Rucksack hinunter und fischte darin nach ihrem Smartphone. Als ihr schwindlig wurde, hielt sie kurz inne. Sie durfte sich nicht zu hastig bewegen.

Nele tippte auf dem Display herum, aber der Bildschirm blieb schwarz. Mist, der Akku war leer. Bestimmt hatten ihre Mitbewohner schon versucht, sie zu erreichen, und machten sich Sorgen.

Als sie daran dachte, ihnen später Rede und Antwort stehen zu müssen, wurde ihr wieder übel. Aber darüber konnte sie sich auf dem Weg nach Hause noch genug Gedanken machen. Jetzt galt erst einmal, möglichst unentdeckt von hier zu verschwinden.

Nele blickte sich um und entdeckte eine geschlossene Tür. Hoffentlich gelangte sie von da aus in den Flur und konnte sich aus der Wohnung stehlen. So war es am besten.

Sie wusste ohnehin nicht, was sie Tim sagen sollte, und bestimmt legte er jetzt noch weniger Wert darauf, ihr zu begegnen. Zudem sah sie wahrscheinlich scheußlich aus. Nicht nur ihr Schädel fühlte sich überdimensional an, auch ihre Augenlider waren mindestens um das Dreifache geschwollen, genau wie der Rest ihres Gesichtes.

Sie schnappte sie sich den Hoodie und faltete ihn auseinander. Bäh! Der stank vielleicht nach Zigarettenqualm und altem Fusel. Sie unterdrückte ein Würgen und zog ihn sich widerwillig über den Kopf.

Dann machte sie ein paar unsichere Schritte auf die Tür zu. Hoppla! Mit einem schnellen Ausfallschritt konnte sie sich gerade noch so davon abhalten, das Gleichgewicht zu verlieren. Sie krallte ihre Finger in die Lehne des Sessels. Nach ein paar Sekunden, in denen sie ein paarmal ruhig ein- und ausatmete, ging es wieder.

Vorsichtig drückte sie die Türklinke hinunter und lugte in einen hellen Raum. Eine Küche. Nele zog verwundert die Brauen zusammen.

Die einzige Tür, die vom Wohnzimmer abging, führte nicht in den Flur, sondern in die Küche? Seltsam. Sie horchte ein, zwei Sekunden. Als sie sich allein wähnte, schob sie die Tür ein Stück weiter auf und sah auf der gegenüberliegenden Seite einen offenen Durchgang, der in einen schmalen Korridor führte. *Gott sei Dank!*

Auf Zehenspitzen betrat Nele die Küche und wollte gerade zur nächsten Tür huschen, als sie plötzlich erstarrte. Da war eine flüchtige Bewegung, die sie im Augenwinkel wahrgenommen hatte. Sie drehte den Kopf zur linken Seite und erschrak.

An einem kleinen runden Tisch saß die junge Frau, mit der Tim gestern das Haus betreten hatte. Neles Herz setzte kurz aus und schlug im nächsten Augenblick so heftig gegen ihre Rippen, dass sie glaubte, jeder im Umkreis von zwanzig Metern müsste es hören. Sie starrte die Frau an, die zu Neles Verblüffung keinerlei Notiz von ihr zu nehmen schien, obwohl sie nur ungefähr drei Meter von ihr entfernt war. Als wäre sie gar nicht hier. Als wäre sie unsichtbar.

Die zierliche Frau, die Nele auf Anfang zwanzig schätzte, trug ein altrosafarbenes langes Nachthemd mit Spitzenkragen, was ihr zu ihrer hellen Haut und der zerbrechlich wirkenden Gestalt etwas Puppenhaftes verlieh.

„Hallo“, stammelte Nele und verzog den Mund zu einem Lächeln, das wahrscheinlich ziemlich dümmlich wirken musste, denn genauso kam sie sich gerade vor.

Die Frau reagierte nicht.

„Danke übrigens, dass ich hier schlafen durfte ...“ Ihr fiel nichts ein, das sie hätte sonst sagen können.

Keine Reaktion.

Bloß weg hier! „Okay, ich geh‘ dann mal.“

Nele steuerte die Tür ihr gegenüber an, als diese plötzlich von außen geöffnet wurde.

„Oh, schon auf den Beinen?“, sagte Tim und musterte sie mit skeptischem Blick. Er hielt eine Brötchentüte in der Hand.

„Ja, ich, äh ...“

Sie starrte ihn an, suchte nach Worten, aber ihr Kopf war mit einem Mal völlig leer, als wäre ihre gesamte Festplatte soeben gelöscht worden. Ohne ein weiteres Wort drängte sie sich an ihm vorbei und stürmte aus der Wohnung.

Kapitel Achtzehn

Eine Dreiviertelstunde später saß Nele im Zug nach Dagebüll. Sie lehnte ihren Kopf an die kühle Scheibe und ließ die Landschaft ungeachtet an ihr vorüberziehen.

Glücklicherweise war sie um diese Zeit fast allein im Abteil. Sie schloss die Augen und ließ sich von den monotonen Fahrgeräuschen und dem gleichmäßigen Ruckeln des Zuges auf den Schienen einlullen.

Sie hatte es gründlich versaut. Niemals würde Tim ihnen jetzt noch den Hof verkaufen. Nicht nach dem, was sie sich geleistet hatte. Und alles nur, weil sie ihre Gefühle nicht im Griff hatte.

Die gesamte Bahnfahrt beschimpfte sich Nele als eine Idiotin, doch dadurch fühlte sie sich auch nicht besser. Im Gegenteil.

In Dagebüll angekommen, bestieg sie wenige Minuten später die Fähre nach Wyk. Der Wellengang war heftig und sie fürchtete, ihr Magen könnte rebellieren, weswegen sie sich einen Platz in der Nähe der Toiletten suchte.

Am Nachbartisch saßen drei ältere Damen in den Siebzigern, die Nele beiläufig belauschte, um sich von ihren trübsinnigen Gedanken abzulenken.

Die Frauen waren adrett gekleidet und akkurat frisiert, als hätten sie sich bewusst für einen Samstagsausflug in Schale geworfen. Auf jeden Fall schienen sie viel Spaß zu haben. Sie lachten und kicherten ohne Unterbrechung.

Nele nahm an, dass die drei schon sehr lange miteinander befreundet sein mussten, und beneidete sie ein wenig darum. Sie selbst hatte nur wenige Freunde und blieb im Allgemeinen lieber für sich. So war sie eben. Dass dies auch Nachteile hatte, spürte sie immer mal, änderte jedoch nichts daran. Schließlich hatte sie ja eine Ersatzfamilie: Britta, Jannis, Aaron, Pascal, Vicky und Nina. Sie waren alles, was sie brauchte. Sie war glücklich gewesen. Bis der Brief von Tim Schäfer ihre heile Welt ins Wanken gebracht hatte.

Was blieb ihnen, wenn sie den Hof verloren? Wo würden sie leben?

Ihr fiel wieder ein, was Aaron vor ein paar Tagen über seinen Plan wegzugehen, gesagt hatte. Der einzige Ort, an den Nele sich auf die Schnelle flüchten konnte, war das Haus ihrer Eltern in Hamburg Winterhude. Allein bei der Vorstellung, welchen Regeln und Pflichten sie sich dort unterwerfen musste, sträubte sich ihr die Nackenhaare.

Nachdem die Fähre den Hafen von Wyk erreicht hatte, ging Nele mit den anderen Fahrgästen von Bord und hielt auf ihr Rad zu, das sie am Ende des Parkplatzes an einem Fahrradständer angekettet hatte. Sie sah sich um und ließ den Blick über den Strand schweifen.

In einiger Entfernung erkannte sie die Fischbrötchenbude „Fischers Fritze“, die jeden Tag vor dem Gezeitenbrunnen stand. Dort gab es die besten Fischbrötchen auf der ganzen Insel. Mit einem Mal spürte Nele großen Appetit darauf. Solch ein Katerfrühstück wäre jetzt genau das, was sie brauchte.

Sie lief die etwa dreihundert Meter bis zur Imbissbude zu Fuß.

Wenige Minuten später hatte sie ein dick belegtes Matjesbaguette mit Zwiebelringen, Gewürzgurken und Soße in den Händen und ging zu einer der Holzbänke am Strand, um es zu essen.

Während sie ihr Frühstück genoss, blickte sie auf das Meer hinaus und beobachtete, wie der Wind unaufhörlich Wellen ans Ufer schob, die weiße Gischt mit sich schleuderten und sanft am Strand ausliefen.

„Nele?“

Neles Kopf ruckte herum, als sie hinter sich jemand ihren Namen rufen hörte. Sie erkannte Anna und Ben. Anna winkte ihr und Nele erwiderte den Gruß.

„Was macht ihr denn hier?“, fragte sie kauend, als die beiden sie erreicht hatten.

„Das wollte ich dich auch gerade fragen“, erwiderte Anna und umarmte ihre Freundin zur Begrüßung. Dem Blick nach zu urteilen, hätte sie Nele liebend gern gefragt, was mit ihr passiert war, ließ es aber bleiben, wofür ihr Nele wirklich dankbar war.

„Moin, Ben. Wie geht's?“

„Moin, Nele. Gut, und selbst?“

„Prima“, log Nele und bemühte sich um ein unbefangenes Lächeln.

Anna räusperte sich. „Wir sind gerade zu einem Spaziergang am Strand aufgebrochen und wollten auf dem Rückweg beim Bäcker Brötchen holen, für einen Brunch mit Bens Eltern. Eigentlich hätte ich heute im Buchladen arbeiten müssen, aber Opa meinte, ein freier Samstag täte mir mal gut." Mit einem Zwinkern fügte sie hinzu: „Und dass er den Laden ab und zu gern mal wieder für sich allein hätte." Einen Augenblick lang musterte sie Nele mit nachdenklichem Blick. „Und du? Was treibt dich um diese Zeit hierher?"

„Ich komme gerade von einem kleinen Ausflug zurück."

„Ein Ausflug?", wunderte sich Anna.

„Ich war auf dem Festland und habe ... jemanden besucht."

Nele hatte Anna gestern vom Zug aus eine Nachricht über WhatsApp geschrieben, in der sie sie kurz über ihr Vorhaben informierte.

Anna schien ihr im Gesicht abzulesen, dass sie jedoch im Augenblick nicht näher ins Detail gehen wollte, und sagte schnell: „Oh, *der* Ausflug!" Sie warf Ben einen flüchtigen Blick zu, bevor sie sich wieder an Nele wandte. „Dann hoffe ich, es hat sich gelohnt. Komm doch die Tage mal in den Laden und berichte mir bei einer Tasse Kaffee davon, ja?"

Dankbar lächelte Nele sie an. „Das mache ich."

Sie mochte Ben, aber sie kannte ihn kaum, weshalb sie ihre Probleme lieber allein mit Anna besprach. Außerdem war jetzt nicht der richtige Zeitpunkt, um davon zu erzählen.

Umso überraschter war sie, als Ben sie und Anna abwechselnd ansah. „Also, wenn ihr zwei etwas zu besprechen habt, kann ich auch allein zum Bäcker gehen und wir treffen uns dann zu Hause. Ich spüre doch, dass da was in der Luft liegt." Er zwinkerte Anna an, die daraufhin Nele einen fragenden Blick zuwarf.

Nele überlegte kurz, ob sie Bens Angebot annehmen sollte, und entschied sich dagegen.

„Danke, das ist lieb, aber es hat Zeit. Ihr beiden genießt

jetzt euren Spaziergang, außerdem muss ich langsam mal nach Hause."

„Bist du sicher?", fragte Anna.

„Klar, bin ich das. Ich melde mich bei dir", versicherte Nele und setzte ein unbeschwertes Lächeln auf.

Als Nele wieder allein war, dauerte es nur Sekunden, bis ihre Gedanken erneut um Tim kreisten. Und um die merkwürdige Frau in seiner Küche. Keinen Ton hatte sie gesagt, als Nele hineingeplatzt war. Sie hatte nur dagesessen und sie vollkommen ignoriert. Hatte sie denn gar nicht wissen wollen, woher Tim und Nele sich kannten?

Sie seufzte und blickte zum mit grauen Wolken verhangenen Himmel empor. Dann zog sie sich die Kapuze ihres Hoodies über den Kopf und machte sie sich auf den Heimweg.

Während der zehnminütigen Radfahrt versuchte sie, alles noch einmal Revue passieren zu lassen. Der Kneipenbesuch, ihr Herumgepöbel vor Tims Haus, das Erwachen in der fremden Wohnung, die Begegnung mit Tim. All das erschien ihr inzwischen wie ein schlechter Film, bei dem sie sich selbst in ihrer miserabelsten Rolle beobachtete.

Das Einzige, das von allem übrigblieb, war ein dumpfer Schmerz in Neles Brust, und er nahm an Intensität zu.

Ist das etwa Liebeskummer?

Nele schüttelte den Kopf. Und selbst wenn, na und? Sie hatte nicht vor, ihn wiederzusehen, dafür würde sie sorgen. Viel schlimmer war das, was nun bevorstand. Sie musste ihren Mitbewohnern beichten, dass sie versagt hatte.

Kapitel Neunzehn

„Wow, was ist denn mit dir los?“

Nele stieß genervt die Luft aus, als sie ihr Rad zum Schuppen schob. Aaron war gerade aus seiner Werkstatt gekommen. Er klappte das Visier seiner Schweißermaske hoch und grinste schief.

Nele hatte gehofft, sich unbemerkt in ihr Zimmer schleichen zu können, um sich frisch zu machen, bevor sie den anderen unter die Augen trat. Aber daraus wurde wohl nichts.

„Iiih! Ist das da Kotze?“ Er verzog das Gesicht und fuchtelte mit seinem Zeigefinger vor Neles Brust herum, dabei deutete er auf einen Fleck, der ihr bisher noch gar nicht aufgefallen war.

„Remouladensoße“, rechtfertigte sich Nele und war heilfroh, dass sie sich wirklich nur mit der Soße vom Fischbrötchen bekleckert hatte.

Mit kritischem Blick musterte Aaron sie. „Du siehst aus, als hättest du die Nacht durchgemacht. Hast du es krachen lassen? Ohne mich?“ Er prustete los, biss sich aber schnell auf die Lippe, als er Nele wohl ansah, dass ihr nicht im Geringsten zum Lachen zumute war.

„Frag nicht“, stöhnte sie.

Sie wollte an ihm vorbeigehen, doch Aaron hielt sie am Arm fest, sodass sie stehenblieb und ihn ansah.

„Was?“

„Wirklich? Nele, mal im Ernst, wo zum Geier warst du? Hast du nicht vorgehabt, gestern Abend zurück zu sein? Wieso hast du nicht auf unsere Anrufe reagiert? Du hättest wenigstens mal schreiben können.“

„Mein Akku war leer.“

Sie ging weiter.

„Aha.“

Vor der Tür zu ihrer Töpferei blieb sie stehen und drehte sich zu Aaron um.

„Gib mir ein paar Minuten, okay? Ich will nur schnell nach dem Ofen schauen, der seit gestern Nachmittag in der Abkühlphase ist. Dann erzähle ich euch alles.“

Er verschränkte die Arme und sah sie mit einem Blick an, der ausdrückte, dass er das nicht gelten lassen wollte.

„Okay, tut mir leid“, seufzte sie. „Können wir das bitte drinnen besprechen? Mit den anderen? Dann muss ich nicht alles doppelt erzählen.“

Er nickte. „Wie du meinst. Zieh dir aber vorher was Sauberes an und schau mal in den Spiegel. Du siehst aus wie ein Panda, der einen Joint zu viel hatte.“

„Sehr witzig.“

„Ich meine ja nur.“

Nele winkte ab. „Hast ja recht. Trommelst du die anderen zusammen? Ich komme in ein paar Minuten nach.“

„Wird gemacht.“

„Du hast bei Tim Schäfer geschlafen?“, rief Nina entrüstet aus, als Nele ihren Mitbewohnern wenige Minuten später in kurzen Sätzen berichtet hatte, was geschehen war.

„Das nenne ich mal ganzen Körpereinsatz“, meinte Pascal trocken.

„So war das ganz sicher nicht!“ Nele winkte ab. „Ich habe lediglich auf der Couch übernachtet und auch nur, weil ich“, sie senkte den Blick, „nicht mehr in der Lage war, nach Hause zu fahren.“

„Weil du zu tief ins Glas geguckt hast.“

Jannis hob die Brauen. „Das sieht dir überhaupt nicht ähnlich.“

Nele schluckte. „Ich weiß auch nicht, wie das passieren konnte. Ich wollte mir nur die Zeit vertreiben, da ich Tim am Nachmittag nicht zu Hause angetroffen hatte. Einmal muss er ja heimkommen, dachte ich und bin ein paar Straßen weiter auf diese Wirtschaft gestoßen. Außerdem hatte ich Hunger.“

Eine glaubwürdigere Notlüge war ihr nicht einfallen. Den wahren Grund für ihr außer Kontrolle geratenes Trinkverhalten ließ sie weg.

„Und da hast du dir gedacht, du kippst dir ein Bier nach dem anderen hinter die Binde, um dem Schäfer anschließend so richtig auf den Sack zu gehen, oder wie?“ Pascal funkelte sie aus seinen dunkelbraunen Augen an, was Nele die Hitze ins Gesicht trieb.

„So war es nun auch wieder nicht.“

„Ach, dann wurdest du gezwungen, dich zu besaufen?“

„Nein, verdammt!“

„Schluss jetzt“, rief Britta. „Das bringt doch nichts. Nele hat das sicherlich nicht mit Absicht gemacht.“

„Ja, aber sie ist diejenige von uns, die keinen Alkohol verträgt, und weil ihr diese kleine, aber nicht ganz unwichtige Tatsache kurzzeitig entfallen war, hat sie es versaut. So sieht's aus!"

Für einen Moment herrschte beklemmendes Schweigen. Nele fühlte sich zunehmend unwohler. Sie spürte die Last der Schuld auf ihren Schultern und wäre am liebsten in ihr Zimmer gerannt, aber da musste sie jetzt durch.

„Es tut mir leid, wirklich", murmelte sie.

„Wenigstens hast du ihm unser Angebot überbringen können", meinte Viktoria und schürzte nachdenklich die Lippen. „Jetzt können wir nur hoffen, dass er es sich trotz allem durch den Kopf gehen lässt."

Pascal stieß einen Zischlaut aus. „Der Schäfer kann es inzwischen wahrscheinlich kaum noch erwarten, uns vom Hof zu werfen. Wir haben Glück, wenn er nicht von den sechs beschissenen Monaten abrückt, die er uns kulanterweise lässt."

„Nein, daran will ich nicht denken", jammerte Nina.

„Tim ist nicht so. Er wird uns nicht absichtlich schaden wollen", sagte Nele kleinlaut.

„Woher weißt du das? Kennst du ihn so gut? Ich würde für niemanden meine Hand ins Feuer legen, erst recht nicht, wenn es um Geld geht", gab Aaron zu bedenken.

„Ich kenne ihn zumindest ein wenig besser als ihr", flüsterte Nele.

„Na dann ist ja alles in Butter", erwiderte Aaron und verschränkte seine Arme vor der Brust.

„Und du hast heute Morgen keine Gelegenheit gehabt, mit ihm zu reden?", wollte Britta wissen und sah sie enttäuscht an.

Nele schüttelte den Kopf. „Als ich wach geworden bin, habe ich zugesehen, dass ich verschwinde. Das alles war mir ziemlich unangenehm, wie ihr euch vielleicht vorstellen könnt."

„Können wir, keine Sorge", betonte Pascal.

„Schade, wirklich schade. Wer weiß, vielleicht hat er das Ganze ja mit Humor genommen, und wir malen es uns schlimmer aus, als es ist."

Ja, vielleicht, dachte Nele, glaubte aber selbst nicht daran.

„Wir ändern jetzt ohnehin nichts mehr. Was passiert ist, ist passiert. Ich nehme an, Schäfer wird sich in nächster Zeit melden. Auf irgendeine Art wird er auf unser Angebot den Hof kaufen zu wollen, reagieren müssen. Dann haben wir hoffentlich noch einmal die Gelegenheit, mit ihm zu sprechen." Jannis rieb sich nachdenklich das bärtige Kinn und sah jeden nacheinander an.

„Genau", stimmte Britta ihrem Mann zu. „Wir warten erst mal ab, was er sagt."

„Na, eure Nerven möchte ich haben", meinte Viktoria stirnrunzelnd.

„Wohl ist mir dabei auch nicht", gab Jannis zu. „Aber Tim hat auf mich nicht den Eindruck gemacht, überstürzt oder impulsiv zu handeln. Selbst, wenn Nele mit einem Strauß Blumen vor seiner Tür aufgetaucht wäre, hätte ihn das wohl genauso wenig beeindruckt."

„Jannis, also wirklich." Britta schüttelte den Kopf und warf Nele einen entschuldigenden Blick zu.

„Sorry, war vielleicht nicht das beste Beispiel", lenkte Jannis ein. „Was ich damit sagen will: So eine Entscheidung muss wohldurchdacht und genau durchkalkuliert werden. Hier geht es ausschließlich um Fakten und Zahlen. Dass Nele betrunken war, hat sicher keinen guten Eindruck hinterlassen, aber beeinflussen wird ihn das bestimmt nicht. Männer ticken da ohnehin anders."

Nele wagte ein zaghaftes Lächeln. Ihr gefiel die Art, wie Jannis dachte. Es beruhigte sie ein wenig.

„Bitte?", echauffierte sich Nina plötzlich. „Was soll das denn heißen, *Männer ticken anders*?"

Pascal stöhnte genervt auf und ließ die Hände auf die Tischplatte fallen.

„Nina, ehrlich, musst du dich wegen jedem Kommentar oder Vergleich von Männern und Frauen immer gleich persönlich angegriffen fühlen? Das nervt."

„Darin liegt schon mal einer der Unterschiede", hörte Nele Aaron leise in seinen Bart murmeln, ohne dass er jemanden dabei ansah. Sie hoffte inständig, dass Nina es nicht mitbekommen hatte und warf ihr einen flüchtigen Blick zu.

Ihre Sorge war unbegründet, und anstatt auf Pascals Kommentar einzugehen, verdrehte Nina nur die Augen und ließ sich mit verschränkten Armen gegen die Stuhllehne fallen.

„Was genau meinst du damit?", wollte Nele von Jannis wissen.

Er wiegte den Kopf. „Nun ja, ich denke, dass Männer wichtige Entscheidungen logisch und pragmatisch angehen und Frauen mehr aus dem Bauch heraus, also unter emotionalen Gesichtspunkten entscheiden", erklärte er. „Beides hat etwas für sich, und ich möchte deutlich ausdrücken, dass ich dies völlig wertfrei meine." Er warf einen eindringlichen Blick zu Nina.

„Gut", sagte Britta mit einem langen Seufzer und erhob sich. „Dann hoffen wir, dass Tim Schäfer ein solcher Mann ist und doch noch in unserem Sinne entscheidet. Bis dahin sind wir zum Warten verdammt."

Sie sah jeden Einzelnen an, dann lächelte sie und wedelte mit den Händen.

„Und jetzt raus hier. Eure trübsinnigen Gesichter verderben mir die Freude am Kochen. In zwei Stunden gibt es Mittagessen, bis dahin möchte ich die Küche für mich."

Kurz darauf lag Nele auf ihrem Bett. Sie starrte an die Decke, als könnte sie da oben Antworten auf ihr Fragen finden. Unter dem Vorwand, die Nacht nicht genug geschlafen zu haben, hatte sie sich in ihr Zimmer zurückgezogen, um sich ein wenig auszuruhen.

Sie allein war schuld, wenn Tim sich gegen die Gemeinschaft und für die Hotelkette entschied. Egal, was Pascal und Jannis über Männer und Frauen und ihre Entscheidungsfindung zu wissen glaubte. Sie hatte auf die Tatsache, dass Tim in festen Händen war, wie ein bockiger Teenager reagiert und damit alles aufs Spiel gesetzt. Ihre Augen füllten sich mit Tränen.

Und der Kuss im Watt?

Obwohl sich alles in ihr zusammenzog, als sie daran dachte, versuchte Nele, die Szene noch einmal Revue passieren zu lassen und sie aus Tims Blickwinkel zu beurteilen. Vielleicht hatte sich Tim einfach von der Situation, den intimen Gesprächen und den Gefühlen, die die Erinnerung an seinen Vater ausgelöst hatten, überwältigen lassen. Und wäre sie nicht weggerannt, vielleicht hätten sie im nächsten Augenblick verschämt über den Kuss gelacht und wären beide zu dem Schluss gekommen, dass er nichts von Bedeutung war, nur ein ... *Unfall*.

So etwas passierte schon mal, im Eifer des Gefechts. Er war doch auch nur ein Mensch. Und sie? War sie denn nun wirklich verliebt? Nele schüttelte energisch den Kopf. Quatsch! Welcher Mensch verliebte sich nach einem einzigen, flüchtigen Kuss? Sie sicherlich nicht. Das Ganze war nicht mehr als eine Schwärmerei. Liebe auf den ersten Blick gab es nicht. Höchstens in diesen Schnulzen im Fernsehen und in Büchern. Sie hatte in etwas hineingesteigert und damit eine Kettenreaktion in Gang gesetzt, deren Ausgang sie ihr Leben lang bereuen würde.

Nele bedeckte ihr Gesicht mit den Händen und stöhnte

auf. Wie in Gottes Namen hatte sie bloß so überreagieren können?

Sie rollte sich auf die Seite und zog die Beine dicht an ihren Körper heran. Dann schlug sie die Decke bis über beide Ohren.

Kapitel Zwanzig

„Schmeckt es dir nicht?“

„Hmm?“

Nele hatte gedankenverloren ihr Gemüse auf dem Teller hin- und hergeschoben, ohne etwas davon anzurühren.

Sie blickte zu Britta auf. „Was? Nein, dein Ratatouille ist großartig wie immer. Daran liegt es nicht. Ich bin nur müde.“

Britta neigte den Kopf zur Seite, lächelte und sah Nele dabei an, als könnte sie bis auf den Grund ihrer Seele blicken. Es war wie eine Umarmung, voller Wärme und Geborgenheit, als wollte sie ihr sagen: *Gib nicht auf. Alles wird gut.*

Doch genau das war es, worüber Nele während der letzten beiden Stunden auf ihrem Bett nachgedacht hatte.

Aufzugeben.

Mittlerweile fand sie Aarons Idee, den Hof jetzt schon zu verlassen, gar nicht mehr so abwegig. Vor allem, da die Chancen, den Hof zu übernehmen, ohnehin gegen null gingen. Dank ihr. Ob die Bank ihnen tatsächlich einen

Kredit bewilligen würde, stand ebenfalls in den Sternen. Das Prinzip Hoffnung löste eben nicht alle Probleme, und einmal sollte die Vernunft siegen und das Träumen enden. Vielleicht war es an der Zeit, die Dinge anzunehmen, wie sie nun mal waren, und das Unausweichliche zu akzeptieren.

Ein leises, sich näherndes tiefes Brummen, das von draußen kam, erregte Neles Aufmerksamkeit. Sie drehte sich zum gekippten Fenster um, sodass sie über den Hof bis zum Tor blicken konnte, und sah einen schwarzen Sportwagen vor dem Hoftor zum Stehen kommen.

Das Brummen erstarb, kurz darauf öffnete sich die Fahrertür und ein Mann stieg aus. Er war groß und schlank, trug ein dunkles Hemd und eine hellgraue Hose. Er sah sich nach allen Seiten suchend um, als er durch das Hoftor ging, und ... Er hatte erschreckende Ähnlichkeit mit John, ihrem Ex-Freund. Die Art, wie er sich bewegte, eine Hand lässig in der Hosentasche.

Das kann unmöglich ...

Im nächsten Augenblick verschluckte Nele sich so heftig, dass die anderen abrupt ihre Gespräche unterbrachen.

„Alles okay?“, hörte sie Viktoria fragen, und ehe sie antworten konnte, klopfte ihr auch schon jemand auf den Rücken.

Nele hustete, und als sie sich wieder im Griff hatte, schüttelte sie nur den Kopf. Ihr Blick saugte sich an dem Mann fest, der über den Hof schlenderte und geradewegs auf das Wohnhaus zukam. Mit einem Mal wurde ihr übel.

Der Mann sah nicht nur so aus wie John, es *war* John!

Was will er hier?

Neben Nele schoben sich nun auch Aaron, Nina und Viktoria ans Fenster.

„Wer ist das? Kennst du ihn?“, wollte Aaron wissen.

Nele nickte kaum merklich und drehte sich zu den anderen um.

„Ich kläre das“, sagte sie, ohne zu wissen, was es überhaupt zu klären gab, und war schon im Begriff, die Küche zu verlassen, als sich Pascal ebenfalls erhob.

„Warte mal, sollen wir nicht besser mitkommen?“, bot er an und wies mit dem Daumen auf sich, Aaron und Jannis. „Du siehst nicht so aus, als würdest du dich freuen, den Kerl zu sehen.“

Wie recht du damit hast, dachte Nele, sagte aber: „Nicht nötig, lasst mich das machen. Er hat hier nichts verloren und wird gleich wieder gehen.“

„Wusste ich doch, dass ich dich finde! Es ist so schön, dich zu sehen.“

John Tanaka strahlte über das ganze Gesicht und breitete feierlich seine Arme aus, um Nele gebührend zu begrüßen. Sein braunes halblanges Haar war mittlerweile von silbergrauen Fäden durchzogen, aber er trug es noch immer streng zurück gegelt, was seinen zurückweichenden Geheimratsecken nicht unbedingt schmeichelte, wie Nele nun feststellte.

Mit zittrigen Knien ging sie auf ihn zu, um eine unerschütterliche Miene bemüht, und blieb in drei Metern Abstand vor ihm stehen. Als er einen Schritt auf sie zumachte, tat sie einen zurück.

„Was zur Hölle willst du hier?“, fuhr sie ihn an. „Wie hast du mich gefunden? Ich kann mich nicht erinnern, dir meine Adresse hinterlassen zu haben.“

Er setzte erneut einen Fuß nach vorn.

„Kcinen Schritt weiter!“

Wenn ihn ihre kratzbürstige Art überraschte, überspielte er es gekonnt.

„Dachtest du wirklich, du wärst unauffindbar?", sagte er mit einem Lächeln, als wäre sie ein kleines naives Dummerchen. „Ich musste dich nur googeln. Wirklich, eine hübsche Homepage hast du dir zugelegt. Ich wusste, dass du dich immer noch mit Kunst beschäftigst. Es liegt in deinem Blut."

Mist! Daran, dass die Anschrift auf ihrer Homepage im Impressum hinterlegt war, hatte sie nicht gedacht. Sie hatte aber auch nicht damit gerechnet, dass er nach ihr suchen würde.

Nele verschränkte die Arme vor der Brust. „Lass das Geplänkel. Mir wäre es am liebsten, du verschwindest gleich wieder. Ich habe dir nichts mehr zu sagen."

„Ich aber." John wirkte vollkommen ruhig und entspannt, setzte nun aber einen leidenden Gesichtsausdruck auf. „Ich will doch nur mit dir reden. Neulich am Telefon hast du mir ja keine Chance gelassen, also was soll ich deiner Meinung nach tun?"

Dann hob er eine Augenbraue und blickte zum Küchenfenster, wo mit Sicherheit die Gesichter ihrer Mitbewohner klebten, um ja nichts zu verpassen.

„Muss das wirklich hier sein? Können wir uns nicht an einem weniger ... öffentlichen Ort unterhalten?" Als Nele misstrauisch die Augen zusammenkniff, fügte er leise hinzu: „Bitte."

Sie blies die Backen auf. „Also gut. Fünf Minuten, dann bist du weg, verstanden?"

John nickte.

Nele ging zur Töpferei, schloss die Tür auf und führte ihn in den schmalen Flur. Dann sah ihn abwartend an.

„Hast du keine Sitzmöglichkeiten?", erkundigte sich John und versuchte, an Nele vorbei einen Blick in ihre Töpferstube zu werfen.

„Wir sind außerhalb des Blickfeldes meiner Mitbewohner. Genug Entgegenkommen meinerseits. Also, was willst du?"

Er war älter geworden, stellte sie fest. Obwohl es gerade mal zwei Jahre her war, als sie ihn zum letzten Mal gesehen hatte, wirkten seine Falten um Augen und Mundwinkel tiefer und länger. Vielleicht lag es aber auch nur an den Lichtverhältnissen.

John atmete tief ein und aus, als hätte er sich auf das, was er nun sagen wollte, gut vorbereitet. Dann legte er die Hände aneinander und sah sie mit eindringlichem Blick an.

„Nele, ich bin hier, um dir zu sagen, was ich für ein schlechter Mensch war und wie tief ich bereue, was ich dir angetan habe."

Sie sog die Luft ein, um ihn zu unterbrechen, doch er hob eine Hand, als Zeichen, ihn ausreden zu lassen.

Sie ließ ihn, fürs Erste.

„Da du dich am Telefon geweigert hast, mich anzuhören, hatte ich keine andere Wahl, als persönlich zu dir zu kommen, um mich zu entschuldigen. Du siehst also, mir ist kein Weg zu weit, um das zu tun."

Sie stieß einen Zischlaut aus. „Von Hamburg nach Föhr ist es nun wahrlich keine Weltreise. Glaube nicht, dass mich das beeindruckt."

„Bitte", sagte John und hob erneut eine Hand.

Nele sah demonstrativ auf ihre Armbanduhr und bedeutet ihm, fortzufahren.

„Ich habe Fehler gemacht. Nicht nur einen. Mir war nicht bewusst genug, was du mir bedeutest, was wir zwei uns bedeuten. Nele, ich möchte, dass du zu mir zurückkommst..."

Sie prustete los. „Das ist es, was du willst? Deswegen hast du dich auf diese *weite Reise* gemacht? Deine Bemühungen sind umsonst."

Johns Miene wurde flehend. „Ich liebe dich, Nele. Ich

habe nie aufgehört, dich zu lieben. Nur musste ich erst ein Arsch sein, um zu erkennen, was ich verloren habe. Bitte, gib mir noch eine Chance, komm zu mir zurück. Lass mich dir beweisen, dass ich mich geändert habe."

„Du, dich geändert?" Nele lachte freudlos auf. „Das kannst du doch gar nicht. Dafür ist dein Ego viel zu groß. Du erträgst es nur nicht, zurückgewiesen zu werden. Diese Tatsache lässt dein Stolz nicht zu. Aber weißt du was? Es interessiert mich nicht. Geh und tröste dich mit einer deiner Studentinnen, die dich von früh bis spät anhimmeln. Mag sein, dass ich früher auch eine von ihnen war, aber das ist lange vorbei. Ich sehe dich jetzt mit anderen Augen."

Er schüttelte energisch den Kopf. „Nein, nein, nein, so ist es nicht. Zugegeben, vielleicht hat es mir früher geschmeichelt, aber das kannst du doch nicht mit dem vergleichen, was wir hatten. Das mit uns war Liebe! Magie! Etwas, das es nur einmal im Leben zwischen zwei Menschen gibt. Wir beide gehören zusammen, und tief in deinem Herzen weißt du es auch."

Nele verschlug es beinahe die Sprache, aber sie fand schnell die richtigen Worte: „Du sprichst von Liebe, nachdem du mich eiskalt betrogen hast? Ich fasse nicht, wie dreist du bist, nach zwei Jahren hier aufzutauchen, um mir so viel Honig um den Mund zu schmieren, dass mir ganz schlecht davon wird. Was ist los? Hast du zurzeit keine Muse, die dich auf einen Podest stellt und dir jeden Tag sagt, wie großartig du bist?"

John verzog das Gesicht. „Es verletzt mich, wenn du so redest. Bitte, lass es mich erklären. Ich bin sicher, dann wirst du es verstehen."

„Nicht nötig", wiegelte Nele ab. „Geh nach Hause und lass mich in Ruhe. Du verschwendest deine und meine Zeit. Ich habe Besseres zu tun, als mir deine Märchen anzuhören."

Sie wollte ihn gerade aus der Tür schieben, als John ein hämisches Lachen ausstieß.

„Etwas Besseres als das, was ich dir bieten könnte? Nele, verdammt, siehst du es nicht oder hat dir die abgestandene Landluft den Verstand so vernebelt? Du verschwendest dein Talent, deine Gabe, Großes zu erschaffen. Mit mir an deiner Seite hättest du etwas werden können, viel Geld verdienen und den Traum leben können, den du immer geträumt hast. Wir hätten diesen Traum gemeinsam gelebt." Er machte eine wegwerfende Handbewegung. „Stattdessen vegetierst du auf einem Bauernhof dahin und ... töpferst!" Angewidert verzog er die Mundwinkel nach unten.

Das reichte. Mit einem Mal brannten in Nele alle Sicherungen durch und die Wut und Verzweiflung, die sich in den vergangenen Stunden aufgestaut hatte, brachen sich Bahn. In wenigen Schritten stand sie vor John, holte aus und verpasste ihm eine heftige Ohrfeige.

John starrte sie aus weit aufgerissenen Augen an.

Nele dachte nicht daran, sich zu entschuldigen, obwohl sie selbst von ihrem Ausbruch überrascht war. Stumm registrierte sie, wie sich die Stelle in seinem Gesicht rot verfärbte.

„Ich schlage vor, du gehst jetzt", sagte sie leise. „Und wage nicht, noch einmal wiederzukommen."

„Was ist nur aus dir geworden? Ich erkenne dich nicht wieder. Du willst es einfach nicht einsehen. Ich habe es zumindest versucht und stehe nicht länger in deiner Schuld", erwiderte John, nachdem er seine Haltung wiedergefunden hatte. „Aber eines sage ich dir! Das wirst du eines Tages noch bitter bereuen!" Und, im Hinausgehen zischte er noch: „Schlampe!"

„Wie war das?"

Er drehte sich um und in seinen Augen blitzte eine

Mischung aus verletztem Stolz und blankem Zorn auf, dass es Nele eiskalt den Rücken herunterlief.

„Ja, genau das bist du! Eine kleine verwöhnte Schlampe, die einen Mann wie mich nicht verdient hat! Aber du wirst schon sehen, was du davon hast! Du wirst es als Künstlerin niemals zu etwas bringen. Niemals."

Sie kniff die Augen zusammen, presste die Kiefer aufeinander und zwang sich, den Mund zu halten. Sie wusste, sie würde es sonst nur noch schlimmer machen.

„In einem Punkt aber hast du recht, meine Liebe", raunte er böse, „Ich verschwende hier nur meine wertvolle Zeit."

Dann stieß er wie ein Stier die Luft aus den Nasenlöchern, warf ihr einen letzten, herabsetzenden Blick zu und lief im Stechschritt auf seinen Porsche zu.

Nele stand mit geballten Fäusten wie angewurzelt da. Sie nahm wahr, wie John den Motor seines Wagens startete, ihn einmal laut aufheulen ließ, als einen letzten provokanten Gruß, bevor er davonbrauste und der Kies vom Durchdrehen seiner Reifen in alle Richtungen geschleudert wurde.

Ihr Atem ging stoßweise, sie fühlte sich wie ein heißer Wasserkessel kurz vor dem Überkochen. Nele stieß einen lauten Schrei aus, hoffte, dass sie sich danach besser fühlte, aber dem war nicht so. Im Gegenteil. Sie hatte das Gefühl, jeden Augenblick zu explodieren, wenn sie sich nicht sofort Luft machte.

Hektisch sah sie sich um, suchte etwas, das sie kaputt machen konnte. Wutentbrannt ging sie zu dem Regal, in dem sie ihre Lieblingsstücke aufbewahrte. Ohne darüber nachzudenken, was sie tat, griff sie sich eine Vase, hob sie mit beiden Händen über ihren Kopf und warf sie voller Wucht zu Boden. Laut scheppernd zerbarst sie in tausend Teile.

Nele spürte, wie die Hitze in ihren Kopf und das Adrenalin durch ihre Adern schoss, sie regelrecht aufstachelte. Sie griff sich die nächste Vase und zerschmetterte auch sie, dann einen Teller, eine Schale, wieder eine Vase und noch eine.

Sie hörte erst damit auf, als sie durch den Tränenschleier ihre Umgebung nur noch verschwommen wahrnehmen konnte. Außer Atem stand sie da, inmitten des Chaos, das sie selbst angerichtet hatte. Es war, als blickte sie in ihr Innerstes, ein einziger Scherbenhaufen von Hoffnungen, Träumen und Sehnsüchten, die nacheinander wie Seifenblasen zerplatzten. Dann schluchzte sie auf, lehnte sich an eine Wand und ließ sich auf den Boden sinken. Sie vergrub das Gesicht in beiden Händen und weinte, wie sie noch nie zuvor geweint hatte. Um ihr Zuhause, das sie verlieren würde, ihre Freunde, die sie enttäuscht hatte, um ihre Zukunft.

Und um Tim.

Es kam ihr vor wie eine Ewigkeit, aber wahrscheinlich waren nur wenige Minuten vergangen, da standen Britta und Nina mit aufgerissenen Augen im Durchgang zur Töpferstube. Sie blickten geschockt auf das Ergebnis von Neles Wutausbruch, dann zu ihr, wie sie verloren in der Ecke kauerte und weinte wie ein kleines Kind.

„Um Himmels willen, was tust du denn da?", rief Nina und bahnte sich eilig einen Weg zu ihr, achtete darauf, den Scherben so gut es ging auszuweichen, was aber kaum gelang.

Britta folgte ihr, eine Hand über den Mund gelegt. „Du meine Güte, was ist denn hier passiert?"

Scherben knirschten und knackten unter ihren Schuhen, ein Geräusch, das Nele nur schwer ertragen konnte. Sie hatte mit ihren Händen erschaffen und mit ihnen zerstört. Dieses Mal unwiederbringlich.

„Magst du uns erzählen, was dich dazu getrieben hat? Oder war *er* das?", fragte Britta sanft, als sie sich vor Nele hinkniete.

Nele schüttelte den Kopf. „Nein, das war ich. Ich ... ich weiß auch nicht, was in mich gefahren ist. Ich habe das Gefühl, nichts mehr richtig machen zu können. Alles geht schief."

„Aber was redest du denn das?" Britta streichelte Neles Knie, die sie dicht an ihren Körper herangezogen hatte. Dann sah sie ihr prüfend in die Augen. „Wer war der Mann? Dein Vater?"

Nele schnaubte spöttisch. „Nein, das war mein Ex-Freund. Meine große Liebe, bevor er mir vor zwei Jahren das Herz gebrochen hat. Nachdem ich ihn vor ein paar Tagen am Telefon abserviert habe, hat er sich wohl eingebildet, mich umstimmen zu können, wenn er persönlich hier auftaucht. Er wollte mich überreden, zu ihm zurückzukommen."

„Du hast ihm hoffentlich klargemacht, dass du das nicht tust, oder?", wollte Nina mit hochgezogenen Brauen wissen.

„Und ob", bestätigte Nele. „Und als i-Tüpfelchen habe ich ihm ordentlich eine gepfeffert, nachdem er mich beleidigt hat."

„Du hast ihm eine geknallt?" Nina kicherte hinter vorgehaltener Hand.

„Ich wollte das nicht", erklärte Nele schnell. „Aber er hat mich provoziert, mich an meinem wunden Punkt getroffen und dann habe ich rotgesehen. So etwas ist mir noch nie zuvor passiert."

„Das ist mein Mädchen", triumphierte Nina.

„Du weißt, was ich von Gewalt halte, egal ob gerechtfertigt oder nicht“, sagte Britta an Nina gerichtet, die daraufhin zwar die Augen verdrehte, dann aber mit schuldbewusster Miene nickte. An Nele gewandt fügte sie hinzu: „Ich kenne dich, Liebes, ich weiß, dass du normalerweise nicht so reagieren würdest. Ärgere dich nicht. So etwas kann passieren, wenn man unter Spannung steht. Aber weshalb hast du deine schönen Kunstwerke zerstört?“

Nele zog die Nase hoch und zuckte mit den Schultern. „Ich glaube, ich brauchte einfach ein Ventil, um ... Ach, keine Ahnung. Wenn ich mir das Durcheinander jetzt ansehe, könnte ich mir selbst in den Hintern treten.“

„Wenn du willst, helfen wir dir beim Aufräumen“, schlug Nina vor.

„Ihr seid nicht mehr böse auf mich?“, erkundigte sich Nele kleinlaut.

„Ach wo!“ Nina winkte ab. „Klar, anfangs hörte sich das für uns schon ziemlich schräg an. Aber Jannis und Pascal haben recht. Ich denke auch nicht, dass Tim seine Entscheidung davon abhängig macht, dass du gestern, na ja du weißt schon ... wie du aufgetreten bist. Wichtig ist, dass er weiß, was Sache ist. Jetzt müssen wir eben abwarten.“

Nele stieß erleichtert die Luft aus. „Danke. Ihr seid die Besten.“

„Also“, meinte Britta und erhob sich. „Wollen wir?“

„Was?“, fragte Nele und stand ebenfalls ächzend vom Boden auf.

„Na, aufräumen.“

„Das ist lieb, aber ich glaube, das mache ich allein. Ich hätte gern noch einen Moment für mich, wenn es euch nichts ausmacht.“

„Kein Problem.“ Nina winkte ab. „Falls du uns brauchst ...“

„Rufe ich“, vervollständigte Nele den Satz. Sie schenkte

ihr ein dankbares Lächeln. Dann umarmten sie sich. Kurz darauf war Nele wieder allein.

Sie atmete einmal tief durch, während sie ihren Blick über den Boden schweifen ließ. Nachdenklich fuhr sie sich mit gespreizten Fingern durchs Haar. *Das muss aufhören. Tim und das, was sie in ihn hineininterpretiert hat.* Es hatte schon für hinreichend Ärger gesorgt. Jetzt war Schluss damit.

Sie ging zur kleinen Anrichte, auf der ihr Smartphone lag. Auch, wenn sich alles in ihr sträubte, musste sie sich eingestehen, dass ihr keine Wahl blieb. Sie entsperrte sie den Bildschirm, öffnete ihre Kontaktliste, scrollte, bis sie den gewünschten Eintrag gefunden hatte. Drei, vier, fünf Sekunden lang schwebte ihr Finger über dem Display.

Tu es! Es ist das einzig Richtige.

Dann drückte sie auf den Namen und hielt sich das Handy ans Ohr. Mit pochendem Herzen lauschte sie. Nach dem fünften Klingeln klickte es leise in der Leitung.

Kapitel Einundzwanzig

„Hallo Nele, mit dir hatte ich nun wirklich nicht gerechnet."

Nele schluckte trocken, als sie die mürrische Stimme ihrer Mutter hörte.

„Hallo Mama. Tut mir leid, falls ich dich störe."

„Das tust du nicht", sagte sie in geschäftigem Tonfall. „Ich erledige nur etwas Papierkram. Was gibt es denn?"

Nele atmete tief ein und schloss für einen kurzen Moment die Augen.

„Mama, ich …" Sie spürte, wie ihre Kehle eng wurde. Angestrengt kämpfte sie dagegen an, loszuheulen wie ein hilfloses Kind. „Ich möchte wieder nach Hause kommen", platzte es aus ihr heraus.

Stille.

„Du möchtest was? Aus welchem Grund? Ich dachte, dein neues Leben wäre so … erstrebenswert. Töpferin auf einem Bauernhof, das ist es doch, was du wolltest, oder irre ich mich?"

Dass ihre Mutter nicht wirklich eine Antwort auf diese Frage erwartete, konnte Nele deutlich heraushören. Ihrer Stimme klang unnahbar und desinteressiert. Es tat weh, jetzt, wo sie ihre Mutter brauchte. Zu einem gewissen Teil gab sie sich selbst die Schuld daran, dass ihr Verhältnis derart abgekühlt war.

Nele überlegte, ob sie einfach auflegen sollte, entschied sich aber dagegen. Sie musste das jetzt durchziehen. Es war besser so.

„Nele? Bist du noch dran?“

„Ja.“

„Hättest du dann die Güte, mir den Grund deines Anrufes zu erläutern? Was meinst du damit, du möchtest nach Hause kommen?“

Ihre Mutter betonte *nach Hause kommen* auf die Art, als wäre es längst kein Ort mehr, an dem sie willkommen war. Dass sie nicht mit offenen Armen empfangen werden würde, war Nele bewusst gewesen. Trotzdem nagte die emotionale Kälte mehr an ihr, als sie zuvor vermutet hatte. Wieder dachte sie daran, ob es nicht doch besser war, das Gespräch zu beenden.

„Es ist einiges passiert, auf das ich im Augenblick nicht näher eingehen möchte, aber es hat mich dazu bewogen, einzusehen, dass meine Zukunft nicht länger hier auf diesem Hof ist, sondern in Hamburg.“

„Ach, sieh an.“

Für ihre Mutter musste es eine Genugtuung sein, diese Worte aus dem Mund ihrer geläuterten Tochter zu hören.

„Heißt das, du möchtest wieder bei uns einziehen?“

„Nur vorübergehend.“ Das hoffte sie zumindest.

Ihre Mutter lachte spitz auf. „Das dürfte schwierig werden angesichts der aktuellen Lage auf dem Wohnungsmarkt, vor allem ohne das nötige Einkommen, das man benötigt, um etwas halbwegs Vernünftiges zu finden.“

Mit *halbwegs vernünftig* war ein mindestens einhundert Quadratmeter großes Penthouse mit Blick auf die

Elbphilharmonie gemeint, wenn es nach den Vorstellungen ihrer Mutter ging.

„Ich nehme an, das ist der Grund, weshalb du nach Hause kommen willst", mutmaßte sie.

Nele presste die Kiefer aufeinander. Ihre Mutter schaffte es mit Leichtigkeit, ihren Worten so viel Ironie und Zynismus beizufügen, dass jeder Satz wie ein Peitschenhieb war?

„Ja, zumindest für den Anfang, bis ich auf eigenen Beinen stehe."

„Aha."

Wieder herrschte einen Moment lang beklemmende Stille. Dann sagte ihre Mutter: „Hast du Pläne, was du nach deinem Umzug tun möchtest, um auf eigenen Beinen zu stehen, wie du es so nett formulierst?"

Jetzt verlor Nele endgültig den Kampf gegen die Tränen. Sie schluchzte auf, vor Wut über die Spitzzüngigkeit ihrer Mutter und ihre eigene Hilflosigkeit, keinen anderen Weg zu finden, als ihr Scheitern einzugestehen.

„Alles läuft schief. Hier passieren Dinge, die ich nicht beeinflussen kann. Es hält mich nichts länger hier auf der Insel, die Umstände lassen mir keine Wahl. Es tut mir leid, vielleicht hattet ihr tatsächlich von Anfang an recht. Vielleicht war ich zu naiv. Aber ..." Sie zog die Nase hoch und wischte sich mit dem Handrücken über die tränennassen Wangen. „... jetzt brauche ich eure Unterstützung. Bitte."

Wieder verging eine Weile, ohne, dass jemand etwas sagte.

Dann hörte Nele, wie ihre Mutter geräuschvoll ausatmete.

„Gut. Ich werde mit deinem Vater sprechen. Wir sind deine Eltern und werden dir selbstverständlich helfen."

„Danke", sagte Nele kleinlaut.

„Aber dir muss eines klar sein, wenn du zu uns zurückkommst.“

Sie hielt die Luft an, denn sie ahnte, was jetzt kommen würde.

„Du wirst diesen Kunstquatsch aufgeben.“

„Kunstquatsch?“

„Wie auch immer du es sonst nennen möchtest, was du da tust. Wir erwarten, dass du anfängst, zukunftsorientiert zu denken und die Träumereien sein lässt. Du musst endlich erwachsen werden.“

Nele sah ihre Mutter förmlich vor sich, wie sie mit den Augen rollte, als sie dies sagte.

„Dein Vater und ich unterstützen dich nur unter der Voraussetzung, dass du dich um deine Zukunft kümmerst, die in der Kanzlei deines Vaters stattfindet, so wie es vorgesehen war.“

Nele schloss die Augen. Damit hatte sie gerechnet. Trotzdem tat es weh. Nein, es brach ihr das Herz!

„Wenn du weiterhin nicht dazu bereit bist …“, fügte ihre Mutter hinzu, „… musst du selbst sehen, wie du zurechtkommst. Schließlich hattest du dich gegen unseren Rat für ein Leben in *Freiheit* entschieden, wie du selbst betont hast. Aber im wahren Leben ist für derlei Firlefanz kein Platz.“

„Ich weiß.“ Resigniert ließ sie den Kopf hängen. Was hatte sie denn erwartet?

„Gut“, sagte ihre Mutter. Und als hätte sich in ihr ein Schalter umgelegt, fügte sie mit freundlicher Stimme hinzu: „Keine Sorge, Schatz, das bekommen wir schon wieder hin. Dein Vater wird erfreut sein zu hören, dass du endlich zur Besinnung gekommen bist. Möchtest du ihn kurz sprechen?“

„Lieber ein andermal“, entgegnete Nele schnell. „Er hat bestimmt zu tun und wahrscheinlich ist es besser, wenn du erst mit ihm redest.“

Noch mehr Demütigungen, Vorwürfe und *haben wir es dir nicht von Anfang an gesagt* konnte sie heute nicht mehr ertragen.

„Vielleicht hast du recht. Wann wirst du kommen?"

Darüber hatte Nele noch gar nicht nachgedacht. „Ich ... muss hier noch ein paar Dinge regeln. In ein paar Tagen denke ich."

„Einverstanden. Lass dir nur nicht zu viel Zeit. Nicht dass diese ... Leute, mit denen du unter einem Dach haust, dich doch noch auf falsche Gedanken bringen."

Genau das war es, wovor Nele sich nun fürchtete. Nicht, dass ihre Mitbewohner sie umstimmen könnten, sondern, wie sehr sie von ihr enttäuscht sein würden. Enttäuscht darüber, dass sie, Nele, die Optimistin, die immer das Gute in jedem und allem gesehen hatte, die zum Kampf gegen die Ungerechtigkeit aufgerufen hatte und wie keine Zweite davon überzeugt war, gemeinsam alles bewältigen zu können, jetzt als Erste das Handtuch warf und alle anderen im Stich ließ. Vor allem für Aaron würde es wie ein Schlag ins Gesicht sein. Letztlich war es genauso gekommen, wie er vorausgesagt hatte: Nele, die Tochter gut situierter Eltern, rettet sich in deren sicheren Schoß, während ihre Freunde ausharrten bis zum bitteren Ende.

Ich bin ein Feigling!

Nele versprach ihrer Mutter sich bald wieder zu melden und beendete das Gespräch. Sie legte das Smartphone zurück, dabei fiel ihr auf, wie sehr ihre Hände zitterten. Sie knetete ihre Finger, bis die Knöchel knackten.

Ihre Gedanken drifteten ab, und sie versuchte sich vorzustellen, wie die nahe Zukunft wohl aussehen mochte. Es würde nicht leicht werden, dessen war sie sich bewusst. Sie musste ein anderes Leben führen, umgeben von Menschen, für die Erfolg und Karriere der einzig sinnvolle Lebensinhalt waren. Nele nahm einen tiefen Atemzug.

Eine Weile durchhalten und die Zähne zusammenbeißen, versuchte sie sich selbst Mut zuzureden, nur so lange, bis sie auf eigenen Beinen stand. Danach würde sie sich an einem anderen Ort einen kleinen Raum mieten, in dem sie wieder töpfern konnte. Egal, was sie ihren Eltern versprechen musste, aber ein Leben ohne die Töpferei, ohne ihr Refugium, wollte sie sich nicht vorstellen.

Sie würde eine Möglichkeit finden. Sie *musste* eine Möglichkeit finden!

Ein Geräusch riss sie aus ihrer Lethargie. Wie lange sie so dagestanden und über ihr Leben nachgedacht hatte, wusste sie nicht, aber als sie sich umsah, fiel ihr auf, dass um sie herum noch immer das blanke Chaos herrschte. Sie lugte zur offenstehenden Tür in den Hof.

Ist da jemand?

Sie hielt die Luft an und horchte konzentriert. Nichts. Vorsichtig setzte sie einen Fuß Richtung Flur, um nachzusehen. Dabei trat sie auf Scherben, die unter ihren Schuhen in kleine Teile brachen. Sie musste sich an der Wand abstützen, um nicht das Gleichgewicht zu verlieren. Wie auf rohen Eiern bahnte sie sich einen Weg in den Flur und hielt in der Bewegung inne, als von draußen deutlich Schritte zu hören waren. Dann ein Schatten und plötzlich tauchte eine Gestalt in der Tür auf. Es war Tim.

Auch das noch!

Sein Blick wanderte durch den Flur, über den Boden. Mit hochgezogenen Brauen sah er an Nele vorbei in die Töpferstube, in der es aussah, als wäre eine Herde Elefanten durchgezogen.

„Was …?“ Ungläubig schüttelte den Kopf.

Nele stöhnte innerlich auf. Seine Anwesenheit war jetzt das Letzte, was sie ertragen konnte.

„Kein guter Zeitpunkt“, sagte sie.

Mit einem Mal war die Scham wieder da. Auch die

Stunden, die seit ihrer letzten Begegnung in Tims Küche vergangen waren, hatten sie nicht abgeschwächt, wie Nele jetzt feststellen musste. Mit jeder Sekunde fühlte sie sich unbehaglicher und trat nervös von einem Bein auf das andere.

„Was ist passiert?", wollte er wissen, und, als wäre die Antwort darauf nicht mehr wichtig, fragte er gleich darauf: „Können wir reden?"

Was bitte ist an „kein guter Zeitpunkt" so schwer zu verstehen?

„Nicht jetzt", brachte Nele kopfschüttelnd hervor.

„Es ist wichtig."

„Es geht nicht. Tut mir leid." Sie sah ihn nicht an, starrte stattdessen auf ihre Finger, die sich krampfhaft ineinander verknoteten.

Sämtliche Muskeln in Neles Körper spannten sich an, wie ein Beutetier, das sich für die Flucht wappnete. Flucht war schon immer ihr Mittel der Wahl gewesen, um unerträglichen Situationen zu entkommen. Und das hier *war* eine solche Situation.

„Bitte, ich muss dir etwas sagen", bat Tim, aber Nele schob sich an ihm vorbei, ohne den Blick zu heben.

Tim machte einen Schritt zur Seite.

Sie spürte seinen bohrenden Blick, als sie an ihm vorbeilief, und hoffte, er würde ihr nicht folgen. Gleichzeitig wünschte sie sich grotesker Weise, dass er es doch tat.

Schnellen Schrittes näherte sie sich dem Hoftor und hatte schon fast seinen Volvo erreicht, der davor geparkt war, als der nächste Schlag sie traf.

„Das darf doch nicht ..."

Nele sah blinzelnd durch die leicht spiegelnde Windschutzscheibe. Auf dem Beifahrersitz saß doch tatsächlich die Frau, der sie in Tims Wohnung begegnet war! Er hatte sie mit hierhergebracht, und sie hatte es bisher nicht einmal für nötig befunden, auszusteigen und sich vorzustellen. Nele schnaubte leise. Am liebsten hätte Nele die Beifahrertür aufgerissen und ihr brühwarm auf die Nase gebunden, dass Tim sie, Nele, vor drei Tagen geküsst hatte, aber sie hielt sich zurück. Auch wenn sie darauf brannte zu erfahren, in welchem Verhältnis die Frau und Tim zueinanderstanden. Sie hätte ihn fragen können, doch dazu war sie zu stolz, denn sie hätte ihm gegenüber zugeben müssen, dass sie mehr für ihn empfand. Und wofür? Nur, um sich anschließend von ihm sagen lassen zu müssen, dass es für sie beide keine Zukunft gab, weil er mit dieser Schönheit dort in dem Auto zusammen war? Nein. Kopfschüttelnd lief sie an Tims Wagen vorbei, weg von ihm, weg von dem Hof.

Kapitel Zweiundzwanzig

Ohne sich dessen bewusst zu sein, schlug Nele denselben Weg ein, den sie vor zwei Tagen mit Tim gegangen war. Über ihr kreisten Möwen, und es kam ihr so vor, als lachten sie sie aus, weil sie wieder einmal gekniffen und es nicht über sich gebracht hatte, Tim in die Augen zu sehen.

Im Grunde spielte es auch keine Rolle mehr. Sie schob die Hände tief in die Taschen ihres Hoodies und verlangsamte ihren Schritt.

Die Luft roch salzig und frisch und der Wind wehte ihr Haar immer wieder ins Gesicht. Sie machte sich nicht die Mühe, die Strähnen beiseitezuschieben, sondern zog kurzerhand die Kapuze über den Kopf.

Zehn Minuten später hatte sie den kleinen Strandabschnitt am Achtern Diek erreicht. Versonnen sah sie auf die glitzernde Wasseroberfläche hinaus. Gerade stieg der Meerespegel wieder. Nele beobachtete, wie die vorderen Steine von den Wellen, die graue Gischt mit sich trugen, umspült wurden.

Sie setzte sich in den Sand, stützte ihre Hände hinter dem Rücken ab und streckte die Beine aus. Eine Weile blickte sie gedankenverloren zum Horizont hinaus und spürte, wie sie allmählich ruhiger wurde. Sie war bereit, ihr Schicksal anzunehmen.

Vielleicht hätte sie es von Anfang an machen sollen.

Vielleicht hatten ihre Eltern am Ende recht gehabt, mit allem.

Nele war eine Träumerin. Das hatte ihr ihre Mutter bereits vorgehalten, als sie noch ein kleines Mädchen gewesen war.

„Mit Träumen verdient man kein Geld. Nur mit Fleiß, Disziplin und Ehrgeiz kann man es zu etwas bringen“, pflegte sie ständig zu predigen.

Nele schnaubte, beugte sich nach vorn und zog die Knie an. War es denn so verwerflich, an Wünschen und Vorstellungen festzuhalten, egal, wie abwegig sie für andere erscheinen mochten? Waren es nicht Träume und Visionen, aus denen große Erfindungen, beeindruckende Kunstwerke und weltverändernde Innovationen hervorgegangen waren? Was, wenn Erfinder, Entdecker und Künstler auf all die Kritiker anstatt ihre innere Stimme gehört hätten? So vieles würde heute nicht existieren, hätten sie nicht an ihren Überzeugungen festgehalten.

Nele nahm einen tiefen Atemzug. Genauso wichtig war es aber auch, sich eines Tages die Realität vor Augen zu führen, wenn man auf seinem Weg nicht weiterkam, denn die Wahrheit, so schmerzlich sie auch sein mochte, ließ sich nun mal nicht verleugnen. Nele wusste, dass sie trotz allem privilegiert war. Sie hatte Eltern, die sie auffangen und ihr ein stabiles finanzielles Netz mit doppeltem Boden bieten konnten. Sie seufzte stumm. Und inzwischen, mit fast neunundzwanzig Jahren, würde sie wieder bei ihnen einziehen, in ihr ehemaliges Jugendzimmer, sich an ihren Tisch setzen und ihre Regeln befolgen.

Es würde zwangsläufig zu Auseinandersetzungen kommen, in denen ihre Eltern ihr zum wiederholten Male vorrechnen würden, wie viel Geld sie bereits in ihre Zukunft investiert hatten, gefolgt von Vorhaltungen, wann sie endlich gedachte, dies mit Dankbarkeit, anstatt mit Rebellion zu würdigen.

Neles Blick verschwamm. Die Tränen schwappten über, liefen ihre Wangen hinab und tropften von ihrem Kinn. Das riesige Haus ihrer Eltern verströmte die gleiche Kälte und Unnahbarkeit wie die Menschen, die darin lebten.

Ihr Vater war ein angesehener Anwalt für Strafrecht, dessen Erfolgsbilanz vor Gericht für sich sprach, während seine Frau ihm in allen Belangen von Beginn an den Rücken freigehalten hatte.

„Hinter einem starken Mann steht eine noch stärkere Frau", hatte er stets betont. Er war ein Arbeitstier, von früh bis spät in der Kanzlei, und lebte für das, was er tat, und das erwartete er ebenso von seinen Partnern.

Nele würde ihr abgebrochenes Jurastudium wieder aufnehmen, Bestleistungen erzielen und eine erfolgreiche Anwältin werden, genau wie ihr Vater und irgendwann die Kanzlei „Petersen und Partner" übernehmen.

Geldprobleme würden für immer der Vergangenheit angehören, ebenso wie eine gesunde Work-Life-Balance. Ganz zu schweigen von ihrer Leidenschaft für Kunst, die sie höchstens in Form teuer erworbener Objekte in ihrem Zuhause ausstellen würde, anstatt sie mit ihren eigenen Händen zu erschaffen. Sie saß in einem goldenen Käfig, in dem es ihr nie wieder an Materiellem mangeln würde. Nebensächlichkeiten wie Wertschätzung, Anerkennung und emotionale Wärme fielen nicht darunter. Nele würde sich fügen, weil sie sich dazu entschieden hatte.

Und trotzdem konnte sie nicht aufhören, zu weinen.

Sie schrak heftig zusammen, als sich eine Hand auf ihre Schulter legte.

Es war Nina.

„Gott hast du mich erschreckt", stöhnte Nele auf.

„Entschuldige. Auf mein Rufen hast du ja nicht reagiert."

Nele wunderte sich. Sie war offenbar so tief in ihren Gedanken versunken gewesen, dass sie tatsächlich nicht mehr von der Außenwelt mitbekommen hatte. Sie rieb mit den Handflächen über die Wangen. „Was machst du denn hier?"

„Ich habe dich gesucht." Nina ließ sich neben Nele im Sand nieder. „Hast du geweint?"

„Ich bin okay. Mach dir keine Gedanken", sagte Nele.

Eine Zeit lang sahen sie aufs Meer hinaus, ohne etwas zu sagen.

„Schön ist es hier", bemerkte Nina nach einer Weile. „Ich bin viel zu selten am Meer. Dabei ist es nur Minuten entfernt."

Nele beobachtete sie von der Seite und nickte, als sich ihre Blicke trafen. „Woher wusstest du, wo du mich findest?"

„Ich wusste es nicht. Ich bin einfach den Strand abgelaufen." Nina lächelte.

Nele warf ihr einen nachdenklichen Blick zu, dann erwiderte sie zaghaft das Lächeln. „Verrätst du mir auch, weshalb hast du mich gesucht hast?"

Nina seufzte leise, ohne den Blick vom Meer abzuwenden. „Um dir etwas Wichtiges mitzuteilen."

Neles Brustkorb zog sich zusammen. *Bitte keine schlechten Nachrichten mehr*, flehte sie stumm.

„Wusstest du, dass Tim neben dem Hof auch etliche Schulden von seinem Vater geerbt hat?", fragte Nina.

Nele zog die Brauen zusammen. „Nein, woher auch? Er

hat mir gegenüber nicht viel von seinem Privatleben preisgegeben. Wie kommst du darauf?"

„Weil er uns davon erzählt hat."

„Wann?"

„Vorhin. Er war bei uns. Ich dachte, ihr seid euch über den Weg gelaufen." Verwundert sah Nina ihre Freundin an.

Nele schüttelte den Kopf, obwohl dies nicht der Wahrheit entsprach, aber sie wollte jetzt nicht über ihre Begegnung mit ihm sprechen.

Wenn sie nicht der Grund war, weswegen er auf den Hof gekommen war, musste es mit dem Angebot zu tun haben, dass sie ihm unterbreitet hatte. Mit ängstlichem Blick musterte sie Nina und wartete, dass sie weitersprach.

„Er braucht das Geld, um die Schulden zu tilgen, hat er gesagt. Er hat uns außerdem von privaten Veränderungen erzählt, die unausweichlich seien. Er sprach von einem Umzug, ich glaube, es ging um eine Immobilie, die er erwähnte. Der Umzug lasse sich nicht vermeiden und ohne das Geld aus dem Verkauf könne er das alles nicht stemmen. Deswegen wollte er anfangs das Angebot der Hotelkette annehmen."

Neles Magen zog sich zusammen, als sie Ninas Worte hörte. Ein Umzug, private Veränderungen. Vielleicht, wenn sie mit ihren Vermutungen richtig lag, wollte er sich und seiner Freundin ein Nest bauen. Die Wohnung in Husum war sicher auf Dauer zu klein, um eine Familie zu gründen. Eine eigene Immobilie, wer träumte nicht davon? Und mit dem, was der Hof hergeben würde, ließe sich bestimmt ein hübsches Haus errichten, jetzt, wo er darüber bestimmen konnte. Sie konnte es ihm noch nicht einmal verübeln, dennoch ... *Moment, wie war das*? Nina hatte sich auf eine bestimmte Art ausgedrückt, die Nele plötzlich stutzig werden ließ.

„Wollte? Anfangs?“

Nina sah sie fragend an, woraufhin Nele ihre Sitzposition so änderte, dass sie Nina jetzt direkt ansehen konnte.

„Du sagtest gerade, Tim *wollte* das Angebot annehmen.“

„Ja, sagte ich“, meinte Nina, als wäre es nicht von Bedeutung. „Das will er jetzt nicht mehr.“ Ihre Mundwinkel zuckten dabei spitzbübisch.

„Warte mal.“ Nele schüttelte verwirrt den Kopf. „Was meinst du damit, er will nicht mehr verkaufen?“

Als hätte Nina nur auf diese Frage gewartet, brach es endlich aus ihr heraus: „Tim war bei uns, um uns mitzuteilen“, sie klatschte vor Aufregung mehrmals in die Hände, „dass er den Hof *nicht* verkaufen wird.“

Mit geöffnetem Mund glotzte Nele ihre Freundin an. „Nicht verkaufen?“, stammelte sie.

„Ist das nicht fantastisch?“, rief Nina. „Nele, verstehst du, was das für uns bedeutet?“

Anstatt etwas zu erwidern, schüttelte Nele langsam den Kopf. Akustisch hatte sie gehört, was Nina ihr soeben gesagt hatte, aber begreifen konnte sie es nicht. Nur langsam sickerten die Worte zu ihr durch.

Nina lachte gelöst und warf dabei den Kopf in den Nacken.

Als sie einander wieder ansahen und Nina dabei nach ihren Händen griff, erkannte Nele den feuchten Schimmer in ihren Augen. Nina lachte und weinte gleichzeitig vor unbändiger Freude.

„Du glaubst gar nicht, wie sehr ich mich zusammenreißen musste, um es nicht schon von Weitem hinauszubrüllen! Ich wollte dich mit dieser Nachricht überraschen!“

„Ist das wirklich wahr?“, fragte Nele leise. „Kein vielleicht oder mal sehen oder sonst eine vage Äußerung? Und du hast auch nichts missverstanden? Du bist dir ganz sicher?"

Nina wischte sich die Tränen aus den Augenwinkeln. „Keine Zweifel. Tim wird nicht verkaufen, das hat er uns eben zugesichert. Und er war, soweit ich das beurteilen konnte, im Besitz seiner geistigen Kräfte."

„Mein Gott", hauchte Nele.

Plötzlich sausten so viele Gedanken durch ihren Kopf, dass sie gar nicht ordnen konnte. Die allumfassende Sorge um ihr Zuhause, die drohende Kündigung, Zukunftsängste, Tim, seine Nähe ... sein Geruch, der Kuss, die andere Frau ... ihr Schmerz, die Angst, alles vermasselt zu haben. Und jetzt das.

Sie *musste* sich endlich bei ihm entschuldigen! Auch wenn der Kuss ein Fehler gewesen war, wusste Nele, was seine Entscheidung gegen das Hotel und für den Künstlerhof für sie alle bedeutete. Sie wollte zu gern wissen, was ihn dazu bewogen hatte, am Ende doch noch einzulenken und das Angebot der Hotelkette abzulehnen. Der Erlös aus dem Verkauf hätte in nullkommanichts alle seine Geldsorgen vom Tisch gefegt. Wieso also der plötzliche Sinneswandel? Warum hatte er einen Rückzieher gemacht? Fragen, auf die sie nur von ihm eine Antwort bekommen würde.

„Lass uns zurückgehen. Ich muss mit ihm sprechen." Nele stand auf und sah erwartungsvoll auf Nina hinab.

„Mit wem?" Auch Nina erhob sich jetzt.

„Mit Tim natürlich! Kommst du?"

„Er ist schon wieder weg, tut mir leid."

„Was?" Nele fuhr sich mit den Fingern durch das vom Wind zerzauste Haar. „O nein ..."

„Er ist nur gekommen, um uns dies mitzuteilen. Er hatte noch etwas zu tun, versprach aber, sich in den nächsten Tagen zu melden."

„So ein Mist."

„Aber wir haben doch seine Nummer. Wenn es dir so wichtig ist, ruf ihn an."

Nele seufzte. Nicht am Telefon. Sie musste ihm gegenüberstehen. Dieses Mal würde sie nicht feige den Schwanz einziehen, sondern ihm in die Augen sehen und ihm erklären, wie leid ihr alles tat und weshalb es zu diesen blöden Missverständnissen gekommen war. Sie würde ihm sagen, wieso sie sich so seltsam benommen hatte. Auch wenn eine Zukunft für sie beide nicht mehr als flüchtige Träumerei war, sollte er es zumindest wissen.

Sie würde erneut nach Husum fahren. Gleich morgen früh.

Kapitel Dreiundzwanzig

Auf dem Hof herrschte ausgelassene Stimmung und alle freuten sich darauf, die gute Nachricht am Abend gebührend zu feiern. Nina und Britta kündigten feierlich ein „Festmahl" an und bis es so weit war, nutzte Nele die Zeit, ihre Töpferei wieder auf Vordermann zu bringen.

Sie trauerte jedem ihrer unwiederbringlich zerstörten Werke nach und verstand im Nachhinein nicht, wie sie derart die Kontrolle hatte verlieren können. Am Ende hatte John mit dem letzten Tropfen einfach das Fass zum Überlaufen gebracht. Schwermütig fegte sie die Scherben zusammen. Stunden, Tage mühsamer Arbeit in wenigen Sekunden einfach weg.

Nach gut einer Stunde Aufräumarbeit erinnerte nichts mehr an ihren Wutausbruch und in der kleinen Töpferstube sah es aus, als wäre nie etwas dergleichen geschehen, abgesehen von dem Regal, in dem nun viel Platz war.

„Da bist du ja endlich!", rief Viktoria laut gegen die Musik an, als Nele kurz nach 20 Uhr ins Esszimmer kam.

Aus einer Bluetooth-Box dröhnte der Song „Pokerface“ von Lady Gaga.

Vicky prostete Nele mit einem Bier zu und bewegte sich rhythmisch zur Musik. Sie wirkte wie ausgewechselt. Nele freute sich, sie so ausgelassen und fröhlich zu sehen, und noch mehr freute es sie, als Vicky im nächsten Augenblick Nina schwungvoll an sich zog und küsste.

Nele sah sich im provisorisch umgestalteten Partyraum um. Fast schien es, als hätte es diesen Brief, mit dem alles begonnen hatte, nie gegeben und sie wäre soeben nur aus einem bösen Traum erwacht. Tja, fast. Nele ging in die Küche und machte sich über das Essen her, dann setzte sie sich auf ihren Platz am Fenster, zog ein Knie an und aß, während sie ihren Freunden beim Feiern zusah. Obwohl ihr Lachen, Scherzen und Schäkern beinahe ansteckend waren, tat sie sich schwer, in Partylaune zu kommen.

Für ihre Mitbewohner schienen alle Probleme vom Tisch zu sein. Für Nele hingegen war das nicht ganz so einfach, denn Stunden zuvor hatte sie beschlossen, ihr Leben auf dem Hof aufzugeben. Und jetzt? War die Entscheidung, nach Hamburg zurückzugehen, überhaupt noch die richtige? Und wie würden ihre Eltern reagieren, wenn sie ihre Pläne über Bord warf? Änderte Tims Entscheidung wirklich alles?

Nina und Viktoria tanzten, sich bei den Händen haltend, und sangen zur Musik. Pascal und Aaron unterhielten sich angeregt, stießen mit Bier an und lachten immer wieder. Jannis und Britta standen eng umschlungen da und sahen sich wie zwei frisch verliebte Teenager in die Augen.

Nele lächelte. Alles war gut. Alles?

„Was ist? Wieso feierst du nicht mit uns?“

Britta tauchte neben ihr auf und setzte sich auf den

freien Stuhl neben Nele. Sie hielt ein Glas Wein in der Hand und betrachtete sie mit ihren klugen, warmherzigen Augen.

„Nichts. Ich bleibe nur lieber im Hintergrund und erfreue mich daran, anderen dabei zuzusehen, wie sie es krachen lassen“, sagte Nele schulterzuckend.

„Ich weiß, du warst noch nie eine Partymaus, zumindest nicht, seit du bei uns bist.“ Britta stieß sie freundschaftlich mit der Schulter von der Seite an. Dann bekam ihr Blick eine gewisse Ernsthaftigkeit, oder Besorgnis, so genau konnte Nele es nicht einschätzen. „Worüber grübelst du nach? Ich sehe dir an, dass du es tust, als versuche gar nicht erst, etwas anderes zu behaupten.“

Nele zögerte. „Ach, keine Ahnung, das alles kommt mir nur so unwirklich vor. Sämtliche Sorgen sind plötzlich wie weggefegt, als wären die letzten Tage gar nicht echt gewesen.“

„Ganz so ist es nicht“, meinte Britta. „Wir müssen uns anstrengen, die Einnahmen zu steigern, sodass wir die Pacht regelmäßig zahlen und zusätzlich noch Rücklagen bilden können für den Winter. Das bedeutet viel Arbeit. Tim möchte gemeinsam mit uns nach Lösungen suchen, Konzepte erarbeiten, die uns sowohl den Lebensunterhalt sichern und gleichzeitig die Schulden tilgen, die sich durch unser Versäumnis angehäuft haben, aber ich bin zuversichtlich, dass wir es schaffen.“

Eine Weile saßen sie schweigend nebeneinander und beobachteten die anderen. Jannis hatte sich, ein Bierglas in der Hand, zu Pascal und Aaron gestellt und lachte gerade über etwas, das Aaron gesagt hatte, wobei er wild in der Luft gestikulierte.

„Wieso bist du weggegangen?“, fragte Britta unvermittelt.

Nele warf ihr einen fragenden Blick zu.

„Vorhin, als Tim gekommen ist", fügte Britta hinzu.

Nele senkte den Kopf und wusste zuerst nicht, was sie darauf antworten sollte. „Ich weiß nicht. Ich glaube, ich hatte Angst."

Sie spürte deutlich Brittas Blick von der Seite. Als sie sich zu ihr umwandte, lächelte Britta mitfühlend.

„Sprich mit ihm. Ich glaube, er wartet darauf."

Nele schluckte. „Was ...?"

„Meinst du wirklich, mir kannst du etwas vormachen?"

„Ich verstehe nicht ganz, was du mir sagen willst."

Nele verstand sehr wohl, und sie spürte, dass sie in diesem Augenblick purpurrot anlief. Sie hoffte, durch das gedimmte Licht würde es nicht auffallen.

„Netter Versuch", meinte Britta und zwinkerte. Dann wurde sie ernst. „Fahr zu ihm. Sag es ihm. Ich glaube, seine Entscheidung hat auch etwas mit dir zu tun."

„Was? Nein, das ist unmöglich", erwiderte Nele entschlossen. „Er hat eine Freundin."

„Eine Freundin? Das wusste ich nicht. Tut mir ehrlich leid." In Brittas Miene stand echtes Mitgefühl.

„Muss es nicht", entgegnete Nele. „Ich wusste es auch nicht, bis ich die beiden vor seinem Haus zusammen gesehen habe."

Britta musterte sie, als würde sie soeben eins und eins zusammenzählen. „War das der Grund, weswegen du dich in dieser Kneipe ...?" Sie zog die Brauen hoch.

Nele verdrehte die Augen. „Bescheuert, ich weiß. Keine Ahnung, warum mich das so aus der Bahn geworfen hat. Dabei kennen wir uns kaum. Und eigentlich ist er mir auch egal."

Britta legte ihr eine Hand auf den Oberschenkel. „Du konntest schon immer miserabel flunkern, Nele Petersen, aber das hier war deine bisher schlechteste Vorstellung."

Nele verzog das Gesicht.

Dann sagte Britta: „Eine Aussprache zwischen euch könnte dennoch nicht schaden, denke ich."

„Ja, da hast du wohl recht", seufzte Nele und versuchte zu lächeln, was ihr nur mühsam gelang.

Etwas später stieß Aaron zu ihnen. „Hast du einen Moment?", fragte er an Nele gewandt.

Britta erhob sich. „Bin schon weg. Ich wollte ohnehin mal nach meinem Liebsten schauen." Sie zwinkerte Nele zu und legte beim Gehen eine Hand auf Aarons Schulter.

„Tolle Party", bemerkte Nele, nachdem Aaron Brittas Platz eingenommen hatte.

„Du siehst nicht so aus, als hättest du Spaß."

„Dein Eindruck täuscht." Nele lächelte Aaron an, woraufhin dieser schief grinste.

Er beugte sich nach vorn und stützte seine Ellbogen auf die Knie. „Tja, wer hätte das gedacht, was?"

„Ja", seufzte Nele. „Wer hätte das gedacht."

„Alles wieder gut, oder?" Er warf ihr einen fragenden Blick zu.

„Ja, wahrscheinlich. Wir werden sehen."

„Wie meinst du das?"

„Na ja, nach allem, was mir Britta vorhin über das Gespräch mit Tim berichtet hatte, kann es so, wie wir den Hof bisher geführt haben, nicht weitergehen. Wir werden uns sehr anstrengen müssen, um die Ziele zu erreichen, mit denen wir alle zufrieden sein können."

„Das schaffen wir mit links. Tim beabsichtigt, uns bei der Umsetzung der Pläne zu unterstützen, hat er gesagt."

Nele lächelte. „Ja, das hat er."

Aaron zog die Brauen zusammen. „Glaubst du ihm etwa nicht?"

„Doch, doch, das tue ich."

Aaron musterte sie ein paar Sekunden. „Eigentlich

wollte ich dir nur sagen, dass ich bleibe. Ich habe den Gedanken aufgegeben, aufs Festland zu gehen und mir dort eine Arbeit zu suchen."

„Was habe ich dir gesagt?" Nele schlug ihm freundschaftlich aufs Knie. „Du gehörst hierher. Du und Pascal und alle anderen."

„Genau wie du."

„Ja, genau wie ich", erwiderte Nele und musste den Kloß herunterschlucken, der sich in ihrem Hals gebildet hatte.

Pascal fuchtelte mit einem Arm wild in der Luft und winkte Aaron zu sich, als hätte er soeben etwas Verrücktes erfahren, das er ihm sofort mitteilen musste.

„Ich geh' mal wieder zu den anderen. Kommst du mit?" Aaron stand auf und ging zwei Schritte, dann drehte er sich zu Nele um.

„Ja gleich, gib mir nur ein paar Minuten", bat Nele und lächelte ihn an.

Nach einiger Zeit beobachtete sie, wie Viktoria Nina etwas ins Ohr flüsterte und Nina daraufhin heftig nickte, wobei sie Nele aus dem Augenwinkel ansah. Dann lief Viktoria in die Küche, während Nina auf Nele zuhielt. Ihr Grinsen wurde immer breiter, je näher sie ihr kam.

„So, Süße, Schluss mit Herumsitzen. Wir tanzen jetzt!", verkündete sie in einem Ton, der keine Widerrede zuließ.

Trotzdem versuchte Nele es. Sie hob die Hände. „O bitte, du weißt, ich tanze überhaupt nicht gern."

„Na na, keine Diskussion, meine Liebe. Aufstehen und mitkommen!"

Schon hatte sich Nina Neles Hände geschnappt und zerrte sie mit sich.

„Ninaaa", stöhnte Nele, aber es half wohl nichts.

„Nichts da. Pascal?"

Pascal unterbrach seine Unterhaltung und sah sich zu Nina um.

„Bitte sei so lieb und stell mir mein Lieblingslied ein."

„Und welches ist das?"

Nele wusste es sofort und schlug sich eine Hand vor das Gesicht. „Das weißt du nicht mehr?", fragte sie ihn lachend. „Umso besser!"

Nina warf Nele einen gespielt beleidigten Blick zu. „Wenn du glaubst, du entkommst mir, hast du dich geschnitten, Fräulein!" Sie wandte sich zu Pascal und sagte: „Na Macarenaaaa!" Dann riss sie beide Arm hoch und vollführte eine Bewegung, als wäre sie eine Flamencotänzerin.

Pascals Augenbrauen schossen nach oben, als er Nele ansah, die nur hilflos mit den Schultern zuckte. Er zog sein Handy aus der Gesäßtasche seiner Jeans und tippte ein paarmal darauf herum, bis der aktuelle Song abrupt stoppte und die ersten Takte von „Macarena" von Los del Río aus der Musikbox dröhnte.

„Alle mitmachen!", forderte Nina ihre Mitbewohner auf und positionierte sich gleichzeitig in der Mitte des Raumes. „Hierher, mein Schatz!", rief sie Nele zu und winkte sie mit rudernden Armen zu sich.

Nele ergab sich ihrem Schicksal. Sie wollte weder ein Spielverderber sein noch Ninas Gefühle verletzen. Also stellte sie sich neben sie und begann, ihre Bewegungen zur Musik nachzuahmen, was ihr eher mittelmäßig gelang. Aber schon nach wenigen Sekunden war es ihr egal.

Kurz darauf gesellte sich Britta dazu, schließlich kam Viktoria und kurz darauf Pascal, Aaron und Jannis auf die improvisierte Tanzfläche und tanzten, ausgelassen lachend und johlend zum *Macarena Song*. Nachdem das Lied zu Ende gespielt hatte, folgten noch der *Ketchup Song* und *Dancing Queen*, bevor alle außer Nina keuchend und lachend um Gnade bettelten.

Erst tief in der Nacht war die Party vorbei. Als Nele und ihre Mitbewohner vor Müdigkeit kaum noch die Augen offenhalten konnten, räumten sie grob die Küche und das Esszimmer auf, bevor sie in ihren Zimmern verschwanden.

Kapitel Vierundzwanzig

Am darauffolgenden Vormittag fühlte sich Nele wie gerädert. Sie hatte die halbe Nacht wach gelegen und gegrübelt, hatte sich Szenarien ausgemalt und versucht sich vorzustellen, wie es sein könnte, wieder in Hamburg zu leben, zur Uni zu gehen und auf eine Karriere als Anwältin hinzusteuern. Noch immer wusste sie nicht, was sie tun sollte. Einerseits wollte sie so gern hierbleiben, auf dem Hof, bei ihren Mitbewohnern und Freunden, weiter ihre Kunst erschaffen. Andererseits war sie sich schmerzlich bewusst, dass sie Tim immer wieder über den Weg laufen würde, und diesen Gedanken mochte sie gerade am allerwenigsten.

Zudem hatte sie durch die Geschehnisse der letzten Tage erkannt, dass ein Leben als freie Künstlerin, ohne einen Berufsabschluss als Sicherheitspolster, keineswegs nur von Selbstbestimmung und Ungebundenheit geprägt war, sondern auch von Ungewissheit und Unbeständigkeit. Sie sorgte sich, was ihre Zukunft betraf.

Sie musste sich entscheiden. Aber vorher hatte sie noch diese eine Sache zu erledigen. Dann wollte sie, zunächst für ein paar Tage, zu ihren Eltern fahren. Es war wichtig, mit ihnen zu sprechen, offen und ehrlich die Karten auf den Tisch zu legen und ihnen alles, wirklich alles zu erzählen, auch wenn Nele schon bei dem Gedanken an dieses Gespräch gehörig die Hosen voll hatte.

Nele stieß einen langgezogenen Seufzer aus. Ihr stellten sich die Nackenhaare auf, wenn sie daran dachte, was ihr noch alles bevorstand.

Eins nach dem anderen, sagte sie sich und atmete einmal tief durch.

Vielleicht konnten sie sich mit Tim aussöhnen und über das, was zwischen ihnen passiert war, und nicht hätte passieren dürfen, reden.

Wie zwei vernünftige Erwachsene.

Nele sah auf ihre Uhr. Es wurde Zeit. Sie schnappte sich ihren Rucksack und verließ das Zimmer.

Zwei Stunden später saß Nele in der Regionalbahn von Dagebüll nach Husum. Dieses Mal hatte sie ihr Rad mitgenommen. Sollte er nicht zu Hause sein, würde sie versuchen, ihn an einem anderen Ort für eine Aussprache zu treffen. Auf jeden Fall würde sie nicht unverrichteter Dinge zurückfahren, das hatte sie sich fest vorgenommen.

Nele blickte gedankenverloren durch das Fenster, ohne wirklich auf die vorbeiziehende Landschaft zu achten. Sie musste sich darauf konzentrieren, nicht andauernd auf ihren Fingernägeln herumzukauen. Eine schlechte Angewohnheit, die sie seit der Grundschule nie ganz losgeworden war und die immer dann überhand nahm, wenn ihr eine schwierige Aufgabe bevorstand.

Als sie zwanzig Minuten später, kurz nach 15 Uhr, vor Tims Haus stand, kam es Nele so vor, als lägen nicht erst zwei Tage, sondern Wochen zwischen Freitagabend und heute. Sie kniff kurz die Augen zusammen, um die aufkommenden Bilder aus ihrem Kopf zu verbannen. Es war ihr noch immer mehr als peinlich, was vorgefallen war, und es würde bestimmt eine Weile dauern, bis sie sich nicht mehr in Grund und Boden schämte, sobald sie daran dachte.

Entschlossen drückte sie den Klingelknopf neben der Haustür. Mit klopfendem Herzen lauschte sie, doch nichts geschah.

Sie wartete einen Augenblick, dann klingelte sie noch einmal.

Nichts.

Verdammt!

Sie würde das hier kein weiteres Mal aufschieben, dafür war es ihr zu wichtig. Sie trat aus dem Eingangsbereich des Wohnhauses und sah zu den Fenstern im zweiten Stock hinauf.

Nicht schon wieder, stöhnte sie innerlich auf. Aber sie war selbst schuld. Schließlich hätte sie ihn vorher anrufen können, aber das würde sie dann eben jetzt tun. Seine Handynummer hatte sie in ihr Telefon gespeichert.

Nele zog ihr Smartphone aus der Gesäßtasche ihrer Jeans und entsperrte den Bildschirm. Im nächsten Augenblick fuhr sie erschrocken zusammen, als die Haustür von innen geöffnet wurde und eine alte Dame vor ihr stand. Sie trug einen beigefarbenen Rock, eine passende Jacke und einen hellblauen Hut, unter dem weiße Locken herausquollen. Die alte Frau stützte sie auf einen Gehstock und sah Nele mit erstauntem Blick an.

„Oh“, sagte sie, „Zu wem möchten Sie denn?“

Sie warf einen flüchtigen Blick hinter sich, als würde

derjenige, auf den Nele wartete, jeden Moment die Treppe herunterkommen.

„Ähm", stammelte Nele, die nicht damit gerechnet hatte, eine Nachbarin über ihren Besuch in Kenntnis zu setzen. „Eigentlich wollte ich zu Herrn Schäfer."

„Hmm, der ist nicht zu Hause." Die ältere Dame musterte Nele mit prüfendem Blick.

„Verzeihen Sie, Sie wissen nicht zufällig, wo er ist, oder wann er zurückkommt?", fragte Nele und setzte ihr charmantestes Lächeln auf. „Ich muss ihn in einer dringenden Angelegenheit sprechen, aber meine Versuche, ihn auf dem Handy zu erreichen, waren bisher erfolglos."

Das war geflunkert. Sie hatte es bisher nicht einmal probiert.

„Herr Schäfer ist in der Klinik."

„Klinik?" Nele machte große Augen. „Ist ... ist er etwa krank?"

Die alte Dame sah sie an, als wunderte sie sich, dass Nele nichts davon wusste, wenn sie ihn doch persönlich zu kennen schien.

„Nicht so eine Klinik. Herrn Schäfer geht's gut, das nehme ich zumindest an, so genau kenne ich ihn ja auch nicht, wissen Sie", beeilte sie zu sagen, wahrscheinlich um den Eindruck einer neugierigen Nachbarin nicht aufkommen zu lassen.

Zu spät, aber Nele war froh darüber. Vielleicht konnte sie noch mehr Informationen aus ihr locken.

„Herr Schäfer hat mir vor ein paar Tagen von diesem wichtigen Termin erzählt und er war sehr aufgeregt deswegen", teilte ihr Tims Nachbarin bereitwillig mit.

Nele nickte eifrig.

„Ich kann mir den Namen einfach nicht merken. Wie hieß dieses Haus noch mal ..." Die Lippen der Frau bewegten sich, sie schien angestrengt darüber nachzudenken.

Ungeduldig wartend stand Nele vor ihr und hoffte, ihr möge es wieder einfallen. Was war mit Tim? O Gott, hoffentlich war es nichts Schlimmes. Nele spürte, wie ihr Puls beschleunigte.

„Ah, jetzt weiß ich wieder!“, rief die alte Dame aus und schnalzte mit der Zunge. „Wilhelminenstraße. Die Hausnummer habe ich mir leider nicht gemerkt. Ein weißes Haus, mit einem schönen Erker zur Straße hin und diesen runden Fensterbögen mit altem Geschnörkel darüber. Hübsch, sieht von außen aus wie eine kleine Villa. Mitten im Grünen, schöne Gegend“, schwärmte sie. „Nicht, dass ich schon mal da war, also nicht in der Klinik“, sagte sie kichernd und winkte ab, „Gelegentlich besuche ich eine Bekannte in der Nähe.“ Die Frau beugte sich ein wenig nach vorn und sagte in verschwörerischem Tonfall: „Das ist nämlich so ein Haus für ...“ Sie tippte sich mit dem Zeigefinger an die Stirn.

Nele brauchte einen Moment, dann aber kam sie darauf, worauf die Dame anspielte. „Sie meinen, eine Psychiatrie?“

„Ja, so etwas in der Art glaube ich. Mir fällt der Name dieser Krankheit nicht mehr ein.“

Krankheit? Welche Krankheit?

Erneut schien sie angestrengt nachzudenken, dann stieß sie die Luft aus, wobei ihr ein spitzer Ton entwich.

„Ach, je mehr ich mich bemühe, umso weniger gelingt es mir. Manchmal ist es wie zum Verrücktwerden mit der Vergesslichkeit, aber was will man machen? So ist das Altwerden nun mal, nicht wahr?“

Nele nickte abwesend. Ihr gingen ganz andere Gedanken durch den Kopf. Handelte es sich um eine akute Sache oder hatte er schon länger ein ernsthaftes Problem?

Und wie würde Nele herausfinden, was mit ihm los wahr? Hier auf ihn zu warten, war für sie keine Option.

„Vielen Dank für Ihre Hilfe", sagte sie freundlich zu der alten Dame. „Ich versuche es dann ein andermal bei ihm."

Dass sie in Wahrheit vorhatte, in diese Klinik in der Wilhelminenstraße zu fahren, musste sie Tims Nachbarin ja nicht unbedingt auf die Nase binden.

Sie schob ihr Rad einige Meter vom Hauseingang weg und öffnete die Navigationsapp auf ihrem Smartphone.

Kapitel Fünfundzwanzig

Als wenig später in die Wilhelminenstraße einbog, ließ sie das Rad ausrollen, hielt an und stieg ab. Den Rest des Weges wollte sie laufen. Hohe Birken säumten den Straßenrand zu beiden Seiten und tauchten die langgestreckte Allee in sattes Grün, was den villenartigen Gebäuden noch mehr Wertigkeit verlieh.

Es war ein schönes Viertel mit akkurat gepflegten Vorgärten und teuren Autos in den Einfahrten. In circa sechzig, siebzig Meter Entfernung, kurz vor einer kleinen Kreuzung, machte sie ein weißes schlossähnliches Haus mit einem zur Straße ausgerichteten Erker aus, ganz so, wie Tims Nachbarin es beschrieben hatte.

Das muss es sein.

Ein Altbau, Jugendstil, ging Nele durch den Kopf.

Auf einem großen Messingschild neben der doppelflügeligen Eingangstür stand:

Autismus-Zentrum Husum

Dr. med. psych. Johann Winterberg

Dr. med. Helene Sawatzki

Therapie und Förderung
Jugend- und Familiensprechstunde

Wohngruppen und Tagesbetreuung

Nele stutzte. Autismus? Was zum Teufel machte Tim in einem Autismus-Zentrum? Seine Nachbarin hatte von einem Termin gesprochen und dass er deswegen nervös war. Vielleicht betreute er neben seinem Beruf als Grundschullehrer autistische Kinder oder engagierte sich anderweitig auf diesem Gebiet.

Plötzlich schwang die Eingangstür weit auf und eine Frau und ein Mann mittleren Alters kamen heraus. In diesem Moment drang eine weibliche Stimme nach draußen. Der Klang war voluminös, mit deutlichem Nachhall, als würde sie in ein Mikrofon sprechen. Leider konnte Nele kaum ein Wort verstehen, aber es gelang ihr, einen flüchtigen Blick in den Eingangsbereich erhaschen. Sie sah Stehtische, überzogen mit weißen Hussen, darauf Sektgläser, und kurz bevor die Tür langsam wieder ins Schloss fiel, wurde drinnen applaudiert. Ihre Neugier war geweckt. Als die Frau und der Mann schon fast an ihr vorbeigegangen waren, wandte sie sich an sie.

„Entschuldigen Sie bitte“, sprach sie die Frau an, die abrupt stehenblieb und sich zu ihr umdrehte.

„Ja?“

„Können Sie mir sagen, was das drinnen stattfindet?“

Die junge Frau lächelte freundlich. „Es handelt sich um eine Informationsveranstaltung zur Autismus-Spektrum-Störung. Jeder, der mehr darüber erfahren möchte und nebenbei sein Portemonnaie für eine Spende zugunsten des Zentrums öffnet, ist herzlich willkommen. Zeitgleich feiert die Belegschaft die Verabschiedung einer ihrer Langzeitbewohnerinnen aus der Wohngruppe. Die Veranstaltung ist öffentlich und darf noch bis", sie warf einen Blick auf ihre Armbanduhr, „siebzehn Uhr besucht werden."

Nele blinzelte. „Haben Sie vielen Dank."

„Aber gern."

Die Frau und der Mann setzten ihren Weg fort.

Minutenlang starrte Nele wie gebannt auf das Gebäude, dann schob sie ihr Rad zum schmiedeeisernen Zaun, der das Grundstück eingrenzte, und machte es fest. Mit pochendem Herzen steuerte sie den Eingang an, drückte die geschwungene Türklinke nach unten und schob die Tür auf.

Nele huschte durch die Öffnung. Kaum jemand nahm Notiz von ihr, wie sie erleichtert feststellte. Sie schloss die Tür leise hinter sich und sah sich schüchtern in der großen Eingangshalle um. Sie kam sich vor wie ein Eindringling, der ungebeten auf einer Feier auftauchte, zu der er nicht eingeladen war.

Der hell erleuchtete Raum war gut besucht. Ungefähr fünfzig Menschen standen verteilt an gut einem Dutzend Stehtische und hielten Sektgläser in den Händen. Waren das alles Besucher der Veranstaltung? Die meisten von ihnen trugen schicke Kleidung und hatten sich dem Anlass entsprechend herausgeputzt.

Nele entdeckte einen freien Stehtisch in der Ecke, nur zwei Meter von ihr entfernt. Trotz der vielen Besucher herrschte lediglich gedämpftes Gemurmel. Es wurde keine Musik gespielt. Links war ein Büfett aufgebaut, auf dem verschiedene Kuchen angeboten wurden, von denen nicht mehr viel übrig war. Große Thermoskannen, Tassen und Teller standen ebenfalls auf der angerichteten Tafel.

Sie sah sich aufmerksam um und plötzlich blieb ihr das Herz vor Schreck fast stehen! Etwa sieben Meter schräg vor ihr entdeckte sie Tim. Er stand neben seiner Freundin, um deren schmale Schultern er einen Arm gelegt hatte. Nele erkannte ihn sofort an seinen blonden Wuschelhaaren. Er trug einen beigefarbenen Anzug und wirkte entspannt und gut gelaunt.

Es tat weh, ihn so vertraut mit einer anderen Frau zu sehen. Mehr, als sie zugeben wollte, und es verstärkte das Gefühl, völlig fehl am Platz zu sein. Dennoch konnte sie den Blick nicht von ihm lösen.

Er unterhielt sich mit einer schlanken Frau mit brünetter Hochsteckfrisur, die etwas älter als er war und am selben Tisch stand. Tim zog seine Freundin an sich und gab ihr einen Kuss auf den Haaransatz, woraufhin sie ihre Arme um seine Hüften schlang. In diesem Augenblick bereute Nele es, hergekommen zu sein. Warum tat sie sich das an?

Eine Faust schloss sich um ihr Herz und drückte unerbittlich zu. Alles war gut gewesen. Zwei Jahre lang, bis dieser beschissene Brief aufgetaucht war. Sie hatte überhaupt nicht vorgehabt, sich zu verlieben, hatte mit dem Thema ohnehin für unbestimmte Zeit abgeschlossen. Und jetzt? Je mehr sie sich dagegen gewehrt, je länger sie dieses Gefühl verleugnet hatte, umso stärker war es in den Vordergrund getreten.

Tim schien es blendend zu gehen. Und sie? Vielleicht sollte sie besser verschwinden, sich Gedanken um ihre Zukunft machen, anstatt etwas nachzutrauern, das noch nicht einmal begonnen hatte und nie beginnen würde.

Mit einem resignierten Atemzug drehte sie sich um, blieb dann aber abrupt stehen.

Nein, du bist aus einem ganz bestimmten Grund hier und du wirst jetzt nicht wieder den Schwanz einziehen und weglaufen! Sag ihm, was du zu sagen hast, danach kannst du gehen. Am besten, jetzt, sofort!

Weshalb sollte sie noch länger warten? Dann hatte sie es wenigstens hinter sich und musste Tim nicht länger beim Glücklichsein zusehen.

Nele sprach sich kurz Mut zu, dann bahnte sie sich langsam einen Weg zwischen den Tischen und an den anderen Gästen vorbei. Einen Meter hinter ihm blieb sie stehen und sog den schwachen Duft seines herben Parfums ein. Sie hoffte inständig, es würde ihr gelingen, ihre Nervosität so gut es ging zu überspielen. Dann tippte sie ihm zaghaft auf die Schulter.

Tim drehte sich um, in seinem Gesicht macht sich Erstaunen breit.

„Nele? Woher weißt du ...?" Er schüttelte kurz den Kopf. „Was machst du hier?"

„Du warst nicht zu Hause. Deine Nachbarin ..." Sie gestikulierte vage. „Das ist doch jetzt egal. Tim, ich muss mit dir reden. Es ist wichtig."

Mit einem kurzen Blick zu Tims Begleitung registrierte Nele, dass sie nicht allein seine Aufmerksamkeit hatte. Egal, sollte sie doch zuhören.

„Kann das nicht warten?"

Er warf einen flüchtigen Blick über seine Schulter zu seiner Freundin, die neugierig an ihm vorbei zu Nele sah. Es war das erste Mal, dass sie Nele überhaupt beachtete, und es war offensichtlich, dass sich die beiden gestört fühlten, aber darauf konnte Nele jetzt keine Rücksicht nehmen.

Das ist wirklich nicht der richtige ..."

„Bitte", unterbrach Nele Tims Versuche, sie am Weiterreden zu hindern. „Es kann nicht warten. Gib mir eine Minute, dann bin ich weg."

Er schwieg, was sie als Aufforderung wertete, fortzufahren.

Nele atmete einmal tief durch. „Ich möchte mich bei dir entschuldigen. Dafür, dass ich betrunken vor deiner Haustür herumgetorkelt bin und dich einen Scheißkerl und Idioten genannt habe. *Ich* war die Idiotin und habe mich aufgeführt wie ein dummer Teenager, als du mit mir sprechen wolltest."

Tim hob eine Braue.

„Das war nicht fair und es tut mir leid. Du trägst keine Schuld an unseren Problemen, trotzdem habe ich meinen Frust darüber an dir ausgelassen. Ich habe mich dir gegenüber kindisch und blöd verhalten, nicht nur einmal. Außerdem möchte ich mich bei dir bedanken. Eigentlich finde ich gar keine Worte, die annähernd beschreiben, wie erleichtert alle sind, dass du doch nicht verkaufst."

Plötzlich erklang ein helles Pling, als jemand gegen ein Glas schlug. Die Gäste stellten daraufhin ihre Gespräche ein. Mit einem Mal wurde es still in der großen Eingangshalle.

Aus dem Augenwinkel nahm Nele wahr, wie ein Mann aus dem Publikum auf die Bühne trat. Im gleichen Moment kam etwas Bewegung an Tims Tisch. Nele registrierte, dass die Frau mit der brünetten Hochsteckfrisur etwas zu Tims Freundin sagte, was sie nicht verstand. Gleich darauf entfernte sich die Brünette vom Tisch, gefolgt von Tims Freundin.

„Nele, ich kann wirklich nicht länger ...", setzte Tim mit drängendem Tonfall an.

Nele jedoch erkannte ihre Chance, jetzt, wo sie Tim einen winzigen Augenblick für sich hatte. „Eines noch", beeilte sie sich zu sagen. Sie spürte, ihr rannte die Zeit davon.

Von irgendwo hörte sie ein „Scht!" Sie kümmerte sich nicht darum.

„Meine Damen und Herren", ertönte nun eine sonore Männerstimme aus dem Mikrofon.

Bitte, nur noch zwei Sekunden, flehte sie stumm.

„Der Kuss", sagte sie eilig. „Das war kein Fehler. Es war

sogar sehr schön und wenn du nicht bereits vergeben wärst, ich würde ..."

In Tims Blick glaubte sie jetzt eine Mischung aus Unverständnis und Verwirrung zu erkennen.

„Ich sehe, dass du eine Freundin hast, Tim. Und es ist in Ordnung, wirklich. Zwar hätte ich es lieber von dir persönlich erfahren, aber das spielt jetzt keine Rolle mehr. Was ich damit sagen möchte: Ich nehme es dir nicht übel, dass du mich trotzdem geküsst hast. Es ist nur ... Ich wünsche dir alles Gute, Tim."

Sie bemühte sich um ein ehrliches Lächeln und wandte sich ab, ohne auf eine Antwort zu warten. Ihr Herz schlug noch immer bis zum Hals, als sie in Richtung Ausgang ging, doch sie fühlte sich wie von einer großen Last befreit, unglaublich erleichtert und stark. Sie hatte es geschafft. Sie war nicht wieder weggelaufen, sondern hatte sich bei Tim entschuldigt. Im Beisein seiner Freundin.

Noch niemals zuvor in ihrem Leben war es ihr so gleichgültig gewesen, was die andere von ihr dachten. Obwohl alles in ihr nach Flucht gebrüllt hatte, hatte sie es durchgezogen, und sie hatte sogar noch die Gelegenheit bekommen, ihm zu gestehen, dass sie mehr für ihn empfand als nur Sympathie.

Sie näherte sich der Tür und spürte mit einem Mal, wie die Glücksgefühle von Trauer und Wehmut abgelöst wurden, als hätte sie gerade etwas verloren, das ihr sehr viel bedeutete. Als wären ihre Worte an Tim wie ein Abschied für immer gewesen.

Gleich konnte sie losheulen, sobald sie dieses Gebäude verlassen und genug Distanz zwischen sich und Tim gebracht hatte.

Nele hatte schon fast die Tür erreicht, da hörte sie plötzlich, wie der Redner am Mikrofon sagte: „Tim, möchtest du nicht zu deiner Schwester auf die Bühne kommen?"

Schwester?

Langsam drehte sie sich um. Dort, auf der Bühne, stand neben dem Mann am Mikro nur Tims Freundin, sonst niemand. Ihr Blick richtete sich auf Tim, der sich in Bewegung setzte.

In dieser Sekunde wurde Nele heiß und kalt zusammen. Diese Frau war seine ... Schwester?

Erst jetzt registrierte sie die bunten Luftballons, die Luftschlangen und das weiße Banner über der Bühne, auf dem in geschwungenen Lettern *„Alles Gute, Isabell!“ geschrieben stand.*

War sie Isabell? In Neles Kopf herrschte heilloses Durcheinander. Seit dem Moment, als sie Tim und diese Frau das erste Mal zusammen sah, hatte für Nele festgestanden, dass es sich bei ihr nur um seine Freundin handeln konnte, so vertraut wie sie miteinander umgegangen waren. Jetzt im Nachhinein fiel ihr jedoch keine einzige Situation ein, die ihre Vermutung untermauert hätte. Kein Kuss, keine innige Umarmung oder dergleichen. Sie hatte sich in ihrer Annahme so festgefahren, dass sie einfach keine andere Möglichkeit in Betracht gezogen und nur gesehen hatte, was sie hatte sehen wollen. Nele hätte ihn fragen können, aber auf diesen Gedanken war sie zu keinem Zeitpunkt gekommen, wahrscheinlich weil ihr Stolz zu groß war. Wie sehr sie sich doch geirrt hatte.

Nele legte sich eine Hand vor den Mund und trat instinktiv ein paar Schritte zurück in den Raum. Gebannt verfolgte sie, was als Nächstes geschah.

„Meine Damen und Herren“, fuhr der Mann am Mikrofon fort, als Tim sich neben seiner Schwester positioniert hatte. „Mein Name ist Doktor Winterberg. Wie Sie eben in dem Vortrag meiner geschätzten Kollegin Frau Doktor Sawatzki erfahren haben, hat die Autismus-Spektrum-Störung, kurz ASS, viele Gesichter. Eines davon möchte ich heute aus besonderem Anlass vorstellen. Aber zunächst etwas Allgemeines: Wir sprechen ganz bewusst von einer Störung, denn Autismus ist keine Krankheit, die man heilen kann. Jeder Autismus ist anders, fassettenreich und verschieden stark ausgeprägt.

Zusammenfassend lässt sich sagen, dass es sich um eine Störung der Wahrnehmungs- und Informationsverarbeitung auf sozialer, interaktiver und kommunikativer Ebene handelt, wobei stereotypes Verhalten und intensives Vertieftsein charakteristisch sind. Betroffene haben Schwierigkeiten im sozialen Umgang mit Menschen. Es fällt ihnen sehr schwer, Freundschaften zu schließen, diese zu pflegen oder Teil einer Gemeinschaft zu werden. Oft wird ihr Verhalten von uns missverstanden, denn Autisten können emotionale und nonverbale Signale kaum einschätzen und diese ebenso wenig aussenden, weshalb die verbale Kommunikation umso bedeutsamer für sie ist. Für uns Außenstehende scheint es so, als lebten Autisten in ihrer eigenen Welt, als blendeten sie unsere vollkommen aus und zögen sich in ein eigens erschaffenes Schneckenhaus zurück. Und ja, sicherlich ist diese Flucht nach innen ein Ausweg, um der Reizüberflutung zu entkommen, die fortwährend und ungefiltert auf sie einströmt."

Dr. Winterberg machte eine Pause und sah abwartend ins Publikum, als wollte er seinen Zuhörern ermöglichen, Zwischenfragen zu stellen.

„In unserem Zentrum betreuen wir seit vielen Jahren junge Menschen mit Autismus-Spektrum-Störung und geben ihnen und ihren Angehörigen die Hilfe, die sie ganz individuell benötigen. Meine Damen und Herren, heute ist einer der Tage, an denen sich deutlich zeigt, dass diese wichtige Arbeit Früchte trägt und belohnt wird."

Sein Blick glitt zu Tim und seiner Schwester.

„Unser Ziel ist stets, unsere Bewohner eines Tages in

ihr familiäres Umfeld entlassen zu können. Ich bin stolz und glücklich, diesen Moment mit Ihnen und unserem Personal, das jeden Tag aufopfernde und hingebungsvolle Arbeit leistet, teilen zu können."

Dr. Winterberg sah Tims Schwester an, legte den Kopf schräg und lächelte warmherzig.

„In wenigen Tagen wird unsere Isabell in die Obhut ihres Bruders entlassen. Trotz einiger Rückschläge, die sie als Familie in den vergangenen Jahren verkraften mussten, hat Isabells Bruder nie aufgegeben, darum zu kämpfen, dass dieser Tag einmal kommen würde."

Isabell, Tims Schwester, eine Autistin?

Nele wünschte sich, die Erde würde unter ihr aufgehen und sie verschlucken. Sie dachte an das, was sie kurz zuvor Tim gesagt hatte. Das war ja an Peinlichkeit kaum noch zu überbieten. Wie hatte sie ihm und vor allem seiner Schwester derart Unrecht tun können? Wenn sie sich schon nach der Nacht in Tims Wohnung in Grund und Boden geschämt hatte, dann war das nichts gegen das Schamgefühl, das sie jetzt empfand.

„Isabell, wir möchten dir nun gern unser Abschiedsgeschenk überreichen", sagte Dr. Winterberg.

Tims Schwester lächelte schüchtern, wobei sie nicht ins Publikum sah, sondern den Boden vor ihren Füßen fixierte.

Nele wurde schwindelig. Mit der linken Hand hielt sie sich an einem Tisch fest.

Tim und Dr. Winterberg reichten einander die Hände, danach legte der Doktor seine rechte auf Isabells Schulter und sagte etwas, woraufhin diese eifrig nickte. Ganz kurz blickte sie zu ihm auf, strahlte ihn an, bevor sie wieder auf den Boden schaute.

Eine Gänsehaut kroch über Neles gesamten Körper. Endlich konnte sie sich aus Isabells seltsamem Verhalten einen Reim bilden. Ihre Ignoranz, als Nele ihr in Tims

Wohnung begegnet war und einen Tag später auf dem Beifahrersitz seines Wagens.

Meine Güte, wie konnte ich nur so falsch liegen?

Unvermittelt ertönte Tims Stimme. Neles Kopf ruckte hoch, und sie sah, dass er das Mikrofon in der Hand hielt.

„Ich habe nicht viel zu sagen, denn das, was Doktor Winterberg, Frau Doktor Sawatzki und das gesamte Betreuungsteam während der letzten sieben Jahre geleistet haben, kann ich mit Worten kaum ausdrücken. Nur eines: danke. Ich danke Ihnen allen von ganzem Herzen für die liebevolle Betreuung, die großartige Zusammenarbeit und die immensen Fortschritte, die meine kleine Schwester gemacht hat. Daran hat anfangs kaum jemand zu hoffen gewagt. Isabell wird ihr Leben lang mit einigen der Probleme zu kämpfen haben, aber wir können inzwischen gut damit umgehen. Und, wenn wir einen kleinen, aber wichtigen Beitrag für ein tolerantes Miteinander leisten, ist ihr Weg noch nicht zu Ende. Vielen Dank an alle, die diesen Tag möglich gemacht haben. Leider sind unsere Eltern nicht mehr unter uns, um diesen Moment mitzuerleben. Ich weiß, sie wären unglaublich stolz und glücklich, genau wie ich."

Nele spürte, wie ihre Kehle eng wurde. Als sie sah, wie Tim sich mit dem Handrücken über die Augen wischte und die Schultern seiner Schwester zu zucken begannen, konnte auch sie ihre Tränen nicht mehr zurückhalten.

Mit verschwommenem Blick sah Nele, dass weitere Personen, vermutlich die Belegschaft des Zentrums, die Bühne betraten. Die Frau mit der brünetten Hochsteckfrisur hielt einen großen Geschenkkorb in den Händen, den sie Isabell feierlich überreichte. Alle umarmten Tims Schwester herzlich.

Die Gäste klatschten begeistert und Neles Herz quoll vor Rührung beinahe über. Sie zog ein Papiertaschentuch aus dem Innenfach ihres Rucksacks und schnäuzte hinein.

Jetzt wusste sie, was Tim mit Verantwortung gemeint und von welchen schwierigen Entscheidungen er gesprochen hatte, als sie sich vor Tagen in der Fischerkneipe gegenübergesessen hatten. Bestimmt war es alles andere als leicht, nach dem Tod seines Vaters nun allein für seine autistische Schwester verantwortlich zu sein. Sie fühlte mit ihm, konnte, wollte jetzt nicht gehen, ohne noch einmal mit Tim gesprochen zu haben, denn in Wahrheit war es ihr alles andere als egal, was er oder seine Schwester über sie dachten.

Ein Blick auf ihre Armbanduhr zeigte Nele, dass der öffentliche Teil der Veranstaltung in wenigen Minuten enden würde, so wie die Frau vorhin auf dem Bürgersteig gesagt hatte. Wenn alle Gäste gegangen waren, musste sie noch einmal mit ihm sprechen. Und falls er ihr nicht zuhören würde, könnte sie es verstehen.

Tatsächlich löste sich die Gesellschaft kurz darauf allmählich auf. Es wurden Hände geschüttelt und Schultern geklopft. Nacheinander verließen alle Besucher den Eingangsbereich, bis nur noch Nele am Stehtisch in der Ecke stand und auf ihre Chance wartete.

Nervös trat sie von einem Bein auf das andere, suchte Tims Blick, der ungefähr fünf Meter von ihr entfernt unterhalb der Bühne in ein Gespräch mit Dr. Winterberg und der brünetten Frau vertieft war. Seine Schwester hielt seinen Arm umklammert wie ein kleines schüchternes Mädchen und blickte zu ihm auf, als himmelte sie ihn an. Ihre Gesichtszüge wirkten entspannt und verletzlich zugleich. Wie hatte Nele sich nur so irren können?

Tim lachte über etwas, dabei legte er seinen Kopf in den Nacken, und als er einen flüchtigen Augenblick in Neles Richtung sah, trafen sich ihre Blicke. Seine Miene fror schlagartig ein. Nele schluckte. Sie lächelte, neigte den Kopf und setzte einen bittenden Gesichtsausdruck auf.

Bitte komm zu mir. Nur für einen Moment. Dann bist du mich für immer los.

Tim kniff die Augen zusammen, seine verhärtete Miene wurde nachdenklich. Er sah zu Isabell, dann wieder zu Nele.

Bitte, dachte sie flehend.

Tim flüsterte seiner Schwester etwas ins Ohr, ohne Nele dabei aus den Augen zu lassen. Isabell schüttelte heftig den Kopf und klammerte sich noch fester an ihren Bruder. Er strich ihr zärtlich über das Haar, redete sanft auf sie ein, bis sie schließlich nickte.

Als Tim anschließend etwas mit dem Doktor besprach, wandte sich dieser Isabell zu und streckte ihr seine Hand entgegen. Isabell griff nur zögerlich danach. Kurz darauf gingen die brünette Frau, Dr. Winterberg und Isabell zu einer Treppe, die ins Obergeschoss führte. Wenige Augenblicke später waren Nele und Tim die einzigen Menschen im Eingangsbereich. Plötzlich kam sich Nele ziemlich verloren vor. Verunsichert sah sie sich um, dann wieder zu Tim, der nun langsam auf sie zukam.

Ihr Mund war staubtrocken.

„Tim, ich weiß nicht, was ich sagen soll“, stammelte sie, als er eine Armlänge vor ihr stehenblieb.

„Wie wäre es, wenn du es einfach versuchst.“

Nele nickte langsam. „Es tut mir so leid. Hätte ich vorher gewusst, dass Isabell ... Ich meine ...“

„Du hättest fragen können.“

„Ja“, gab Nele zu und senkte den Blick. „Ich möchte es dir gern erklären. Seit dem Tag, an dem wir uns das erste Mal in der Kneipe in Wyk gegenübersaßen, gehst du mir nicht mehr aus dem Kopf. Und dann, als du mich geküsst hast, war ich so durcheinander, dass ich keine andere

Möglichkeit sah, als wegzulaufen. Schließlich warst du derjenige, der uns unser Zuhause wegnehmen wollte. Ich wollte, durfte dich doch nicht mögen, und trotzdem konnte ich es nicht verhindern. Du warst so nett zu mir und hast dich für mich und meine Kunst interessiert. Und du hast mir aus deinem Leben erzählt. Aber dann, als ich am Freitagabend bei dir war, um dir von dem Angebot der Bank zu berichten, sah ich dich zusammen mit deiner Schwester aus deinem Auto steigen."

Tim schien einen Moment überlegen, dann fiel ihm offenbar die Situation ein, die Nele so aus der Fassung gebracht hatte.

„Ich war verletzt und auch wütend." Sie räusperte sich. „Na ja, den unangenehmen Rest des Abends hast du ja selbst miterlebt."

Sie sah ihm erneut in die Augen, hoffte, seine Mundwinkel würden sich zu einem winzigen Lächeln nach oben ziehen, aber seine Miene blieb ausdruckslos.

„Das Ganze war mir furchtbar peinlich", berichtete sie weiter. „Am nächsten Morgen bin ich in der Küche deiner Schwester begegnet, die ich zu diesem Zeitpunkt noch für deine Freundin gehalten habe. Sie hat mich ignoriert, und ich konnte mir ihr Verhalten nicht erklären. Dann standest du auf einmal vor mir. Ich habe mich gefühlt wie ein Eindringling und wollte nur noch weg. Es tut mir so wahnsinnig leid, das musst du mir glauben."

Noch immer unterbrach er sie nicht.

„Und gestern, als du plötzlich vor meiner Töpferei standest, hatte ich gerade so etwas wie einen Nervenzusammenbruch gehabt. Weshalb, spielt jetzt keine Rolle mehr. In letzter Zeit kamen einfach ein paar Dinge zusammen, die das Fass zum Überlaufen gebracht haben. Ich konnte zu diesem Zeitpunkt nicht mit dir reden. Ich konnte noch nicht einmal deine Anwesenheit ertragen, weil ..."

Nele stockte und bemühte sich, den Kloß in ihrem Hals herunterzuschlucken.

„Weil?", fragte Tim nun mit sanfter Stimme.

Nele sah zu ihm auf. „Weil ..." Sie schluckte schwer.

Jetzt mach schon, bekenne endlich Farbe!

„Weil ich mich in dich verliebt habe."

Nun war es raus.

„Da war so ein Durcheinander in meinem Kopf. Die Angst, mein Zuhause zu verlieren, dich zusammen mit einer anderen Frau sehen zu müssen, obwohl du mich einen Tag zuvor geküsst hast." Auf einmal sprudelten die Worte aus ihrem Mund. „Ich wollte dich noch so vieles fragen. Zum Beispiel, was dazu geführt hat, dass du dich gegen das Angebot der Hotelkette und für den Hof, und somit für uns, entschieden hast, aber ich kann verstehen, wenn du nach alledem nichts mehr mit mir zu tun haben willst."

„Diese Entscheidung hatte nichts mit dir zu tun."

Nele nickte betroffen und senkte den Blick.

„Obwohl ...", meinte er.

Nele sah auf.

Er wiegte den Kopf. „Ein bisschen vielleicht schon."

Da war es, dieses leichte, verschmitzte Lächeln, das sie schon am ersten Abend verzaubert hatte.

„Wie ... wie meinst du das?"

Er ließ sich einen Augenblick Zeit mit der Antwort. Sekunden, die ihr unerträglich lang vorkamen. Zwei Schritte, dann stand er so dicht vor ihr, dass sein warmer Atem über ihr Gesicht strich. Mit Zeige- und Mittelfinger hob er ihr Kinn sanft an und zwang sie so, ihn anzusehen.

Nele tat es und glaubte, jeden Augenblick in Ohnmacht zu fallen. Eindringlich blickte Tim ihr in die Augen.

„Ich kann dir dein Zuhause nicht wegnehmen, weil ich nicht möchte, dass du fortgehst. Ich will wissen, wo ich dich finde, ich will in deiner Nähe sein. Ich will, dass du glücklich bist. Du hast mich seit der ersten Sekunde in deinen Bann gezogen."

Neles Herz schlug so heftig, dass sie glaubte, es könnte aus ihrer Brust springen.

„Dass du dich in mich verliebt hast, trifft sich gut, denn zufällig wollte ich dir gestern sagen, dass ich mich auch in dich verliebt habe."

Nele schluckte. „Ist das wahr?"

Tim nickte langsam. „Und ich wollte dir meine Schwester vorstellen." Er grinste.

„Ich kann nicht glauben, dass ich um ein Haar alles zerstört hätte", keuchte sie.

„Zum Glück bist du hier."

„Ja, zum Glück."

„Dann würde ich vorschlagen, ich versuche dich jetzt noch einmal zu küssen, und du wirst nicht mehr weglaufen, versprochen?"

Nele musste schmunzeln. „Versprochen."

Epilog

VIER MONATE SPÄTER

Nele rutschte auf ihrem Schemel ein Stückchen nach vorn und beobachtete fasziniert die Fingerfertigkeit, mit der Isabell den Ton auf der Drehscheibe bearbeitete.

Wenn Isabell bei ihr war, und das war sie in letzter Zeit oft, hatte sie immer Lust, gemeinsam mit Nele zu töpfern. Am liebsten aber sah ihr Nele dabei zu. Isabell hatte ein unglaubliches Talent für dieses Handwerk, obwohl sie, wie Nele von Tim erfahren hatte, zuvor noch nie etwas damit zu tun gehabt hatte. Sie war tief beeindruckt, welche Geschicklichkeit und Besonnenheit Isabell an den Tag legte. Pascals hatte speziell für sie ein Holzregal gebaut, in dem sie ihre Kunstwerke ausstellen konnte.

Isabell war in jeder Hinsicht ein außergewöhnlicher und bemerkenswerter Mensch. Die meiste Zeit sprach sie kaum ein Wort. Ihre Gefühle drückte sie mit Lauten, Mimik und Gesten aus, die Nele und die anderen schnell zu deuten gelernt hatten. Und obwohl sie nie einem Menschen länger als einen Sekundenbruchteil in die Augen sah, schien Tims Schwester die Gefühle und Stimmungen ihrer Mitmenschen zu spüren. Als hätte sie dafür im Laufe ihres Lebens besonders feine Antennen ausgebildet.

Da Isabell bereitwillig in ihrer Nähe blieb und am Alltag der anderen teilhaben wollte, war ein Zeichen, dass sie sich wohl und sicher fühlte. Gelegentlich lachte sie und ließ sogar ein bisschen Nähe zu. Überwiegend aber nur in Gegenwart ihres Bruders.

Tim war in den vergangenen Monaten nicht nur Verpächter, sondern vielmehr zu einem Mitglied der kleinen Gemeinschaft geworden und packte mit an, wo immer seine Hilfe gebraucht wurde.

Gerade musste er sich jedoch um seine eigenen Angelegenheiten kümmern, wie den Verkauf seiner Eigentumswohnung in Husum. Tim hatte Nele von seinem Plan erzählt, für sich und Isabell ein kleines Haus zu kaufen zu wollen. Die Wohnung war zwar groß genug für sie beide, doch etwas mehr Platz und ein Garten wären schön, meinte er. Britta und Jannis hatten daraufhin vorgeschlagen, einen Anbau auf dem Hof zu errichten. So könnte er mehrere Fliegen mit einer Klappe schlagen. Isabell wäre rund um die Uhr unter Menschen, die sie im Alltag einbezogen und sich um sie kümmerten. Gleichzeitig konnten Nele und er zusammen sein, vorausgesetzt, er fände eine Anstellung als Grundschullehrer auf der Insel. Tim hatte versprochen, es sich durch den Kopf gehen zu lassen, und Nele hatte nicht vor, ihn zu bedrängen.

Versonnen betrachtete sie Isabells Profil von der Seite, während diese konzentriert vor sich hin töpferte. Ihre Gesichtszüge waren so fein und ihre Haut so makellos, als wäre sie aus Porzellan. Unter der hellgrauen Baumwollschürze trug Isabell heute ein gelbes Kleid mit kleinen weißen Tauben darauf. Sie zog ausschließlich Kleider an und wirkte darin so zerbrechlich, als wäre sie nicht dreiundzwanzig, sondern ein Teenager, der bisher nicht viel von der Welt da draußen gesehen hatte.

Nele musste an die Begegnung zurückdenken, die eine Woche nach dem klärenden Gespräch mit Tim in Husum stattgefunden hatte. Neles Beschützerinstinkt war sofort geweckt gewesen, als sie Isabell zum ersten Mal wirklich gegenübergestanden und sich ihr vorgestellt hatte. Sie konnte sich noch genau an das schüchterne Lächeln, das nervöse Blinzeln und den verunsicherten Blick zu ihrem Bruder erinnern, als sie Nele ihre feingliedrige Hand entgegengestreckt hatte.

„Hallo, ich bin Isabell und ich bin Autistin", hatte sie damals mit leiser, heller Stimme gesagt.

Nele hatte ihre Hand genommen und erwidert: „Es ist schön, dich endlich kennenzulernen. Ich bin Nele, und wenn du möchtest, würde ich sehr gern deine Freundin sein."

Als Isabell dann ohne zu zögern genickt hatte, hatte das Neles Herz in einer Art berührt, wie sie es nie zuvor erlebt hatte. Isabell hatte sich offen und neugierig gezeigt und entschieden, dass Nele ihre Freundin werden durfte.

Seitdem verbrachte sie fast jedes Wochenende bei ihr und den anderen auf dem Hof und mit Tim gemeinsam einen Großteil der Sommerferien, die nächste Woche zu Ende gingen. Dann mussten sie zurück aufs Festland. Tim in die Schule und Isabell in ihre Tagesbetreuung.

Noch führten Nele und Tim eine Wochenendbeziehung, und Nele ließ ihm die nötige Zeit, auch wenn sie ihn unter der Woche sehr vermisste. Sobald die Wohnung verkauft und die Schulden seines Vaters getilgt waren, wollten sie gemeinsam Pläne schmieden, wie ihr zukünftiges Zuhause auf Föhr aussehen könnte.

Der Kredit von der Bank war abgelehnt worden. Glücklicherweise waren sie aber darauf nicht mehr angewiesen und die geplanten Projekte zur Einnahmesteigerung waren inzwischen gut anzulaufen. Zudem spendete die Bevölkerung großzügig für die kleine Künstlergemeinschaft und alles in allem lief es gut für sie.

Nele war nicht zu ihren Eltern gefahren, so wie sie es vor Monaten noch geplant hatte, aber sie hatte lange mit ihnen telefoniert. Sie hatten sich ausgesprochen, und auch, wenn ihre Eltern noch immer nichts für ihren Lebensweg übrighatten, nahmen sie es zumindest wohlwollend zur Kenntnis, dass sie nun mit einem Grundschullehrer liiert war, der vermutlich für ihren Lebensunterhalt würde aufkommen können. Das jedoch kam für Nele nicht infrage. Sie wollte unabhängig bleiben.

Seit drei Monaten fanden regelmäßig Töpferkurse auf dem Hof statt. Innerhalb kurzer Zeit waren sämtliche Kurse bis in den Herbst hinein bereits ausgebucht, kaum dass Nele sie auf Social Media und *oldschool* im „Inselboten" angeboten hatte.

Isabell räusperte sich und riss Nele aus ihren Gedanken. Sie richtete sich auf, stoppte die Drehscheibe und legte die mit Ton verschmierten Hände in den Schoß. Ein Zeichen dafür, dass sie ihre Arbeit beendet hatte. Isabell hatte einen dickbäuchigen kleinen Krug mit einem dünnen Hals getöpfert. Mit einem Spatel hatte sie ein paar Zierrillen rund um den Bauch eingearbeitet.

„Er ist wunderschön", bemerkte Nele angetan.

Isabell nickte zustimmend, ohne den Blick von ihrem Objekt abzuwenden.

„Was hältst du davon, wenn du dir die Hände wäschst und wir die Werkstücke, die du letzte Woche getöpfert hast, in den Brennofen stellen? Dann kannst du sie nächstes Wochenende verzieren und bemalen."

Wieder nickte Isabell, stand auf und ging in das kleine Bad nebenan.

Nele sah ihr lächelnd nach. Es klopfte an der Tür. Kurz darauf kam Tim herein.

„Hallo, Nele." Er sah sich kurz um. „Wo ist Isa?"

Im nächsten Moment trat Isabell aus dem Bad, sah ihren Bruder im Flur stehen und stürmte auf ihn zu. Sie schlang beide Arme um ihn und gluckste vor Freude.

Nach ein paar Sekunden gab sie ihn wieder frei. Tim küsste seine Schwester auf den Haaransatz.

„Hat es heute Spaß gemacht?", erkundigte er sich.

Isabell nickte eifrig und wies mit ausgestrecktem Arm auf den kleinen Krug.

Tim nickte anerkennend und sagte an Nele gewandt: „Da hast du dir eine ziemliche Konkurrenz ins Haus geholt."

Nele lachte. „Ja, deine Schwester ist schon jetzt eine große Künstlerin. Bald benötigen wir noch ein Regal."

Isabell gluckste erneut, wobei sie den Blick starr auf ihre Hände gerichtet hielt. Tim und Nele bemerkten fast zeitgleich, wie Isabell begann, nervös mit ihren Fingern zu spielen.

Tims Blick wanderte suchend durch die Töpferstube, doch Nele hatte die Kopfhörer und den MP3 Player schnell zur Hand und reichte sie Isabell. Isabell setzte sich die Kopfhörer auf die Ohren und betätigte den Player. Nach wenigen Sekunden entspannten sich ihre Gesichtszüge. Sie setzte sich auf den Hocker vor dem Arbeitstisch und verschwand in ihrer eigenen Welt.

Bisweilen, wenn Isabell die Außenwelt zu viel wurde, brauchte sie ihre Musik. Die sanften Violinenklänge beruhigten sie innerhalb kurzer Zeit. Sie waren, wie die Töpferei für Nele, Isabells eigens erschaffenes Refugium.

„Wie war dein Termin?", erkundigte sich Nele, nachdem sie den Blick von Isabell gelöst und Tim zur Begrüßung einen Kuss gegeben hatte. „Verrätst du mir endlich, worum es sich dabei gehandelt hat? Wieso machst du seit Tagen solch ein großes Geheimnis darum?"

„Aus gutem Grund. Es soll nämlich eine Überraschung für dich sein."

Nele machte große Augen. „Raus damit. Was ist es?"

„Nicht so schnell", sagte Tim. „Ich möchte den Moment noch ein wenig auskosten.

„O bitte ", stöhnte sie auf und legte den Kopf in den Nacken. „Spann mich nicht auf die Folter. Du weißt, ich hasse das."

Tim grinste, beugte sich dann zu seinem Aktenkoffer hinunter, den er zuvor neben sich auf den Boden abgestellt hatte, öffnete ihn und zog ein Blatt Papier heraus, das in einer Klarsichthülle steckte.

„Was ist das?", wollte Nele wissen und machte einen langen Hals.

„Na!" Schnell zog Tim das Papier unter ihrem Blick weg und hielt es hinter seinem Rücken versteckt.

Nele schob die Unterlippe nach vorn und verschränkte die Arme vor der Brust. „Dann eben nicht", entgegnete sie gespielt beleidigt.

„Bereit?", fragte Tim und zuckte mit den Augenbrauen.

Nele nickte.

Tim hielt ihr das Schreiben hin. Sie nahm es und las. Nach wenigen Zeilen sah sie mit erstauntem Blick zu Tim auf. „Das ist ein Anstellungsvertrag als Lehrer für die Grundschule in Wyk!"

„Ganz recht."

Nele las weiter. Als sie fertig war runzelte sie die Stirn. „Ist das wirklich wahr? Du kannst auf Föhr als Grundschullehrer anfangen? Wann?"

„Nach den Sommerferien. Ist das nicht großartig?"

Jetzt strahlte Nele über das ganze Gesicht und fiel Tim um den Hals, sodass er beinahe nach hinten umkippte.

Als sie sich von ihm löste, sah sie ihn nachdenklich an. „Aber, wo werdet ihr wohnen? Du und Isabell?"

Tim ließ sich Zeit mit der Antwort. „Das ist der zweite Teil meiner Überraschung. Aber dafür musst du dich noch ein wenig gedulden."

Nele beobachtete, wie Tim zu Isabell ging, sie sanft antippte, sodass sie sich die Kopfhörer von den Ohren streifte.

Dann sagte er zu ihr: „Schwesterherz, magst du mal bei Viktoria im Atelier vorbeischauen? Ich würde gern mit Nele eine Weile allein sein. Es dauert nicht allzu lange. Würdest du uns ein wenig Zeit geben?"

Zuerst schien Isabell darüber nachzudenken, dann aber nickte sie, stand auf und verließ die Töpferei.

„Geht das denn in Ordnung?", fragte Nele, als Isabell weg war.

„Klar", entgegnete Tim schulterzuckend. „Ich habe das natürlich vorher mit Vicky und Isabell besprochen."

Jetzt war Nele vollends verblüfft. „Wie bitte? Du meinst, du heckst schon länger einen Plan aus, über den alle außer mir Bescheid wissen?" Mit einem Grinsen im Gesicht stemmte sie die Hände in die Hüften.

„So ungefähr. Wollen wir?"

Vor der Töpferei hielt er ihr seinen Arm hin. Nele brauchte ein paar Sekunden, dann aber begriff sie und hakte sich bei ihm unter.

Erst nachdem Nele das alte Segelboot am Anlegeplatz im Hafen entdeckt hatte, hatte sie begriffen, was Tim mit ihr vorhatte. Stolz hatte er ihr eröffnet, dass die „Marie“ endlich wieder flott gemacht und bereit war für ihre erste Segeltour seit vielen Jahren. Das Boot war wunderschön geworden. Es hatte einen frischen Anstrich und auch die vergilbten Segel erstrahlten in strahlendem Weiß.

Nachdem Tim ihr an Deck geholfen und mit gekonnten Griffen die Segel gesetzt hatte, ließen sie sich vom Wind aufs Meer hinaustreiben.

Jetzt saß Nele auf einer Bank im vorderen Teil des Bootes, hatte die Augen geschlossen und genoss die wärmenden Sonnenstrahlen in ihrem Gesicht und den Oberarmen. Sanfter Wind wehte ihr um die Nase, die Luft roch nach Algen und Salz. Sie fühlte sich frei und lebendig auf dem offenen Meer. Ein Schatten legte sich über ihr Gesicht. Sie öffnete ein Auge und sah Tim vor sich stehen. Er wirkte so glücklich. Und sie war es auch. Was für ein wundervoller Tag.

„Danke“, raunte sie, als Tim neben ihr Platz genommen und nach ihrer Hand gegriffen hatte.

„Wofür?“

„Dafür.“ Nele ließ ihren Blick über die glitzernde Meeresoberfläche gleiten. Es kam ihr so vor, als funkelten Millionen kleiner Diamanten auf dem Wasser. „Es ist wunderschön hier draußen. Ich glaube, ich verstehe nun, was dir die Fahrten mit deinem Vater auf diesem Boot bedeutet haben. Ich würde das sehr gern öfter mit dir machen.“

Tim sah ihr ein paar Sekunden lang tief in die Augen. Dann lächelte er. „Habe ich dir jemals gesagt, wie sehr ich dich liebe?“

Nele tat, als müsste sie darüber nachdenken. „Nein, ich glaube nicht. Aber du kannst es ja jetzt nachholen.“

Sie wandte sich ihm zu, bis ihr Gesicht nur noch weniger Zentimeter von seinem entfernt war.

„Nele Petersen, ich liebe dich.“

Nele legte den Kopf schief. „Und ich dich!“

Dann nahm sie sein Gesicht in ihre Hände, und als ihre Lippen fast seine berührten, sagte er plötzlich: „Wenn du denkst, das war es schon, bist du auf dem Holzweg.“

„Wie bitte?“ Nele lehnte sich abrupt zurück. „Du weißt, dass du gerade einen sehr romantischen Augenblick zerstört hast?“

„Wenn du das schon romantisch fandest, dann warte ab, was jetzt kommt.“

Er grinste spitzbübisch, dann ließ er sich von der Bank gleiten und ging vor Nele auf die Knie.

„Du willst mir doch nicht etwa einen Antrag machen?“

„Jetzt mal nicht den Teufel an die Wand.“

„Hey!“ Sie schlug ihn mit der flachen Hand auf die Schulter.

„Ich habe nur Spaß gemacht, aber ich möchte dir in die Augen sehen, wenn ich es dir sage.“

„Wenn du mir was sagst? Ich halte es kaum noch aus!“

Tim atmete einmal tief ein und aus und griff abermals nach Neles Händen.

„Ich weiß, was du dir am allermeisten wünschst, mein Schatz und genau das möchte ich dir erfüllen.“

„Mein Wunsch ist mit dir doch bereits in Erfüllung gegangen“, erwiderte Nele und spürte, wie eine Gänsehaut ihren gesamten Rücken hinaufkroch.

„Das hast du wunderbar gesagt, aber da gibt es noch etwas, das ...“

Eine Welle schubste das Boot an und brachte Tim aus dem Gleichgewicht, sodass er beinahe zur Seite umfiel.

„Ich glaube, du solltest es vielleicht nicht allzu lange hinauszögern“, sagte Nele lachend und half ihm, sich vor ihr erneut in Position zu bringen.

„Dann solltest *du* mich nicht dauernd unterbrechen“, gab Tim mit einem Zwinkern zurück.

„Entschuldigung.“

Tim räusperte sich. Allein die Art, wie er sie nun ansah, ließ sie wohlig erschaudern.

„Ich habe darüber nachgedacht. Isabell und ich werden zu dir auf den Hof ziehen.“

Nele starrte ihn an. Ihr fehlten die Worte.

„Hätte ich gewusst, wie leicht ich dich zum Schweigen bringe, wäre ich tatsächlich eher mit der Sprache herausgerückt“, sagte Tim und strahlte sie an.

„Ist das wahr?“

„Ja. Ich habe es mir gründlich überlegt, und ich habe mit Isabell gesprochen. Und mit dem Bauamt. Zugegeben, dieser Teil ist weniger romantisch, doch ohne die nette Dame, die mir die Genehmigung für einen separaten Bau auf dem Grundstück erteilt hätte, ginge es nun mal nicht.“

„O mein Gott“, hauchte Nele. „Ich fasse es nicht. Wir werden zusammen auf dem Hof leben? Isabell, du und ich? Aber das dauert doch sicherlich eine Weile. Ihr braucht eine Zwischenlösung.“

„Alles schon geplant. Das erzähle ich dir später.“ Er lächelte. „Wir drei in einem eigenen kleinen Haus. Wir bekommen also beide, was wir uns wünschen. Ich hoffe, wir können jetzt deinen romantischen Augenblick von eben noch einmal aufgreifen.“

Nele beugte sich zu ihm hinunter. „Du bist unglaublich, weißt du das? Ich habe keine Ahnung, wie ich dich verdient habe.“

Bevor Tim etwas erwidern konnte, verschloss sie seinen Mund mit ihren Lippen. Es war ein Kuss voller Liebe.

Liebe, an die Nele lange nicht mehr geglaubt und sie beinahe für immer aus ihrem Leben verbannt hätte.

„Danke, für alles, was du bist“, flüsterte sie.

Printed in Poland
by Amazon Fulfillment
Poland Sp. z o.o., Wrocław

38318306R00132